KB014352

시

| 일러두기 |

이 시선집은 다음과 같은 기준으로 각 부를 편집했다.

- 제1부 아직 끝나지 않았다 오월의 싸움은_ 5월의 총체성, 5월의 민족사적 의미를 담아낸 시편
- 제2부 5월 21일, 도청 앞 광장에서_ 5월항쟁의 전개과정, 학살의 참상과 해방광주를 다룬 시편
- 제3부 끝까지 쏴버리지 않은 아름다움_ 5월의 상징적 인물, 5월 영웅들을 다룬 시편
- 제4부 망월동, 그 광활한 슬픔 앞에_ 망월동, 5·18민주묘역, 5월영령에 대한 추모 시편
- 제5부 5월의 순결을 목 놓아 울어주자_ 5월의 트라우마 극복와 해원, 5·18 왜곡에 대한 진실규명 시편
- 제6부 산 자여! 따르라_ 5·18정신의 부활과 계승, 살아남은 자의 자기다짐의 시편

오월문학총서◀ 1
시

초판 1쇄 찍은 날 2024년 5월 14일
초판 1쇄 펴낸 날 2024년 5월 18일

엮은이 오월문학총서간행위원회

펴낸곳 (사)5·18기념재단
주소 61965 광주광역시 서구 내방로 152(쌍촌동) 5·18기념문화센터 1층
전화 062-360-0518
팩스 062-360-0519

만든곳 문학들
주소 61489 광주광역시 천변우로 487(학동) 2층
전화 062-651-6968
팩스 062-651-9690
전자우편 munhakdle@hanmail.net
등록 2005년 8월 24일 제2005 1-2호

오월문학총서 2024

오월문학총서간행위원회 엮음

1 시

5·18기념재단
The May 18 Foundation

문학들

오월문학이 추구한 간절한 소망

5월, 그날이 다시 우리에게 찾아왔습니다. 한국 현대사에서 1980년 5월, 이른바 '5·18민주화운동'은 특별한 의미를 지니고 있습니다. '5·18'은 광주시민들이 겪어야 했던 참담한 고통을 연상시키며, 이 땅의 민주주의를 위해 투쟁을 멈추지 않았던 한국인들의 역사가 오롯이 담겨 있기 때문입니다.

돌이켜 보면 그해 5월이 '광주사태'에서 '광주민중항쟁'으로 그리고 '5·18민주화운동'으로 규정되어 오늘에 이르고 있지만, 5·18은 여전히 '미완의 항쟁'입니다. 5월 18일이 '국가기념일'로 지정되고, 오월 영령들이 잠들어 있는 곳이 '국립5·18민주묘지'로 명명되고 있지만, 우리는 '광주학살'의 최고 책임자, 발포 명령자를 사법적 심판대에서 단죄하지 못했고, 암매장 행방불명자 등에 대한 진상규명이 여전히 미완의 숙제로 남아 있기 때문입니다.

더구나 2021년에는 '광주학살의 전리품'으로 '대통령'이란 자리에 오른 전두환-노태우가 사망하고 말았습니다. 두 전직 대통령은 자신의 죄과에 대해 단 한 번도 참회하지 않은 채, 진정한 사과 한 마디 없이 이승을 떠남으로써 우리들에게 통한의 마음을 안겨준 바 있습니다.

혹자는 '오월광주'에 대해 40년도 더 지난 과거의 일이니, 이제 그만 잊어버리자고 말하기도 합니다. 하지만 우리가 역사를 배우는 까닭은 현재를 이해하고 미래를 전망하기 위해서입니다. 산 자들이 국가폭력에 의해 억울하게 죽어간 사람들을 기억할 때 그들이 살아 있는 역사로 온전하게 존재하게 됩니다. 역사가 산 자에게 부여한 임무는 덕행의 망각을 방지하고, 악행에 가담한 자들에게 불명예를 안겨주는 것이라고 생각합니다.

그동안 〈5·18기념재단〉은 '절대공동체', '불멸의 공동체'라고 명명된 '오월광주'를 참담하게 계승하고자 제반 노력과 여러 기념사업을 수행해 왔습니다. 특히 지난 2011년 5월에 '5·18민주화운동기록물'이 〈유네스코 세계기록문화유산〉에 선정된 것을 기억합니다. '5·18기록물'이 광주와 대한민국을 넘어서 전 인류의 소중한 문화유산이 된 것입니다. 이를 기념하여 〈5·18기념재단〉은 2012년과 2013년에 『오월문학총서』 1차분으로 전 4권을 발행한 바 있습니다. 그리하여 올해 5·18항쟁 44주년과 〈5·18기념재단〉 창립 30주년을 맞아 시, 소설, 희곡, 평론, 아동·청소년 부문 등 전 5권으로 『오월문학총서』 2차분을 출간하게 되었습니다.

'오월문학'은 한국문학의 '영혼'으로 존재해 왔습니다. '오월문학'은 민주주의를 위해 죽음을 두려워하지 않았던 위대한 '시민정신'을 기억했고, '절대공동체'라는 아름다운 '대동세상'을 소환했으며, 오월의 비극이 '분단체제'에서 비롯된 것임을 깨닫게 했습니다. '광주학살'이라는 참담한 비극과 '해방광주'라는 환희의 영광 속에서 탄생한 '오월문학'은 좌절된 희망과 슬픔을 계승하는 데 그치지 않았습니다. 삼라만상의 뭇 생명들의 소중함, 분단이데올로기의 타파와 평화적 삶에 대한 간절한 소망으로 나아갔던 것입니다.

그토록 뼈아픈 오월의 고통, 그토록 아름다운 오월을 문학적으로 형상화한 작품들은 광주시민들과 이 땅의 국민들에게 '역사 정의 실현'이라는 새 희망을 안겨줄 것입니다. 끝으로 『오월문학총서』 간행에 참여해주신 작가와 문학인, 관계자 여러분께 감사의 말씀을 전합니다.

2024년 5월

원순석 5·18기념재단 이사장, 오월문학총서간행위원장

차례

제2부 5월 21일, 도청 앞 광장에서

제3부 끝까지 쏴버리지 않은 아름다움

제4부 망월동, 그 광활한 슬픔 앞에

제5부 5월의 순결을 목 놓아 울어주자

제6부 산 자여! 따르라

제1부

아직 끝나지 않았다 오월의 싸움은

씻김굿

신경림

편히 가라네 날더러 편히 가라네
꺾인 목 잘린 팔다리 끌고 안고
밤도 낮도 없는 저승길 천 리 만 리
편히 가라네 날더러 편히 가라네.

잠들라네 날더러 고이 잠들라네
보리밭 풀밭 모래밭에 엎드려
피멍든 두 눈 억겁 년 뜨지 말고
잠들라네 날더러 고이 잠들라네.

잡으라네 갈가리 찢긴 이 손으로
피묻은 저 손 따뜻이 잡으라네
햇빛 밝게 빛나고 새들 지저귀는
바람 다스운 새날 찾아왔으니
잡으라네 찢긴 이 손으로 잡으라네.

꺾인 목 잘린 팔다리로는 나는 못 가,
피멍든 두 눈 고이는 못 감아,
못 잡아, 이 찢긴 손으로는 못 잡아,
피묻은 저 손을 나는 못 잡아.

되돌아왔네, 피멍든 눈 부릅뜨고 되돌아왔네,
꺾인 목 잘린 팔다리 끌고 안고
하늘에 된서리 내리라 부드득 이빨 갈면서.

이 갈가리 찢긴 손으로는 못 잡아,
피묻은 저 손 나는 못 잡아,
골목길 장바닥 공장마당 도선장에
줄기찬 먹구름되어 되돌아왔네,
사나운 아우성되어 되돌아왔네.

       − 신경림 시집 『달넘세』(창작과비평사, 1985년)

거리에서

정호승

누가 내 눈동자
푸른 하늘을 빼앗아 갔나

비는 그치고 바람은 맑고
먼 산에 진달래는 붉게 피는데

누가 내 가슴속
푸른 하늘을 찢어 놓았나

별들의 새싹이 돋는 이 봄밤에
저 집
저 불빛도 없는 집 신음소리는
누구의 것인가

왜 너를 잃으면
모든 것을 잃게 되는지
어떻게 눈물 없이 꽃을 볼 수 있는지

거리엔 바람이 흘린
핏방울이 떨어져 있다

─ 『월간 예향』(광주일보사, 1989년 5월호)

그날이 오면

문익환

광주여
빛고을이여
뼈 쑤시는 겨레의 아픔이여
금남로와 충장로여
피 묻은 거리 거리여 골목 골목이여
1980년 5월이여 겨레의 불꽃이여
불꽃 튀는 겨레의 분노여
죽음으로 죽음으로 죽음으로 아우성치는
겨레의 부활이여
알몸으로 일어서는 민중의 함성이여
그 함성 속에 번뜩이는 지성의 칼날이여
드디어 밝아오는 민족사 속을 도도히 흐르는
겨레의 뜨거운 마음이여

5월 27일은 민중·민주항쟁이 꺾인 날이 아닙니다
피의 항쟁이 온 겨레의 가슴 가슴에 번지기 시작한 날입니다
그러기에 오늘 우리는 그날을 회고하며
추모사를 바치려는 것이 아닙니다
당신이 죽었다고 조사를 바치려는 건 더욱 아닙니다
당신은 오늘의 싸움이요 내일의 승리입니다
온 겨레의 해방이요 자주입니다

우리는 이렇게 살아남아 있다는 게 부끄러워 당신 앞에 엎드려 눈물
이나 흘리고 있을 겨를이 없습니다 그건 겸손을 가장한 위선입니다 우
리는 이제 외치고 있을 틈도 없습니다 토론이나 하고 있을 겨를이 없습
니다 내 목소리가 크다거니 네 목소리가 작다거니 하며 목소리 경쟁이
나 하는 것은 죄악입니다

4반세기에 걸친 군사독재정권을 종식시켜야 한다는 마음만 있으면
다같이 목을 내대는 일만 남았습니다 6년전 당신이 그러셨듯이
군사독재의 연장을 꾀하는 모든 음모를 분쇄하면서
양코배기든 쪽발이든
군사독재와 한 패거리가 된 것들을
단호히 물리치면서
당신 앞에 무릎 꿇리면서

5월의 산천은 해마다 싱싱하게 푸르러 갑니다
그 위로 벽오동꽃 물든 나팔소리
넘실넘실 울려 퍼지고 있습니다
민주와 통일을 향한 민중의 시대를 알리는 나팔소리가

오늘 아침에도 풀포기들은 눈부신 햇살을 받아
이슬을 털고 일어났습니다
그처럼 우리도 모두 털고 일어나
활짝 열린 새 지평, 우리의 시대 민중의 시대
평화와 사랑의 새 세상을 향해 저벅저벅 걸어 나가기만 하면 됩니다
펄럭이는 당신의 깃발, 자유와 평등의 깃발을 앞세우고
쏟아지는 눈물 미소로 훔치면서

그날이 오면
아— 마침내 그날이 오면

모든 독재 억압과 착취가 무너지고
모두 모두 사촌보다도 가까운 이웃이 되는 그날이 오면
휴전선 말아올려 담배를 붙여 물고
백두 한라의 물을 길어다 막걸리를 담가 마시면서
뼈마디마다 눈물로 녹아내리도록
춤을 출 그날이 오면
아 마침내 그날이 오면

평용아
남용아
재영아
태경아
규영아
정식아
희남아
경철아
재평아
재서야
지영아
광수야
금희야
인배야
동운아
숨이 막혀 그대들 이름 다 부를 수 없구나

광주를 떠난 기차가 서울을 지나 원산 함흥을 거쳐
종성 회령에 다달아
이제 다 늙어버린 형님 동생을 만나
얼싸안고 울다 울다 숨이 넘어갈
그날이 오면
아 마침내 그날이 오면
살아남았던 우리는 땅에 묻히고
그대들은 손뼉 치며 일어서리라
일어서 역사의 빛이 되리라
역사의 주인 되리라
자주하는 겨레의 자랑스런 주인 되리라

광주여
겨레의 빛고을이여
우리의 아픔 새겨
새록새록 돋아날 꿈이여
밝아오는 새 아침이여
　　　　　　　　　 - 문익환 시집『두 하늘 한 하늘』(창작과비평사, 1989년)

오월 햇살 아래 핏방울

김정란

오월 햇살 연두잎들 사이로
내가 생애 안에서 매일 첫날인 듯이 보는
아득한 그리운 눈부심

아래

피멍 든 영혼들의 울음소리
지축을 흔들며 들어닥치는 군홧발 아래에서
짓이겨진 찢어발겨진 육체들의 비명

연두잎 아래로
핏물이 든다 똑. 똑. 똑. 똑.
언제나 현재형으로

나는 그 비명을 듣는다 매일 세상의 첫 시간에

오월 햇살을 들고 그 핏방울들 아래 선다

우주는 언제나처럼 말이 없다
나는 단호하게 요구한다

"우주여, 아가리를 열라"

시간은 지나가지 않는다

햇빛은 고요하게 고여 있다

나는 천년의 햇빛이 세상 첫날의 햇빛이
말하는 소리를 들었다

"너희의 말이다, 너희의 운명이다.
너희가 정하라."

나는 오월 햇살과 핏방울을 동시에 숙고한다.
　　　　　　　 － 김정란 시집 『'그' 언덕, 개마고원의 꿈』(시작, 2021년)

첩첩 무등無等

정용국

봄을 앓는 남도 자락
무등산 옆구리에
접어둘 게 무에 많아
깎아지른 저 서석대

돌 첩첩
시름도 첩첩
제 살을 발라냈다

온 산에 꽃불 번져
등뼈까지 이글대고
잊혀진 전설로도
몸살을 앓고 있는

바람도
시든 고랑에
봄꽃 향을 사른다

— 정용국 시집 『난 네가 참 좋다』(실천문학사, 2015년)

오월유사五月遺事

김사인

팔공년 봄 광주에서 일 당한 사람 중에는, 쩌그 장흥 무안 구례 곡성 같은 디서 유학 와 자취하던 중고등학생 대학 초년생들이 많았는데, 어째 그런가 허먼,

계엄령 터징게 놀란 가게들 다 문 닫고, 사방으로 교통은 다 막히고, 양석도 반찬도 다 떨어지고, 아는 사람은 읎고, 그러니 어찌항가,

효동국민학교 앞 같은 디 나가 밥솥에 불도 때며 '기동타격대 취사대'라고 옆댕이 완장도 차고 함시러 있으면, 밥도 묵고 삼립 보름달빵도 묵고, 파고다빵은 목이 메어 못쓰고, 오란씨 킨사이다도 얻어묵고, 또 시민군들 피 모자르다 허면 헌혈도 허고, 그렇게 있으면 자취방보담 든든허고 맘도 뿌듯허고, 또 숨어 눈치만 보는 주인집에 얻어다 노나주기도 할 수 있고 하던 것이제.

학생만 그랬간, 지방서 올라와 방 하나 얻어 살던 노가다들, 하루 벌어 하루 먹던 대인동 처자들도 다 똑같았제라.

인제 생각허먼, 계엄입네 빨갱입네 을러대던 쪽은 말할 것 읎고, 혁명입네 해방굽네, 물어보도 않고 아무한테나 열사다 뭐다 갖다 붙이던 짓도 다, 실은 겁도 나고 애삭해서 하던 좀 거석한 노릇 아니었을게라.

삶과 죽음이 그렇게 밥 먹듯 물 마시듯 자연스레 흐르던 끝의 일이라는 것. 단맛에 잡혀 오란씨 한 모금 더 넘기듯 삼립빵 한 입 더 베물듯, 삶도 죽음도 본래 그쯤은 허물없는 것인지 모른다는 것. 그러니 삶이 꼭 죽음 앞에서 미안키만 하잘 일이랴.

이것, 이 순하고 자연스러운 것이 뜻밖에 오월의 한 속살, 육이오의 한 비통한 속살, 갑오동학의 한 인간적 속살이라는 것은 얼마나 눈물겨운 일인가. 온갖 난리 아비규환 뒤에 그저 따신 밥 한술 먹자는, 웃음기 도는 사람의 마음이 있다는 것, 이것이 왜 이렇게 나는 안심이 되는지 모르겠다. 섦은지 모르겠다.

안 그런가? 당신은 안 그런가?

— 김사인 시집 『어린 당나귀 곁에서』(창비, 2015년)

이팝꽃 피는 오월

김완

오월이 오면 빛고을 광주에 이팝꽃 핀다
거리를 하얗게 장식하는 이팝꽃
가난했던 어린 시절의 쌀밥처럼
슬픔, 울음, 배고픔, 고통이 배어 있다
5·18 국립 망월 묘역 가는 길
눈처럼 하얀 이팝꽃 손 흔든다
슬프고도 아름다운 오월의 크리스마스다
1980년 오월 함께 뭉치고 나누던
주먹밥이 하얀 꽃으로 피는 거다
울먹이는 가슴 다독이며 기다리던 정신으로
병원 앞 길게 늘어서 있던 헌혈의 마음으로
역사의 굽이마다 피 흘리는 빛고을 광주
부서지고 막막하던 사월이 가고
먹먹하고 미안한 오월이 다시 오면
길가에 서 있는 나무들 하얀 슬픔꽃 핀다
빛고을 거리마다 이팝꽃 하얀 꽃 핀다

— 김완 시집 『바닷속에는 별들이 산다』(천년의시작, 2018년)

눈물의 주먹밥

고정희

저승사자들도 눈물 흘린 주먹밥

형제자매 뜨겁게 오열하던 주먹밥

광주의 주먹밥 먹어 보았나

삼키면 불기둥 일어서는 주먹밥

나누면 영산강 굽이치는 주먹밥

자유의 주먹밥 먹어 보았나

학동 시장바닥에서……

양동 복개상가에서……

어머니의 피눈물로 버무린 주먹밥

화정동에서…… 화순 너릿재에서……

금남로에서…… 산수동에서……

자매들의 통곡으로 간을 맞춘 주먹밥

해방구의 주먹밥 먹어 보았나

공동체의 주먹밥 먹어 보았나

사랑이여 사랑이여 사랑이여

오월의 종말론적 강물이여

무등산에 백두 천지연에 올라

백두 천지연에서 한라 백록담 올라

백록담과 천지연 그 시퍼런 물에

육천만 먹고 남을 쌀 씻고 눈 씻어

통일의 주먹밥 나누는 그날까지

평등의 주먹밥

인류의 주먹밥 나누는 그날까지

광주로 광주로 달려갈 겨레여,

해거름녘 저녁 연기 아련한 고장

우리 쌀과 장작불로 타오르고 타오르자
                        – 고정희 시집 『눈물의 주먹밥』(동아, 1990년)

오월

오봉옥

울엄니가 주신 땅에
울엄니도 모른 시상이
오늘이구나
살점 떨어져 밟히고
자물쇠 채운 입들하며
눈뜬 봉사가 산 채로 죽은
오늘이구나

울아부지 맨발로 다닌 들에
논바닥에 깔린 돌뿐인 칼뿐인
오늘이구나
산이란 산은 원귀로 가득하고
냇가사 피라미 한 마리도 죽어
산 가슴 팔팔 끓는 미칠증
백제의 들이구나

택도 없다
들마다 울부짖는 거
밤마다 소리치는 거
그리하여 오월의 향내도 없이
죽는 것은 택도 없다

피어라 아리랑아
피어라 청년아
오월 가슴마다 새벽으로 일어나자
일어나 무장한 칼날 앞으로 피어
단번에 피어
심어 세우는 것 푸른 들
따순 가슴들
망월동 이름 없는 뫼똥 위에도
단번에 피어

울엄니 버선발로 인젠 뛰어오소
오월 하늘 열어 보소
잠시 죽더라도 인젠 죽어 보소
끝내 버릴 수 없는
백제의 향내 맡아 보소
통곡 끝으로만 살은
이름하여 오월 내 가슴들

　　　　　　　– 오봉옥 시집 『지리산 갈대꽃』(창작과비평사, 1988년)

5월은 내게

이영진

5월은 내게 유행가를 부르게 한다.
부끄러움만 남긴 그 계절은,
아카시아 향기보다 더 진하게 나를 엄습한다.
잠들 때나 노래할 때나 월급봉투를 받을 때나
다리를 건널 때나, 아이들 햄버거를 사줄 때, 남몰래 양담배를
피울 때, 핵사찰 그 오묘한 방정식에 관한
신문기사를 읽을 때
의식과 무의식, 의지와 무의지, 그 어느 쪽이든
그것은 언제나 기습이거나, 테러다.
성욕까지 가시게 하는,
봉급 받는 손끝까지 절망스럽게 하는
아, 사라지지 않는 환영.
피나 시간으로도 지워지지 않는
가지 끝에서 가지 끝으로 따뜻하게 불어가는 바람으로도
아, 사라지지 않는다.
아무런 각성도 없는, 사실 부끄러움조차
잊고 사는 내게 5월은 사라지지 않는다.
사라지지 않아.
하늘을 폭음으로 가르는 폭격기,
한순간 사라지는 물체에서조차
생일날 사드는 반 돈짜리 금가락지의 무게에서

조차, 5월 그 아카시아 향내는
사라지지 않는다.
유행가조차 어색하게 만드는 5월
너 끝나지 않는 시간이여
시간 밖의 시간이여.
내 이 끝간데 없는 매춘을 큰 눈으로
큰 눈으로 응시하는 눈빛이여.

– 이영진 시집『숲은 어린 짐승들을 기린다』(창작과비평사, 1995년)

아직 끝나지 않았다 오월의 싸움은

김남주

오월이 온다
전라도라 반란의 땅 빛고을에
오월 그날이 다시 온다
그날
수백 수천의 시민들이 한 입의 저주가 되어
압제자에게 죽음을 외쳤던
그날
수백 수천의 시민들이
사람이 사람답게 사는 세상의 아름다움을 위해
싸움의 주먹이 되었던 그날이 온다

그날
오월 그날이 다시 오면
언제부턴가 빛고을 사람들은
가슴이 셀레고 일손이 잡히지 않는다
자기도 모르게 주먹이 불끈 쥐어지고
자기도 모르게 슬픔이 북받쳐 오르고
자기도 모르게 분노가 치밀어 올라
자꾸만 자꾸만 나가고 싶은 것이다
밖으로 나가 거리로 뛰어나가
금남로 충장로로 나가 뭔가를 확인하고 싶은 것이다

영산강에 극락강에 나가
괴어 있는 물도 한번 휘저어 보고
오월이 오는 소리를 듣고 싶은 것이다
무등산에 올라 상상봉에 올라
가슴이 터지도록 뭐라고 한번 외쳐 보고 싶은 것이다
다시 한번 그날 오월의 역사를 되살려 보고 싶은 것이다
그렇다 아직 끝나지 않은 오월
사람들은 이제 오월 그날이 다시 오면
자기도 뭔가 하고 싶은 것이다
방구석에 가만히 앉아만 있고 싶지는 않은 것이다
창밖에서 거리에서 누가
압제자에게 죽음을 외치면 자기도 따라 부르고
누가 통일의 노래 부르면
자기도 따라 목메이게 불러보고 싶은 것이다
그렇다 아직 끝나지 않았다 오월의 싸움은
자유를 위한 싸움 민주주의를 위한 싸움 통일을 위한 싸움
오월의 싸움은 이제부터 시작인지도 모른다
그래서 그런지 사람들은 은근히
오월 그날이 어서 오기를 기다리는 것이다
그날이 오면 그날이 다시 오면 이제 사람들은
경악의 눈으로 창틈으로

학살의 거리를 엿보고만 있지 않을 것 같다
피 묻은 주먹을 치켜 들고 누가
형제의 단결과 싸움을 호소하면
자기도 문을 박차고 뛰쳐나갈 것 같다
쓰러지고 대검에 등이 꽂혀 학생들이 쓰러지고
쓰러지고 대검에 꽂혀 처녀 가슴이 쓰러지고
쓰러지고 비수에 꽂혀 아이 밴 어머니의 배가 쓰러지고………
"이제 평화적인 시위는 끝났다!"
피투성이 입으로 누가 절규하면
자기도 모르게 본능적으로
뭔가를 들고 싶을 것 같다
하다못해 돌멩이라도 들고
폭정의 하늘을 향해 내던질 것 같다

오월 그날이 오면
정말이지 이제 빛고을 사람들은
우두커니 앉아서 바라보고만 있지 않을 것 같다
맨주먹 빈 가슴만으로는
오월의 그날을 맞이하지는 않을 것 같다
방구석에 이불 속에 웅크리고 앉아
부들부들 떨고만 있지는 않을 것 같다

　　　　　　　　　– 김남주 시집 『솔직히 말하자』(풀빛, 1989년)

몸통에서 분리된 모가지의 노래

김정환

예수께서는 큰소리를 지르시고 숨을 거두셨다. 그때 성전 휘장이 위에서 아래까지 두 폭으로 찢겨졌다. ……"이 사람이야말로 정말 하느님의 아들이었구나." – 마15장 37~39절

그리운 것들은 아직도 살아서
꿈틀거리고 있구나. 지금은 육신조차 선 채로 발가벗긴 채
견디지 못할 때
여름 땡볕 견디는 온몸으로도 견디지 못하고
잔등 위 불타는 신음소리조차 힘겨워 힘겨워
아아 비리디 비린 목숨조차 힘에 겨울 때
억수같이 땀 흐르며 그리운 것들은 아직도 살아서
꿈틀거리고, 훔쳐 내려도 훔쳐 내려도 그리운 것들은
내 못 박힌 손등 위에 쓰라린 망막 위에
아롱져 있구나
그것은 그리운 이름들이다
아직도 차마 살은 분노가 거리를 메우고
타는 불볕 속에서 더욱 뜨겁게 불타오르는 기다림
쓰라리고 찬란하고 생생하고 잔인하게 그리운
찢어진 얼굴들이다

못 돌아오리라

그대 이제는 다시 못 돌아오리라

두 눈동자에 꽉 차 들어온

하늘, 가슴 쥐어뜯는 푸른 하늘에 두 눈이 마구 시리며

이제는 다시 못 돌아오리라 한 줌에 꼬옥 잡히는

내 나라, 내 땅 따스한 흙의 온기에 두 뺨 부비며

이제는 아아 피 비려 이 땅에 살아남지 못할 그대

눈물의 그대. 핏방울의 그대.

그대 이제는 다시 못 돌아오리라

이제 그리운 사람들은 가고

아직도 살아 있는 사람들만 남아

그리운 것들을 아파해야 할 때

전신을 짓밟히며 난자질당하며

눈물이 핑 돌수록, 목이 메일수록

목이 터져라 외쳐 불러야 할 때

그리운 것들은 쓰러진 기억의 껍질 위로 피어오르고

기어다니고 질질 흐르고

살아 있는 사람들만 비참하게 남아

갈갈이 찢어진 목청으로 외쳐 부르는 소리

그 소리는 내 터진 고막 속 아주 먼 데서부터

벅차디 벅찬 함성소리로 또한 파도쳐 오는구나

아아 나는 가고 너희들은 물결치며 오는구나

— 시집 『황색예수전』(실천문학사, 1983년)

오월 산불

박남준

산불이 일고 있었다
아이들이 자라서 산이 되어 돌아온 후
산불은 남쪽에서부터 번져가고 있었고
북상, 북산하고 있었다
산불은 남기지 않고 태워갔다
모오든 것을
태우고 싶었다 그 산불 속에
모든 이의 절망을 태워야 했다
겨울이 가진 그 모든 상징성들을

가고 싶었다
막힌 강과 산을 넘어 무장지대와 민통선, 비무장지대 넘어
태우고 싶었다 절름발이의 이 땅을
절름발이의 해방을, 삼팔선을
태우고 싶었다 절름발이의 자유를, 민주주의를
절름발이의

만세 소리, 신명 소리
맑고 힘찬 산불들의 함성은 또다시 매장당하고
남아 있는 건, 아우성 소리였다
비명 소리였다. 가슴 잘린 외마디 소리였다.

피 흘리며 붉은 피 흘리며
산불로 타오르던 눈 부릅뜬 무등산들의 죽은 재가
비를 맞고 있었다 붉은 비였다
비를 맞고 태어난 아이들이 자라서 산이 되어 퍼져 가고
산맥이 되어 또다시 산불을 준비하기 시작했다.
압제의 산에 신식민의 산에
산불이
산불이 일고 있다.

　　　　　－ 5월광주항쟁 시선집『누가 그대 큰 이름 지우랴』(인동, 1987년)

훨훨

정우영

애비야, 이제 맘 편히 넘어갈 수 있을까. 황급히 도망쳐 나온 저기 저 내 집. 아니, 혼령들이 넘지 못할 데가 어디 있어요. 얼마든지 가세요. 지금이라도 괜찮아요. 총 맞으면 어떡하라고. 그때 총 맞은 사람들 모습이 아직도 생생해. 피 철철 흘리고 반쪽이 떨어져 나가고. 대통령도 넘어가서 북쪽의 수괴 만나는 판인데요. 염려 말고 다녀오세요. 아니, 거기 그냥 눌러 사세요. 기별하면 우리가 찾아갈게요. 황해도는 지척인데요.

애비 눈에는 안 뵈지? 저 철책 위에 첩첩이 쌓여 널린 귀신들. 낡고 삭은 혼령들이 구름처럼 퍼져 있어. 여차하면 곧바로 달려갈 태세지만 저렇게 평생을 또 기다리다 늙어갈 거야. 혼령들도 옭매어 있거든. 현실이 풀려야 저들도 풀려. 세상에, 뭐가 그리 힘이 센데요. 생과 사를 틀어쥔 게 도대체 뭐랍니까. 빨갱이라는 낙인. 그거는 저승까지 따라와. 죽은 자들 텅 빈 심장도 졸아들게 한다고. 그러니 알겠지. 저것부터 없애야 해. 이제 훌훌 날아가고 싶어, 내 고향. 살아서는 입도 떼지 못하던 그곳 연백평야에.

그럼요, 어머님. 당장 가셔야지요. 하지만 총보다 무섭다는 빨갱이라는 손가락질, 그 철벽부터 우선 깨라는 말씀이시지요. 생각의 자유 도려내는데 어찌 평화겠어요. 떠올리기만 해도 끔찍하네요. 오금 저립니다. 차라리 어머님. 우리가 먼저 박차고 나갈까요. 영령조차 가로막

는 모든 굴레 부숴버리라고. 날선 감시에 베이고 찢기더라도

훨훨 나는 저 두루미들처럼
앞으로 앞으로.

– 미발표 신작시(2023년)

사랑하면서도

– 길 잃은 혁명에게

박철

5월 18일, 봄이 가는 걸 보았다
잡지는 못하였, 아니하였다
비를 잡고서 걷다 걸으며 언제인지 모를
갠 훗날을 생각했다

어이없게도,
나는 세상에 축복을 노래하며 떠나겠지
만났던 모든 이들의 안녕을 전하며 떠나겠지
그런 불길한 생각이 든다
사랑하면서도 입 한번 떼지 못하고 입이 뭔가
눈길 한번 주지 못하고 누명을 쓰듯 억울하게 살아가다가
나는 또 다음 생도 들뜨겠지

사랑 이전의 사랑을 생각한다
그러나 사람 이전의 사람을 호명하듯
그건 아무리 봐도 나에겐 어울리지 않는 이름
김포 하늘을 바라보며 당신을 생각하면 화가 난다
하늘 너머 어떤 하늘, 콧물을 떼며 생각해온 이래
단 한 번도 건너 길의 끝에 다다르지 않았으니
사실, 한생 시를 쓰는 이유가 당신을 위한,
당신에게 보내는 모르스였다는 것

이 사실을 당신만 모르고 모두 안다
그러나 당신은 누군지 어디 있는지 이제 누가
5월 너머 5월에서 핏빛 답신이라도 보내주면 좋겠다
궂은비는 내리고 소쩍새는 계속 울어야 하는지
그것만이라도 알았다면
하늘을 이끌고 가는 뱃고물에 서서
바다거품을 이리 바라보진 않으리

— 박철 시집 『새를 따라서』(아시아, 2022년)

중랑천 산책길에서 너를

- 2019년 5월 15일 오후 7시

강세환

중랑천 산책길에서 걸음을 멈추고 일순 숨도 멈췄다
밝음이 사라진 어둑한 시간
누군가 중랑천 상계교 아래
어느 낡고 늙은 피아노 앞에 앉아 있었다
그는 한참 숨을 고르고 있었다
나도 숨을 고르고 있었다
'임을 위한 행진곡'…

두어 군데 박자를 놓치는 것 같았지만
이 곡을
어떻게 숨도 고르지 않고 한 방에 갈 수 있을까
그도 걸음을 멈추고 숨을 멈췄을 것이다
나도 걸음을 멈추고 숨을 멈췄을 것이다

1980년 5월은 또 세월도 많이 흘렀지만
1980년 5월은 한 발짝도 흐르지 않은 것 같다
1980년 5월은
1980년 5월 그곳에서 걸음도 멈추고 숨도 멈춘 것만 같다
너도 걸음을 멈추고 숨을 멈췄을 것이다

그러나 1980년 5월은

눈물도 함성도 이름도 투쟁도 멈춘 것이 아니다
분노도 맹세도 슬픔도 깃발도 멈춘 것이 아니다
5월은 결코 걸음을 멈추고 숨을 멈춘 것도 아니다
과거도 사랑도 이별도 혁명도 멈춘 것이 아니다
멈춘 것은 다만 우리들의 발걸음과
우리들의 과거와 우리들의 기억과 서러움일 뿐이다

1980년 5월은
결코 침묵도 아니고 역사도 아니고 명예도 아니다
1980년 5월은
결코 맹세도 아니고 함성도 아니고 이름도 아니다
1980년 5월은
결코 우리들의 5월이 아니다 우리들의 과거가 아니다

1980년 5월은
이제 당신들의 5월이고 당신들의 과거가 되었다
아무것도 없는 순결한 5월이여!
아직도 슬픈 너를
아직도 아픈 너를
아직도 우는 너를
아직도 사랑하는 너를!
  ― 5·18 제40주년 시선집 『광주, 뜨거운 부활의 도시』(시와문화, 2020년)

다시 오월은 와야 한다

문병란

우리가 길을 가다가
한밤중 길을 잃고 방황할 때
다시 우리들의 5월은 와야 한다
너와 나의 믿음은 깨어지고
마지막 한 방울의 눈물이 마를 때
진정 우리들의 5월은 다시 와야 한다
묵은 가지마다 라일락이 피고
백 리마다 숨어 있는 빛살들
꽃으로 잎으로 알알이 터져 나오듯
우리들의 피, 우리들의 눈물 솟구치는
그날의 5월, 죽음의 5월,
피 한 방울마다 하나씩의 꽃이 피는
끝내, 속살까지 다 적시고 마는 피의 5월,
천 송이 만 송이 꽃으로 다시 터져 나와야 한다
우리가 길을 잃고 방황할 때
우리가 자기도 모르게 5월을 부정할 때
아, 그때 5월은 다시 와야 한다
배반한 여인의 입술에 바치는 키스같이
그렇게 뜨겁게 잔인하게 와야 한다
5월은 5월을 노래하는 사람의 혀끝에서
다시 살해되고 다시 부정되고 있다

5월은 오직 5월을 몸으로 사는 사람들
그 5월을 혼으로 넋으로 껴안는 사람들
그 5월을 꽃으로 빛으로 바라보지 않고
스스로 5월의 꽃이 되고 빛이 되는 사람들
그 사람들의 죽음 속에서 와야 한다
우리가 5월을 배반할 때
우리가 5월을 팔고 방황할 때
그때 5월은 다시 가시에 찔린 장미
그대 옆구리에 뚫린 염통의 피를 보아라
오 5월은 5월을 노래하는 달이 아닌 투쟁의 달
그대 눈부신 장미꽃 꺾어 조화 바치지 말고
스스로 피 흘리는 장미꽃 되라
무덤 속 썩은 살점, 한 점 흙으로 돌아간 사람들의
들으라, 눈부신 핏방울의 외침을!
보아라, 무덤들이 입을 벌려 외치는 자유를!

─『사상문예운동』(1991년 여름호)

5월이 가야 5월이 온다

이강산

꽃이 가야 꽃이 오듯
어둠 떠나고 빛이 오는 법
그러나 돌아보라
5월은 아직 어둠이다
불 밝혀도 어둠이다
빛으로 위장한 반역사, 반민중의 벌 떼
저 기득권 재벌언론검찰, 철새 정치인의 떼가
5월의 가면을 쓰고
5월의 빛을 갉아먹는다
잠시 5월 앞에 머리 숙이는 척
그날의 피를 닦는 척
다시 반민주, 반평등의 칼날 번득인다
5월은 그 시퍼런 빛으로 더 어둡다
죽은 5월의 넋 앞에, 통곡 아래
머리 숙인 거짓들아
피 흘리는 척, 하지 마라
5월은 그렇게 살아나는 게 아니다
주검과 주검 사이 숨 쉬는 우리,
죽음의 결의에서 살아난다
80년 5월의 저항으로 부활한다
그 5월의 죽음인 척,

깃발인 척, 하지 마라
너희들 반민주와 불평등, 자본 독점과 민중 착취
그 어둠의 5월이 가야
빛의 5월이 온다

─〈오월문학제〉 낭송시(2022년)

자장가

― 5·18 40주년에 부쳐

이하석

역사마저 사랑도
행불이어서
더 뚜렷이 떠오르네

아가야, 그때 그대로 다 큰 내 아가야
어디 묻혀서 썩든, 혼은 늘 집에 와서
그래, 그래, 자장자장

세상은 시나브로 40년 전으로 역행하네
끊임없이, 더 묻고 물은 죄 따져
국가가 죽여서 버린다면

그냥 파묻어서 버린 세월의
그런 죽음 더 살수록
한결 되살아나는 자장가여

내 아가야 그래그래
우는 혼으로만 떠돌지 말고 집에 와서
기어이 국가보다 더 큰 어미 품에서

자장자장
　― 5·18 제40주년 시선집 『광주, 뜨거운 부활의 도시』(시와문화, 2020년)

오월이라고

이은봉

오월이라고 오동꽃 벙글어진다
아까시꽃 하얗게 웃는다
새끼 제비들 벌써 빨랫줄 위에까지 날아와 앉는데
모란꽃 뚝뚝 떨어진다
한바탕 흙먼지를 날리며 회오리바람 분 뒤
타다다다, 여우비 쏟아진다

지난 1980년대 이후, 꽃 피고 지는 오월
함부로 노래하지 못했다
최루탄 가스로 가득 찬 역사에 들떠
꽃이나 나무 따위 들여다보지 못했다

오월이라고 눈 들어 숲 바라보니
반갑다고 오동꽃 눈 찡긋한다
어이없다고 아까시꽃 헛기침한다
이제는 꽃이며 나무와도 좀 친해져야겠다
저것들, 이승 밖에서부터 나를 키워준 것들
너무 오래 버려두어 많이 서럽겠다.

– 이은봉 시집 『걸레옷을 입은 구름』(실천문학사, 2013년)

오월의 사랑

류명선

오월의 사랑 만나러 가자
죽어서 이 땅의 비석으로 남은 열사들
민주를 위해 목숨 던지고
하늘이 선물로 준 이 땅의 착한 영령들
오월이 오면
방방곡곡 온 산자락마다
진달래 붉은 꽃으로 물들어
따뜻한 사랑 한 아름 싣고 와서
언제나 우리보다 일찍 찾아와
반갑게 두 팔 벌려 반갑게 맞이하는
사랑의 천사들
오월은 이제 이 땅의 상처가 아니지요
오월은 이제 이 땅의 부활 같은 희망이지요
무럭무럭 민주를 꽃피우며
자랑스런 이 조국을 지켜 주세요
평생을 빚진 우리에게 던지는 그 함성
"산 자여! 따르라" 그 영령들을 만나러
우리 함께 오월의 사랑
그 사랑을 만나러 가자

― 류명선 시집 『수첩을 바꾸면서』(태성, 2019년)

오월 그날이 오면

리명한

모진 광풍으로 떨어진 꽃잎들
사십 년 세월
군홧발 잡동사니들에게 짓밟히면서
싹이 터서 의연하게
솟아오른 느티나무들
우리 모두의 선구자여!
썩은 사대의 골통, 분단의 먹구름
단칼로 부숴 지워 버리고
달려가 갈라진 겨레
얼싸안으며
목이 터져라! 불러야 할 노래
〈우리는 하나….〉
꼭 불러야 할 노래

– 〈오월문학제〉 걸개시(2021년)

오월은 오늘도
- 무등(無等) 그리고 광주(光州)

박상률

　제게 맞는 이름 하나로 제게 맞는 빛깔 하나로 불리어지지도 못하고 나타내어지지도 못하고,

　오월은 아직도 앓는다.

　모든 것이 저마다의 이름 하나로 저마다의 빛깔 하나로 불리어지고 나타내어지는데, 오월은 오늘도 이름 없이 빛깔 없이 은유법이다.

　더러 폭동이라고 직유법으로 조롱하는 이들도 있다.

　더할 나위 없는 무등無等이어서 이미 빛고을光州이어서 이름이 없어도 빛깔이 없어도 그대로 이름이 되는지 그대로 빛깔이 되는지 말도 없이 오월은 오늘도 우리에게 봄보다 짙은 울림만 안긴다.

- 박상률 시집『국가 공인 미남』(실천문학사, 2016년)

오월, 무등산에 올라

이미숙

그만 나오세요!
그대 전신으로 갈망하던 자유
어둡고 긴 회랑을 지나
마침내 눈부신 햇살 속으로

그대 어깨 위의 짐 내려놓을 수 없어
맨주먹에 돌처럼 차갑게 쓰러지던 날, 그날
바람은 깨어 어지러이 옷섶을 헤집고
슬픔의 키를 재는 자벌레의 춤사위에
하얗게 무너져내리던 찔레꽃 향기

참 미안합니다, 그 아픔 만져주지 못해
뜻밖의 방문객처럼 봄은 다시 찾아오고
가장 낮은 목소리로 불러내도
끝끝내 메아리로만 대답하는 사람이여!

오월 하늘은 푸르러
푸를수록 마음은 더 가팔라

이제 오세요,
무등산 꽃구름 넘고

청결한 얼굴 내미는 편백나무 숲길 건너
바람으로라도 오세요!
함께 걸어요,
그대의 그날이 있어
산뜻한 오월의 오솔길

– 〈오월문학제〉 걸개시(2021년)

봄날 생각

김희수

저어기 저 허연 찔레꽃 덤불 위에
뱀 허물처럼 널브러진 세월강 위에
그대는 어디만큼 오고 있느냐
오리나무 아래 봄볕이 쉬는데
어린 바람 한 줄기 간지러운데
이 바람 따라가면 만날 수 있을까
청천강에서 을지장군을 뵙고
묘향산에서 승병들의 함성 듣고
베개봉 지나 삼지연 건너까지
마중 나온 흰 적삼 검은 통치마여
그대는 어디만큼 오고 있느냐

– 〈오월문학제〉 걸개시(2023년)

오월은 아직도 상喪 중

김경윤

꽃이 피어도 슬프고
꽃이 져도 슬프다

너 없는 이 세상에서
맑음은 한낱 바람에 흩날리는 헛꽃

오월이 오면 어머니 마음에는
소복처럼 흰 찔래꽃 핀다

꽃이 피어도 슬프고
꽃이 져도 슬픈 오월

너 묻힌 망월 언덕에
붉은 꽃잎으로 피어나는 이름

자유 민주 통일
너의 이름을 부른다

불러도 대답 없는 오월
아직도 이 땅은 상喪 중이다

- 〈오월문학제〉 걸개시(2018년)

늦은 목련

조성국

뭣 모르고
얼결에
시위 대열 붙좇다가
태극기 덮인 상무관의
시체 더미 보며
지레 겁먹고 도망치는

도청 뒤편
한 주먹 쌀밥 모양
몽우리를 매달았던

응달의 담장께
총 한 자루
가만 받쳐 놓고
앉아
넌지시 웃던
교련복 차림의 고교 동창이
검은
교모 턱 끈을 꽉 조인 채
공손히 받쳐 먹던

희고 둥근

분수대 보이는 가두에
행상 광주리 이고 온 동창 어매가
갓 지어 낸
주먹밥을 여전히 내고 계셨다

끝나지 않는 것들에 대하여

양기창

동백꽃이 져 있었습니다
하산된 무덤가에
오늘은 진달래꽃이 피었습니다
꽃이 피고
꽃이 지고
다시 지고 피고
그렇게 끝나지 않았습니다

오월꽃이 져 있었습니다
금남로에서 망월동까지
오늘은 쑥부쟁이꽃이 피었습니다
꽃이 피고
꽃이 지고
다시 지고 피고
그렇게 끝나지 않았습니다

커이커이 통곡 소리에 묻혀
카빈총 소리 희미해졌지만
이제는 기관총 소리 퍼붓고 있습니다
하산된 무덤가
비트에서는 작전 회의 중이고

옛 소년병은 여전히 망루에 서 있습니다
그렇게 끝나지 않았습니다

세월이 흘렀지만 허물 수 없는
영원히 허물어지지 않는
도청에서는 열사들의 눈빛이 살아 있고
분수대에서는 광주출정가가 울리고
여기 전일빌딩에서는
투사회보가 뿌려지고 있습니다
그렇게 끝나지 않았습니다

탱크와 기관총에 맞선
80년 오월에도
밥, 생명, 평화, 민주화, 통일
수장당하고
물대포에 죽어 나가는 지금도
밥, 생명, 평화, 민주화, 통일
그렇게 끝나지 않았습니다
끝나지 않는 것들에 대하여

‒ 〈오월문학제〉 낭송시(2021년)

그대여, 마지막 밤의 슬픈 노래여

양성우

그대여, 마지막 밤의 슬픈 노래여.
하늘 위에 역사 위에 별이 되어 반짝이는 큰 넋이여.
그대 빛의 나라에서 만나리라.
그대의 피 절은 땅 틈도 없이 스민 이 어둠의 끝에,
남 다 살리기 위하여 앞장서서 죽고 영원히 죽지 않는 그 넋으로
떠도는 그대 빛의 나라에서 만나리라.
이 원한의 살속 깊이 파고드는 가시바늘 한꺼번에 꺾고,
겹겹이 쌓이는 아픔을 넘어 그대 눈부신 아침의 빛의 굽이에서
산 몸으로 만나리라.
그대 이 오월의 땅끝에서 땅끝까지 불처럼 뜨겁게 태우는
사랑 하나로 스스로 몸을 던져 재가 되신 이여.
여전히 예처럼 안팎으로 넋 나간 뭇 사람들의 손찌검에 거듭하여 죽
고,
지금은 적막강산 가득히 떠돌며 오도 가도 못 하는 이여
그대가 뿌린 씨앗이 수풀을 이루고, 오오 그대가 붙인 열망의 불길
이
세상을 태우리라. 세상을 태우리라.
아무도 모르는 그 어느 한순간에
그대의 이름 아래 남과 북이 한 몸이 되고, 누구든지 골고루 낱낱이
기쁨으로 배부를 그날이 오리라.
사랑하는 이여. 그대의 피 절은 땅 틈도 없이 스민 이 어둠의 끝에,

남 다 살리기 위하여 꼿꼿이 맞서고
우수수 수천 수만의 꽃잎으로 떨어진 그대 눈부신 아침의
빛의 굽이에서
산 몸으로 만나리라. 산 몸으로 만나리라.
그대여, 마지막 밤의 슬픈 노래여.

– 양성우 시집『그대의 하늘길』(창작사, 1987년)

약무오월 시무국가若無五月 是無國家
- 80년 오월이 없었으면 오늘의 민주 국가도 없다

윤재걸

이 땅의 민중들이
빼앗긴 국권을 되찾은 8·15!

이 땅의 민중들이
빼앗긴 주권을 되찾은 5·18!

한반도는 35년간, 혹한과 칠흑의 세월
감시의 쇠사슬에 얽매인 노예의 삶.

미국과 소련이 획책한
남북분단의 아픔 속에서

이름뿐인 거짓된 국권의, 허수아비 국가.
허울뿐인 거짓된 주권의, 군사독재 정권.

이게 과연 국권회복의 나라냐고?
이게 과연 주권재민의 나라냐고?

하루에도 몇 번씩, 분노와 비탄!
독재자의 노예 신세를 서로가 울먹였다.

참고 참다 마침내 터져버린
5월 함성은 민중의 활화산!

10일간의 핏빛 살육현장은
국권과 주권 회복의 민주전쟁터!

8·15를 거꾸로 보라, 5·18!
5·18을 거꾸로 보라, 8·15!

8·15는 필연을 가장한 역사적 우연?
5·18은 우연을 가장한 역사적 필연!

이 땅에 8·15가 없었다면
이 땅에 5·18이 없었다면

지나간 40년의 온갖 민주역정,
국가주권도, 국민주권도 없었을 터!

80년 오월, 그날의 핏빛 함성이 없었다면
약무오월若無五月 시무국가是無國家!
　　ー 5·18 제40주년 시선집『광주, 뜨거운 부활의 도시』(시와문화, 2020년)

제2부

5월 21일, 도청 앞 광장에서

윗옷

나해철

저놈 잡아라
저놈!
죽여라

광주 80년 5월 18일 금남로
등 뒤에 쏟아지던
살육의 언어

골목으로 뛰어들어
숨을 곳을 찾아 달릴 때
윗옷을 벗어 던졌지

옷은 바로 전前달
4월에 치른 혼인 예복

옷색을 달리 하면
쫓다가 긴가민가 할까 봐
전두환타도를 목놓아 외치던
그놈이 어디 갔나 할까 봐

목숨 대신 벗어주고

뛰어 달려
골목 안 담을 넘었네
그리고
살았네

그 후로
윗도리는 여태 찾지 못했네
돌아오지 않았네
4월의 기쁨도 5월의 환희도
함께 잃어버렸네

지금까지 40년
윗옷을 번듯하게 입은 적은
진정 없었네

　　　　　－ 5월시 동인시집 제7집 『깨끗한 새벽』(그림씨, 2020년)

그날

허형만

오월 하늘도 청청한 대낮
한 살배기 아들을 업고 마당에 나왔을 때
공중에서 최루가스가 실비처럼 내렸지
저녁 아홉 시면 전화는 불통이 되고
골목에선 우우우 몰리는 소리 호각 소리
방문 걸어 잠그고 불빛이 새어나가지 않게
아기가 놀라지 않게 이불로 방문을 가렸지
날이 밝으면 찾아간 도청 앞 상무관과 분수대에는
시체 담긴 관들이 분수처럼 피를 쏟았지
그날 내가 살았던 광주는 탱크에 갇힌 섬이었지
오직 우리의 어머니 무등산만이 온몸으로 껴안아주었지
그러나 민중항쟁이 승리하고 난 뒤
광주를 모르는 사람들은 이 증언을 믿지 않았지
지금도 믿지 않고 헛소리하는 자들이 득실거리지
         – 5·18 제40주년 시선집 『광주, 뜨거운 부활의 도시』(2020년)

구겨진 주검 허벅지 하얗게

한경훈

1

무개차 짐칸 위에 회색 하늘이 서 있다 낡은 군복 예비역과 교련복들의 허술한 머리 위에 검은 헬기가 도로 폭음을 이끌고 위태로운 트럭을 끌어 평행선은 굽은 삼거리를 돌아가고 있다 이 거리를 지나 저 모퉁이를 돌아 사라지는 저들은 분명 어디선가 부딪히고 부러질 것이다 저 화물차와 헬기가 사라져간 도로 끝 저들이 멈추는 곳에서

검은 길 삼거리에서 서로는 증오의 명분을 층층이 쌓고 있다 이어 하얀 벽에는 핏빛 저주가 흐르고 저항에 저항하는, 피에 붙은 거머리, 끈적이는 그들은 악착같이 잔인하였다 구겨진 주검 허벅지 하얗게, 굽어 흘러내리는 곳에 삼거리는 누가 설계한 것일까 붉은 바다로 튕겨진 길은 한사코 죽음만 끌어안았다

던져진 빛 줄은 썰물에 휩쓸리는 것들의 공포, 유영슈퍼 삼거리에 떠 있던 헬기와 그들이 끌고 다니던 배는 바다에 추락하는 것들의 공포, 끈질기게 당기는 저 팽팽한 소름은 죽은 자에게 남아 있지 않다 죽임에도 악귀 같던 그 철모, 살아 있는 그자에게 남아 있다

채소를 캐는 장사치 부부는 번개 치는 폭음과 짧은 통증, 상황인식도 없는 죽음을 맞았다 포니 승용차와 오토바이 사이 부딪히는 불꽃은 선명한 파열음으로 일어섰다 그은 얼굴에 콧구멍 검댕이, 흙 묻은 장화

가 고단한 삶을 걸어갔다 핏자국을 피해 돌아가는 바퀴와 황급한 사람들로 가득 차 이 거리는 굽어진 것이다 내 차 짐칸이라도 실으세요 아니요 늦은 걸요 이미 죽었어요

2

가면들의 습관이란 얼마나 끈질긴 것인가, 피에 붙는 군인 철가면 그 사람 '본인은 폭동을 진압하고 서역을 평정한바 이제 제국은 이교도들 위협으로부터 안전할 것임을 선포하는 바입니다' 그는 어깨와 강한 턱을 들어 개선장군의 위압을 보여주고 있다 순한 피를 더럽게 쟁취한 그는 황제가 되는 변태술을 익힌 듯 견장과 양양한 입술에 힘을 더한다 하지만 탈피와 위장에 칠해질 명분의 피는 그 정도로는 부족하다 그렇다 치뜨는 눈가 경련이 말하고 있다 아아 도대체 이 거리는 얼마나 많은 피와 죽음을 원한단 말인가

3

살아남았다 굽은 길에 던져 피하는 본능은 쏟아져 돌진하는 택시보다 빨랐다 황급한 담임의 휴교령은 지방 유학생들에게 시퍼런 달개비꽃을 선물하였다 피난자들은 검은 도로 아지랑이 속에서 걸어 나왔고 걷는 결연이 저항의 아리랑 길을 이끌었다

부스러기들은 앞에 떨어지는 빠른 계산을 마치고 제국을 찬양하고 피를 숭배하였다 박쥐들에겐 선과 악을 판별할 의무는 없다 거짓과 선전이 속임수로 피어났지만 유영슈퍼 삼거리 풀들은 더 억센 풀로 자라고 있었다 5월 꽃들이 저렇게 붉었다

– 한경훈 시집 『귀린』(현대시학사, 2022년)

그날의 일기

백수인

1980년 5월 17일 밤
흑백 텔레비전 화면으로 미스코리아 미인들을
감상하고 있었다
별안간 화면 아래를 훑고 지나가는 자막
"비상계엄 전국 확대, 전국 각급 대학에 휴교령"

다음 날 아침 걸어서 가 본 조선대 후문
시커먼 얼굴의 군인들이 총으로
앞을 가로막았다
총구와 투구 사이로 건너다보이는 종합운동장에는
어두운 빛깔의 텐트로 가득했다
캠퍼스가 하룻밤 사이에 온통 병영으로 변해 있었다
잠시 후 수십 대의 트럭들이
총을 든 군인들을 가득 태우고 어디론가 달려나갔다

뒤돌아서서 금남로를 향해 걸었다
곳곳에 서 있는 무장 군인들이 무서웠다
광주여고 정문 앞에서 선배 교수와 마주쳤다
그는 내 앞길을 가로막아 섰다
지금 군인들이 시내버스를 세워놓고
대학생처럼 보이면 무조건 끌어 내려서

몽둥이로 두들겨 패고 두 손을 뒤로 묶어 끌고 간다는 것이다

노동청 앞에는 전투경찰들이 도로를 막고 있었다
향군회관 골목을 돌아서 전일빌딩 쪽으로 가고 있는데
어떤 아주머니가 나를 붙들고 울면서 애원했다
"가지 말아요 가면 죽어요
내 아들 같아서 하는 말이요 절대 가지 말아요"

골목엔 시민들이 모여 웅성거리는데
착검한 총을 든 계엄군들이
바짓가랑이에 구슬 구르는 소리를 내면서
시민들에게 겁을 잔뜩 주고 있었다
그들의 총구는 이미 시민들을 향해 있었다

금남로에는 들어가지 못하고
원불교 골목을 지나 법원 쪽으로 걸어서
집으로 돌아왔다
겁에 질린 다리는 풀어져 비틀거리고
한숨과 눈물이 피처럼 흘렀다

다음 날

군인들이 집집마다 돌아다니며
대학생들을 색출해서 무조건 두들겨 패
잡아간다는 소문이 돌았다
집에 데리고 있던 대학 3학년짜리 동생
벽장 속에 숨겨 놓고
그 안에서 취식하게 했다

얼마 후에 살펴보니
벽장 속은 텅 비어 있었다
그는 이미 탈출하여 금남로로 나간 것이었다
거기에서 자유를 잠그고 있는 커다란 자물쇠를
시민들과 더불어 온몸으로 부수고 있었을 것이다

- 『민족작가』 6호(2023년)

그날

정민경

나가 자전거 끌고잉 출근허고 있었시야

근디 갑재기 어떤 놈이 떡 하니 뒤에 올라 타블더라고. 난 뉘요 혔더니, 고 어린 놈이 같이 좀 갑시다 허잖어. 가잔께 갔재. 가다 본께 누가 뒤에서 자꾸 부르는 거 같어. 그라서 멈췄재. 근디 내 뒤에 고놈이 갑시다 갑시다 그라데. 아까부텀 머리에 피도 안 마른 놈이 어른한티 말을 놓는 거이 우째 생겨먹은 놈인가 볼라고 뒤엘 봤시야. 근디 눈물 반 콧물 반 된 고놈 얼굴보담도 저짝에 총구녕이 먼저 뵈데.

총구녕이 점점 가까이 와. 아따 지금 생각혀도…… 그땐 참말 오줌 지릴 뻔했시야. 그때 나가 떤 건지 나 옷자락 붙든 고놈이 떤 건지 암튼 겁나 떨려불데. 고놈이 목이 다 쇠갔고 갑시다 갑시다 그라는데잉 발이 안 떨어져브냐. 총구녕이 날 쿡 찔러. 무슨 관계요? 하는디 말이 안 나와. 근디 내 뒤에 고놈이 얼굴이 허어애 갔고서는 우리 사촌 형님이오 허드랑께. 아깐 떨어지도 않던 나 입에서 아니오 요 말이 떡 나오데.

고놈은 총구녕이 델꼬가고, 난 뒤도 안 돌아보고 허벌나게 달렸재. 심장이 쿵쾅쿵쾅 허더라고. 저짝 언덕까정 달려가 그쟈서 뒤를 본께 아까 고놈이 교복을 입고 있데. 어린놈이……

그라고 보내놓고 나가 테레비도 안 보고야, 라디오도 안 틀었시야.

근디 맨날 매칠이 지나도 누가 자꼬 뒤에서 갑시다 갑시다 해브냐.

아직꺼정 고놈 뒷모습이 그라고 아른거린다잉……
　　　－〈5·18민주화운동 기념 제3회 서울 청소년 백일장〉 당선작(2007년)

그날

양원

그날 저녁 광주에 도착했다
차창 밖으로 불길이 보이고 천둥소리가 들렸다
고속버스 터미널 앞에는 기름불이 가득했다

이튿날 다시 광주로 들어가려다
공항 바리케이드에서 막혔다
총 든 사병에게 막아선 길을 터주라고 하자
철모에 색안경을 쓴 대위가 웃었다
너를 지나 나의 길을 가겠노라면
사람을 함부로 죽인다는 금남로에 가려거든
그날 차라리 말미산을 우회했어야 했다

사십 년도 더 넘어 지금
최고 수준에 이른 문명의 잔혹한 이면의 닮은 꼴
미얀마 우크라이나 한국
광주는 거기에서 다시 피를 흘리고 있다
총포와 차별과 파시즘과
사람의 얼굴과 짐승의 마음이 교차하는 오늘
검은 천을 뒤집어쓴 흰 유령이 나타났다

그날이 와도

그날이 와도
흐린 하늘은 도통 개지 않는다

— 〈오월문학제〉 걸개시(2022년)

그날

박훈

그날은 화순 주도리 국민학교에서 투수를 하고 있었다. 세 번째 볼을 집어넣고 네 번째는 스트라이크를 노리며 비료 포대로 만든 미트를 보고 있었다. 그러나 그 공은 영원히 던져지지 않았다. 탱자나무 담벼락 사이로 지나가는 군용트럭의 굉음이, 정민이 어매의 호들갑이 공을 얼어붙게 한 탓이다.

"아그들아 큰일 났다. 전쟁 났단다. 싸게들 집에 들어가라잉."

철길 따라 10리를 줄달음쳐 집에 왔지만 시장 나간 엄마는 오지 않고, 형제들만 오들오들 떨고 있었다. 내 읍내에 갔다 오마 니들 여기 있어라. 읍내를 전속력으로 달려가 본 첫 장면은 화순경찰서가 부서진 텅 빈 건물이었다.

"오메. 옆집 해란이 아빠 경찰 아제는 어디 갔을까나. 죽었다냐. 썩을 놈들이 먼 일이다냐."

화순탄광 방면으로 가는 찝차는 바퀴 탄내를 내며 달리고, 달리는 군용트럭에는 "살인마 전두환을 찢어 죽이자"고 피인지 페인트인지 붉은 머시가 천에 휘날리고, 잡것들의 흰 두건에 머라 써 있더라.

한참을 보고 있자하니 아비가 일하는 화순탄광으로 갔던 사람들이 총을 들고 오더라. 몇 대의 차가 또 바퀴 탄내를 내며 너릿재를 넘어가고, "살인마 전두환을 찢어 죽이자"라고 피로 쓴 현수막을 붙인 군용 트

럭이 앞에 서더라. 화순읍 교리. 우물이 있는 화순약국 앞이었다. 험상
궂게 생긴 아저씨가 총을 들고 뭐라 뭐라 하더라. 옆집 해란이 경찰 아
빠는 어디 가서 저놈들을 안 잡아갈까. 아님 죽었을까 생각이 또 들더
라. 근데 그 아저씨 말에 동네 청년들이 타더라, 내 정말 싫어했던 축구
하는 날이면 공을 뺏어 차던 그놈이 타더라. 지 엄마가 말리더라. "니
가면 디진다. 가지 마라" 울부짖는데, "시끄럽다. 나 간다"며 트럭 타는
데 지 엄마는 땅바닥에 주저앉아 통곡하더라.

다 보고 어둑할 무렵 집에 들어와 이야기를 하는데, 아비가 들어오
지 않았다. 기다리다 지쳐 잠을 자다 깼는데 아비가 어미에게 하는 소
리가 들리더라. 화순탄광에서 총과 다이너마이트를 내주고 30리를 걸
어왔다고. 그리고 우린 몇 년 동안 석가탄신일이었던 5월 21일 그날 이
야기를 아무도 하지 않았다.

아무도 그날을 이야기하지 않았다.
　　　　　　　　　　　– 박훈 시집 『기억을, 섬돌에 새기는 눈물들』(글상걸상, 2018년)

5월 21일, 도청 앞 광장에서

김진경

우리 역사는
우금치 고갯마루를 맴돌고 있었더니라
20만 동학군 죽창이
눈사태처럼 무너진 이래
쓰러져 누운 흰옷을 논밭삼아
착취의 칼날을 꽂는
식민의 세월
3·1절의 함성도
6·10만세의 함성도
광주 학생의 부르짖음도
우금치 고갯마루를 맴돌다
끝내 무너져 내렸더니라.
그리고 해방이라 했던가
넘을 수 없는 우금치 고갯마루에
겹겹이 철조망이 쳐지고 지뢰가 묻히고
그들은 그걸 38선이라 했더니라.
휴전선이라 했더니라.
4·19도 우금치 고갯마루를 넘다
철조망 위에 무너져 내렸더니라.

1980년 5월 21일

광주 도청 앞 광장에도
그 운명의 고갯마루는 있었다.
분노한 시민의 물결이
학살자들이 쫓겨 들어간 도청을 향해 압박해 가고
총성이 울렸지.
하늘을 향해 짖어대던 공포탄의 사격.
광장의 아스팔트 위엔 정적과 햇빛만이 들끓고 있었다.
거기 있었다.
운명의 고갯마루는
1894년 일본 기관총 부대와 관군이 지키는
고갯마루를 향해
죽창을 들고 행진해가던 동학군처럼
우리들이 넘어야 할
죽음의 고갯마루는
식민주의의 성곽은 거기 있었다.
숨막히는 정적이었다.
한순간이 10년처럼 숨통을 조여오는 햇빛이었다.
햇빛 속에 너는 일어섰다. 환상처럼
태극기를 들고
동해물과…… 를 부르며
빡빡 깎은 머리가 파르스름한 너는
중학생이었다.
기관총이 정면으로 겨누어진
도청의 정문을 향해 너는 걸어 들어갔다.
사람들은 홀린 듯이 일어나 멀찍이 너를 따라갔다.
총성이 울리고
너는 쓰러졌다.

사람들은 다시 그늘에 숨 죽여 엎드리고
너의 목에선 피가 흘러
광장의 가운데 아스팔트 위에
외로운 꽃무더기를 이루었다.
죽음의 행진은 계속되었다.
네가 한 발자국 내디딘 고갯마루 너머로
인산인해人山人海의 주검을 딛고 넘는 행진이
너의 뒤에 네 또래의 한 아이가
그 뒤에 몽둥이를 든 한 떼의 청년들이
버스를 탄 채 돌진하다
기관총 사격에 쓰러져 갔다.
우리들은 무기를 들었다.
그대로 죽어갈 수만은 없었으므로
기나긴 총격전
어둠 속으로 총탄들이
네 짧은 생애처럼
숨가쁜 불꽃이 되어 날아갔다.
상무관의 한구석에서
분수대의 뒤에서
우리는 방아쇠를 당겼다.
전대 부속병원 옥상에서는
도청을 향해 LMG가 불을 뿜었다.
무고하게 죽어간 수많은 혼들처럼
무수한 불꽃이 허공을 날았다.
제국주의의 군홧발 아래 쓰러져 간
무수한 이들을 위해
찬란한 불꽃놀이가

밤하늘을 수놓았다.
새벽은 왔다.
도청은 텅 비어 있었다.
밤새 헬리콥터로 철수한 걸까
충혈된 눈으로
카빈을 든 시민군들이 모여 들었다.
죽음의 고갯마루를 넘어

1980년 5월 22일,
우리는 우금치 고개를 넘었더니라.
인산인해의 주검을 딛고
한 걸음 한 걸음
민족의 해방을 향해
철조망을 지뢰밭을 넘었더니라.
아, 무수히 죽어간 이들의 혼들이
밤하늘의 별자리로 빛날 그날을 향해
운명의 고갯마루를 넘었더니라.
죽음의 고갯마루 너머로
첫발자국을 옮겼더니라.
역사여
1980년 5월 21일
광주 도청 앞에서 전사한 한 아이를 기억하라.
도청 앞 광장에 피어난
피의 철쭉을 기억하라.
우금치 고개 너머로 내디딘
죽음의 첫 발자국을 기억하라.
　　　　　　 - 5월광주항쟁 시선집 『누가 그대 큰 이름 지우랴』(인동, 1987년)

민주화여!*

이윤정

민주화여! 영원한 우리 민족의 소망이여!
피와 땀이 아니곤 거둘 수 없는 거룩한 열매여!
그 이름 부르기에 목마른 젊음이었기에
우리는 총칼에 부딪치며 여기 왔노라!
우리는 끝까지 싸우노라!
우리는 마침내 쟁취하리라!
날아라 민중아! 민주의 벌판을
뛰어라 역사여! 희망의 내일을
언론자유 동냥 말고 피땀으로 열매 맺자.
권력안보 동냥 말고 총력안보 지지하자!
유신잔당 뿌리뽑고 김일성도 격퇴하자.
전두환의 사병 아닌 삼천만의 국군 되자.
전두환이 살인마냐! 광주시민이 폭도냐!
삼천만을 수호하고 전두환을 배격한다!
폭군정부 격퇴하고 민주정부 건설하자!
방위세가 둔갑하여 최루탄과 총알이냐!
미끼 던져 사냥 말고 역사 알고 자결하라!
대통령이 앵무새냐 시킨 대로 잘도 한다.
민주정당 자처 말고 민주주의 거름되자.
표 달라고 아부 말고 대변하고 투쟁하라.
앞서 가면 지도자! 뒤로 빼면 비겁자!

4·19는 환호한다 녹두장군 지켜준다.
지 맘대로 대통령 지 맘대로 국무총리
지 맘대로 국무위원 지 맘대로 사령관
지 맘대로 애국하면 총화하자면 혼란 오고
굽신거리면 애국자요 번영 오고
반대하면 공산당 찬성하면 근대화
맹견들을 풀어놓고 민주학생 끌어가고
미친개들 풀어놓고 민주시민 물어가네.
민주시민 협상하여 미친개를 쫓아내니
간첩깡패 운운하며 똥 뀐 놈이 성내더라
미친개에 지놈 한번 물려 보면
요리 뛰고 저리 뛰며 도망갈 곳 찾느라고
다른 사람 물린 것도 안중에 없을 텐데
우리 민주시민! 정신차려 용케도 막았구나!
이허! 이게 웬 날벼락인고
표창 받을 민주시민 폭도로 몰았구나.
지가 앉은 총리대신 혼자 취해 그날부터
만끽하고 하는 말이 걸작이라
무서워서 못 내리고 상공에서 보았더니
질서는 조금 있고 폭도는 많드라.
지놈들만 쓰는 라디오와 TV로

먹여줄게 항복하라
항복하면 살려주고 자유하면 죽일란다.
민주시민들아! 미친개가 포위했다.
위협주고 달래주고 울리고 젖먹이고
죽 끓이고 팥 끓이고 명분 찾고 생색내고
소향 팔고 외입 나가 돼지같이 혼자 먹고
소같이 말 잘 듣는 해바라기 유신잔당
앞세워서 고향타령 매향타령
북 치고 장구 치고 금의환향 기대하며
고향 생각 잠겼구나
안 속는다! 안 속아!
속다 보니 많이 속았드라!
자유당 때에 속았고 5·16쿠데타에 속았고 유신에 속았다
그러나 이젠, 이젠, 이젠
안 속는다! 안 속아!
너무도 속았드라!
안 속는다! 안 속아!
절대로 안 속는다!
 ─ 5월항쟁 10주년 시집 『마침내 오고야 말 우리들의 세상』(한마당, 1990년)

* 이 시는 1980년 5월 24일 오후 4시 30분경 전남도청 앞 '민주광장'에서 열린 '제2차 민
  주수호 범시민궐기대회'에서 임영희·최인선이 낭독해 광주시민들로부터 큰 호응을 받
  았다.

우리는 파도였다

장우원

파도는 밀려갔다
다시 밀려온다.

80년 그해 오월
도청을 앞에 두고
우리는 파도였다.

물고기를 노리는 갈매기처럼
헬기가 상공을 투탁거려도
우리는 대오를 잃지 않았다.

난도질로 흩날리는 비늘들
저마다 가슴에 부여안고
은빛 칼날이 되어
경적을 울렸다.

파도는 모든 것을 삼키고
오히려 다시 맑아진다.

80년 그해 오월
피 묻은 태극기를 앞에 두고

우리는 파도였다.

작살을 던지는 사냥꾼처럼
저격수가 총알을 난사하여도
우리는 태극기를 놓지 않았다.

허공에 솟구치는 붉은 포말들
저마다 가슴에 쓸어안고
핏빛 맹세가 되어
마침내 도청을 뒤덮었다.

해방 세상
오월 광주
죽음 앞에서도 기꺼이
우리는 넘실거렸다.
　　- 5·18 제40주년 시선집 『광주, 뜨거운 부활의 도시』(시와문화, 2020년)

1980년

박석준

"선생님께서도 5·18 때 광주에 계셨던데, 정말
해방구란 곳이 있었어요?" 제자의 선배가 물었다.

아침에 한봉* 형이 사다 준 흰 고무신만 마루에 있고
어머니가 보이지 않아, 6일 후 막내랑 서울로 갔다.
10시경, 어머니, 작은형이 아버지 사는 방에 돌아왔다.
전기가 흐른가 몇 번 정신 잃었제라.* 그런디 뭔 꿍꿍이가
있는가 여덟 시 반이나 돼서 가라고 내보냅디.
나는 트랜지스터로 음악을 들으며 새벽으로 갔다. 그냥
음악이 끊기면서 대통령이 서거했다는 뉴스가 삽입됐다.
광주로 돌아온 날, 4월부터 나를 감시하고 시험도 방해한
형사가, 광주와 서울 각 5명인 형사가 보이지 않았다.
11월엔 해방전선,* 큰형, 삼형, 검거 기사를 보았다.
1년간 학사경고를 받은 나는 문리대 벤치에서 쇼윈도
세상을 생각하거나 하다가 4월부터 데모대에 끼어들었다.
5월 15일 오후 4시엔 도청 앞 집회에 갔다.
시내에 난리 났어. 18일 낮 열한 시에 나를 데리러
운암동에 온 막내의 말에 귀가했으나 심란하다.
19일 5시 신탁의 집에서 함께 나와 우리 집으로 가다가,
좀 전에 계림파출소 근처에서 학생이 총에 맞았어요,
전하는 소리. 파출소 앞에서 헤어졌다. 계림동 오거리

우리 집 쪽으로 총검을 지닌 계엄군들이 가는 것을 보고
불안하게 걷는 나. 우리 집 대문 앞 술집으로 들어가기에,
숨죽여 어떻게 열렸는지 모른 대문 안으로 들어간 나.
신탁과 재단사 인학은 MBC 방송국 쪽으로 달려갔지만,
호흡이 곤란해진 나는 타오르는 불길을 집에서 보았다.
21일 낮 1시경 수많은 시위대 속 나는 관광호텔 앞에서
내 옆으로 날아오는 총소리, 총알에 놀라 움직여졌다.
사람들의 움직임에 나도 움직였다. 하지만 열 발을 뛰기
힘들어 걸어가는 나, 쓰러지는 여자와 벗겨진 신발, 또
쓰러지는 사람, 구하러 가는 사람, 건물 앞이나 골목
어귀에 멈춰 선 사람, 금남로를 보았다.
내가 어떻게 집에 돌아갔는지? 밤에 돌아와 후회하는.
동구청 앞 트럭에 밥을 올려주는 아줌마들을, 트럭 위
동생들과 사람들을, 민주를 지키러 가는 광주를 보았다.
평화롭고 자유롭고 화목한 날들을 보았다.
동네 양장점 학생이 죽었다고 한다. 상무관이 어디냐?
상무관 많은 관 앞의 통곡. 관 속의 태극기.
금남로 한국은행 앞 빨간 핏물을 어머니와 함께 보았다.
내가 어떻게 집에 돌아갔는지? 밤에 돌아와 후회하는.

수술한 나를 찾아 병원에 온, 시민군 상원* 형도 전사했다.

그러나 북한군 개입설을 퍼뜨리는 너는 그 10일간
광주에 확실히 없었다. 사진 속 사람이 어떠니 하는 너는
그 기간 광주의 사진들 속에도 없다.
금남로. 내가 손대기 전 손대지 마라,
하는 오늘 금남로. 빛!

— 5·18 제40주년 시선집 『광주, 뜨거운 부활의 도시』(시와문화, 2020년)

* 윤한봉(1947~2007년) : 사회운동가. 5·18광주민주화운동 마지막 수배자.
* 전기가~잃었제라. : 남민전 조직원인 두 아들 박석률, 박석삼을 체포하기 위해 중앙정
  보부가 연행한 어머니를 대공분실에서 전기고문함.
* 해방전선 : 남민전(남조선민족해방전선).
* 윤상원(1950~1980년) 열사 : 노동운동가이자 5·18광주민주화운동 당시 시민군 대변인
  으로 활약. 들불야학 박기순(1958~1978년) 열사와 영혼결혼식을 치름.

1980년 5월 그때 대구에서 나는

정대호

1980년 봄, 교내 시위가 잦았다.
경북대는 일청담 주변에 벽보가 붙었다.
매일 들렀다.
세상을 다시 보는 계기가 되었다.
인천의 동일방직 똥물사건도 그때 처음 보았다.

5월 13일 학생시위대가 처음으로 학교 밖으로 나가려고 시도했다.
함선배와 복교생들이 앞장섰다.
정문에서 밀고 당기는 시위가 계속되었다.
그날은 그해 처음으로 최루탄이 쏟아졌다.
떨어진 최루탄이 요리조리 굴러가서 다시 터지는
지랄탄도 있었다.
학생들이 정문 밖으로 밀고 나오자
경찰은 최루탄 상자를 그냥 두고 물러났다.
학생들은 최루탄 상자를 경찰이나 쓰라고 돌려주었다.

5월 15일 오후 반월당에서 학생시위가 있었다.
그날은 진압대가 곤봉으로 때리고 방패로 마구 찍었다.
시위진압 방식이 바뀌었다.
누군가 경찰이 아니고 특수부대원이라고도 했다.
건장한 청년들이 굉장히 힘이 좋았다.

처음 보는 모습이었다.

학생들도 변했다.

진압군에 대한 연민의 감정이 분노로…

짱돌을 던졌다.

5월 18일 광주……

아, 그날 대구에도 낮 2시 반월당에서 시위를 하자는 말이 있었다.

그날 햇살은 너무나 따갑게 아스팔트 위를 때렸다.

시위하자던 학생들은 길 위에 없었다.

인도 위에서는 더러 무리 지은 학생들이 웅성거리기도 했다.

길가에 경찰차와 늘어선 경찰만 있었다.

친구들과 길가에 오래 서서 따갑게 내려쪼이던 햇살만 바라보았다.

5월 24일 반월당에서 시위를 하자는 말이 다시 있었다.

그날 오후 광장에는 침묵의 고요가 따가운 햇살에 맞서 있었다.

팽팽한 긴장감이 아스팔트 위에 반짝이고 있었다.

길가에는 진압대원들이 무장을 한 채 줄을 지어 앉아 있었다.

시위하자던 학생들은 나오지 않았다.

쏟아지는 뙤약볕 아래 오래오래 서 있다가

몇몇 친구들과 술을 마시러 향촌동으로 걸었다.

중앙공원 앞을 지나다가

신문 가판대 위

석간 매일신문 첫 면에

광주에서 사람들이 시위를 하다가 '세 명 죽었다'고 실렸다.

그 글자가 주먹만 하게 보였다.

그 글자가 망치가 되어 내 머리를 때렸다.

그날 향촌동에서 폭음을 했다.

1980년 5월 30일 김선배 자취방에서

우리도 자주 만나 책도 읽고 다음 준비를 하자고 했다.

그렇게 모이던 어느 날

광주에서 사람들이 많이 죽었다고

유인물을 만들어 뿌리자고 했다.

철필 대신 다 쓴 볼펜심으로 등사원지를 쓰고 또 썼다.

6월 그믐날쯤 통금 직전 만촌동 효목동 일대에

담장 너머로 '알려드립니다'를 뿌렸다.

캄캄한 시대의 절벽 앞에 서서 계란 몇 방울 묻혀 보았다

　　－ 5·18 제40주년 시선집 『광주, 뜨거운 부활의 도시』(시와문화, 2020년)

종소리

전기철

종소리는 분수대에 걸려 있다
보도블록이 일어서자
몇 겹의 바람이 이국적인 과거완료형 냄새를 풍기며
몇 종이 동사를 거느리고
했다, 했었다, 했었었다, 해치웠다
분수가 솟는 대신 종소리는
분수대 위를 맴돌며
과거진행형으로 울면서
자신의 무덤을 팠다
여운이 없는
서점에 깔린 시집처럼
맥없는 현재형 손끝에 잡힌다
목 잘린 빌딩이 울고 있니
피 흘리는 손가락이 비문을 쓰고 있지 않니

— 전기철 시집 『나비의 침묵』(모아드림, 1998년)

연노랑나비 떼

황형철

충분한 품으로 그늘 가지면 너를 껴안으면 수척한 내면에도 살이 찰 것 같다

군홧발에 부서진 교회당 종소리 피에 젖은 교복도 행방이 불명한 사람들 새가 된 애기도 시계탑도 분수대도 나무 아래 숨죽이고 울었다

해마다 가지를 키우는 건 여사한 사정을 살핀 회화나무의 공력, 그늘 짜깁는 솜씨가 이만하여 눈이 부시고 푸르러

그날 거리에서 쓰러지고 잠들었던 연노랑나비 떼 새벽을 물들이고 새로운 별자리가 관측된 날이었다

- 〈오월문학제〉 걸개시(2023년)

구겨진 신발

서화성

주인을 잃어버린 신발이 바람 따라 나뒹군다
새로 산 신발은 아닌 듯하지만 바닥의 흔적이 없었다
깨끗하고 단정한 신발,

언제부터 신발끈이 떨어져 있었고
바닥이 흙투성이가 되어 있었다

닦아도 닦아도 점점 퍼져가는 피의 얼룩
낯선 사람이 쏟아대는 총성
금남로는 떨어진 동백처럼 붉게 물들어 있었다

어제 만났던 김 씨는 정류장에서 보이지 않았다

꽃다운 시절을 뜬눈으로 보낸 누이
아무리 먹어도 먹어도 배가 부르지 않았다
피가 말라가는지 얼굴에 핏기가 없었다

간혹 힘들게 내뱉는 기침이 무슨 말을 하고 있는지
피 끓는 함성 같았다

물기가 빠진 앙상한 겨울나무처럼 뼈만 남은 누이

처참하게 짓밟힌 오후는 따뜻하지 않았고

그날은 진실을 이기지 못하는 법

신발의 누이는 오월이었다

- 〈오월문학제〉 걸개시(2023년)

흔들리는 창밖의 연가*

고광헌

1. 교정의 노래

영문 없이 종례가 일찍 끝났다

하늘이 큰 눈을 뜨고
이른 귀갓길, 짧은 그림자 끝에서
무수한 새 떼들이 떠나고 있었다

더 이상 교정에 머물지 못하는 햇살
나뭇잎들은
凹凸 심한 발굽 아래 갇혀
여름 햇살로 짜놓은
서정시와 헤어지고 있었다

몇 바퀴의 연대를
뒤집어쓴 운동장
전혀 늙지 않은 근대사가
가로수와 건물과 학교 정문과 광장을
길고 두텁게 혹은 짧고 예리하게
가두고 쳐내고 윽박질렀다

가장 여린 기도로

가장 더운 꿈들이 익는 곳에
둥지를 튼 어둠
새 떼들의 꿈이
몰리고 넘어지고 갇히면서
매운 눈물을 위로할
손수건은 먼저 젖고 있었다

나는 들을 것이다, 난데없이
겨울 교정에 핀 개나리가
솟구치는 봄비에 지르는 비명을

나는 볼 것이다, 느닷없이
억지 잠을 청하는 자장가의 음표를 뚫고 나와
젖은 둥지를 털고 날아오르는
새 떼들의 합창을

2. 겨울 노래

어름꽃 향내에 잠 미루는 밤
때로 자육의 잠자리에 들 일이다
스스로의 꿈으로
스스로의 생명을 키우는
칼잠의 안식을 체득하리라

눈보라를 따라 간 친구도
겨울 들판,
손목 잡힌 허기도 근심하지 않고
폭설에 묻힌 상수리의 기억도

신이 떠난 밑둥지서 올라온
얼어 죽은 새순의 절망에도
행여
고개 떨구지 않겠다

그러나, 꿈속에서도 잊지 않으리라
겹겹이 포개놓은
우리들의 모세혈관을 흐르는 피들이
고향 아랫목에서 밀주가 익듯
쏟아내는 향내를

아무리 취해도 잠들 수 없는
댓숲의 신음 소리가
왜 겨울잠을 설치게 하고
첩첩이 문고리를 걸어도
호흡처럼 새어 들어오는
저 빛노래는
대체 어디서 오는 것인가를

3. 가난한 사랑의 노래
바람도 차마 옷깃 적시기 부끄러운
콘크리트 육교 위
푸른 사과 몇 알 올려놓은 위태로운 계단
두고 온 고향이 안부를 묻는다

저문 들녘 닮은
어머니 시린 웃음도 잠깐

초겨울 햇살은 그새
얇은 등 뒤로 스며들며 밤을 부른다

단잠을 빠져나온 농부
매일 조금씩 새로운 손으로 키운 사과들이
칸델라 불빛 아래
재바른 발길들 불러들인다

어둠이 들어찬 산동네 골목골목
헐벗은 백열등 눈물처럼 환해질 즈음
언덕길 오르는 뒷짐 진 손에
어머니 사과들이 걸려 있다

우리들의 거리, 우리들의 행복
숨가쁜 서울의 사랑법

           – 〈광주일보〉 신춘문예 당선작(1983년)

* 당시 언론 검열로 인해 일부 행을 삭제하고 순화된 언어로 수정해 게재됨.

너릿재를 넘으며

고규태

달걀귀신도 아닌 명색이 사람인 내가
어찌 너를 잊으랴
화순 너릿재를 넘다 떼거리로 꽃이 된
친구야
그 시절, 산기슭에 군인들이 파놓은 벌집 같은 참호를
고향으로 가는 저문 눈빛들이 날마다
못 잊어 꼭 한번씩은 돌아보고 가는데
너를 잊으랴

쓸개를 씹듯 팽팽한 고무줄을 물어뜯으며
내 마른 살거죽을 짓씹으며 떠올리는
네 식은 몸뚱아리
그 위로 궂은 봄비가 하염없이 내렸었지

충장로를 걸으며
잡풀 죽은 광천동을 홀로 걸으며,
명색이 사람인 내가 어찌 어찌
캄캄하게 너를 잊으랴
갯지렁이도 아닌
두 발로 이 땅을 짚고 선 내가
눈뜬 달달봉사일 수 있으랴

도청 분수는 다시 평온의 물줄기를 쏘아올리고
보도블럭도 새로 말쑥한 차림으로, 나를 반기고
귓가엔 새 시대의 달콤한 노래가 흐른다만
그러나 날이 갈수록 더욱 생생해지는
꽃향기마저 비린 추억이 되고 만 그 시절을
나는 잊지 못하리

오늘 또 철없이 내리는 궂은비
빗줄기를 뚫고 내게 오는 너의 얼굴
깡마른 검은 손으로 덥썩 나를 끌어안을 것만 같은
친구야
목숨 붙어 너릿재를 넘으며
나는 본다 무더기로 핀 너의 꽃가슴
고향으로 가는 낯익은 사람들을 위해 흔드는
너의 붉은 손을 본다

　　　　　　　　　　　　－ 고규태 시집 『겨울 111호 법정』(녹두, 1989년)

1980년 오월, 능주

박소원

머리띠를 질끈 묶은 시민군들
트럭을 끌고 능주까지 내려왔을 때
'광주'는 능주에서 너무 가까이에 있었다

"화순, 재 너머 터널이 막혔대"

일 톤 트럭 위에서 팔을 휘두르는 목청들
낡은 차체를 힘껏 두드리는 주먹들
알 수 없는 공포들 교문 앞에서 부르릉 서 있는 오후

봄꽃들 툭 툭 목 떨어뜨리는 오후
시민군은 트럭을 버리고 산을 타 넘어 '광주'로 가겠다는데
광주는 능주에서 더욱더 가까이에 있었다

겁에 질린 선생님을 따르는 학생들
책가방을 안고, 깊은 산속으로 숨어들 때
광주는 '세계世界'에서 너무 멀리에 있었다

― 〈오월문학제〉 걸개시(2022년)

때죽나무꽃

송태웅

그때도 지금처럼 때죽나무꽃
주렁주렁 종을 매달았었지
흥얼흥얼 그대 내뿜던 콧김
내 살갗에 남았는데

화순 너릿재 건너던 그대 보내고
그대 이름자 그 길로 화석이 되고
나는 돌아와 서른에 마흔에 나이를 더하고
차도 아파트도 사고 아이도 얻고
그대의 흥얼거림을 흉내내어 시를 쓰고
어두운 주점에 틀어박혀
세월이 던지는 사료에 사육되지만
끝내 내가 부를 수 없는 노래
끝끝내 그대가 될 수 없는 노래 떠올리며
다시 오월을 견디네

산수동 집으로 나를 돌려보내며
다시 올 수 없는 길
다시 올 수 없다는 걸 알면서도
나를 돌려보내던 그때의 그대 얼굴
지금 내 방에

그때의 때죽나무꽃처럼
주렁주렁 매달렸는데

다시 피는 때죽나무꽃
지난날들을 위해 조종弔鐘을 울리는가
오는 날들을 위해 축배祝杯를 들자는가

— 송태웅 시집 『새로운 인생』(산지니, 2018년)

탄착점

김윤환

아버지가 늑막염과 폐결핵으로 전남대학병원에 입원하자 서울 큰형이 그날 아침 일찍 병실을 다녀가고 어렵사리 군대를 제대한 둘째 형이 취직을 한다고 도청 앞에 도장을 파러 갔다 나는 엄마를 모시고 병원을 가는데 대낮부터 일단의 군인들이 우르르 쏟아져 나왔다 송정리에서 도청으로 가는 길에 버스가 더 이상 운행하지 않았고 병원까지 걸어서 가는 길에 엄마는 "야, 아가 뭔 전쟁이 났다냐? 어찌 이리 뒤숭숭하다냐?" 멀리서 들리는 총성, 병원 앞에 즐비한 쓰러진 사람들 낯익은 둘째 형의 봄 점퍼에 흥건한 혈흔 어머니는 이내 혼절했고 아버지는 그날로 각혈이 심해졌다 아무도 쏘지 않았는데 탄흔은 선명했고 겨누지 않는 탄착점에 큰 관통이 생겼다 병원 경내 라일락 꽃잎이 떨어질 때마다 어머니 눈물이 고여 뚫린 가슴을 메우곤 했다

아직도
검은 원을 그리며
내 가슴에 붙어 있는
그날 그 탄착점
　　　　　　　　　　　　　– 김윤환 시집 『내가 누군가를 지우는 동안』(모악, 2021년)

낡은 수첩 1

김형수

낡은 수첩을 본다
광주항쟁 때, 반도 최남단
장흥 대덕까지 피난 가 사용했던
낡은 수첩
새들이 떠난 둥지가 있으며
피 묻은 도시의 황혼이 남아 있는
낡은 수첩을 본다
거리를 쓸어간 사나운 물살이며
약한 자의 간담을 샅샅이 핥아간 바람,
실로 역사라 부름직한 긴장의 강물이
거침없이 흘러갔던 낡은 수첩
그 창피한 수첩을 보고보고 한다
내 고향 함평으로 갈 수 있는
꼬불꼬불한 산길을 추적한 지도가 그려 있고
중간마다 1박 할, 그러나
죽었을지도 모르는 친구 집이 찍혀 있고
지리학을 못 배운, 무식한 내가 손수 그려둔
찻길·검문소·군부대가 표시된
낡은 수첩
케케묵은 그 수첩을 본다
아직도 그 안엔

고약한 최루탄 가스가 가득 차 있다
순진한 내가
세상의 한 증인이 된 대가로
질질 짜두었던 파레트의 물감처럼
말라버린 눈물
주근깨를 뿌린 듯 튀겨진 핏방울이
몇 년째 보존된 낡아빠진 수첩
거기의 전화번호를 볼라치면 새삼,
인간은 왜 사회적인 동물인가, 깊이 실감했던
그날의 경험 앞에 무릎이 꿇어진다
일단 통화가 단절되고 나서는
쓸모라곤 하나 없던 아라비아 숫자들
틈틈이 몇 자 적어 안부라도 주곤 했던
그러나 그때만은 불구였던 주소들이
송장처럼 누워 있는 수첩을 본다
도피가 최고였던
내 혼신의 절망이 묻어 있고
처음 당한 전투의 찌그러진 모습들이
볼펜 똥을 따라 찍찍 갈겨진
이제는 휴지로도 못 쓸 낡은 수첩
내 살아온 역사

부자가 되기를 간절히 소망했던
빈민의 발걸음이 이곳저곳 흩어져
두엄처럼 썩고 있는 낡은 날의 수첩
거기 그 즈음에 알았던 단애가 남아 있다
거기 이제는 버리고픈
나의 우매한 비폭력주의가 살고 있다
아 하지만 나는
눈물이 돌아 참을 수가 없는
낡은 수첩을 본다 수없이 덮어도
끝나지 않은 나의 생애를 ……

　　　　　　　　　　－ 김형수 시집 『애국의 계절』(녹두, 1988년)

너는 도청에 남았겠냐

김형로

그때 만약 금남로에 있었다면
도청으로 걸어 들어갈 수 있었을까 나는
도청의 그날 밤
찾아온 부모님과 애인을 돌려보낼 수 있었을까
총을 세워놓고 부모님 계신 곳 큰절 올릴 수 있었을까
패전을 기다리며
실낱같은 광주를 믿으며
결국 끌려갈 제 몸을 위로해 줄 수 있었을까
떨리는 손가락 방아쇠 걸 수 있었을까
도청 창틀에 거총할 수 있었을까
핏빛조차 삼켜버린 칠흑 어둠
쓰러지는 형제들 곁에 누울 수 있었을까
시를 쓰면서 나에게 던진다
너는 도청에 남았겠냐

– 김형로 시집 『숨비기 그늘』(삶창, 2023년)

민주화 피다

최광임

1
39년째 피는 5월 꽃입니다
사람나무에서 피었으므로 붉습니다

2
대답하지 않는다는 이유로
계엄군에게 28세 청년이 맞아 죽었습니다
청각장애자 김경철 씨였습니다
계엄 선포가 계엄군에 의해 발포되고
열아홉 살 김영찬 군이 총상을 입었습니다
노동자 김안부 씨가 총에 맞아 죽었습니다
비바람에도 끄떡없을 5월 꽃이 후드득 지고
'차라리 우리 모두를 죽여라'
대로로 광장으로 몰려나온 함성
목단 함박꽃 덩굴장미와 어우러졌습니다
하늘은 맑고 쾌청하여 죽도록 살고 싶은 날이었습니다

3
'거리에 나와 있는 사람은 전원 체포하라'
곤봉이 청년의 뒤통수를 갈기고
개머리판이 신혼부부의 등을 찍어 눌렀습니다

군홧발이 할머니의 얼굴을 짓뭉개 놓고
대검은 소녀의 젖가슴을 그었습니다
사람들이 군용 트럭에 실려갔다 돌아오지 않았습니다
어머니는 아들을 찾아 시내 병원을 뒤지다
뒷머리가 터지고 목이 찢겨 죽은 아들과 만났습니다
장갑차가 캘리버50 기관총을 난사하고
탱크가 M61 발칸기관포를 발사하고
수류탄이 터지고 헬기가 기총소사 할 때
살려달라는 애원은 포화 속에 고립되었습니다
포화가 민주화를 짓밟은 반인류 현장이었습니다

4
1987년 6월 28일 밤 나는 전주 관통로에 있었습니다
독재 타도! 전두환은 물러가라!
최루탄이 터지고 전경의 추격이 시작되고
몇은 중앙시장 의자공장 셔터를 부수고 숨어들었습니다
젖가슴 유린과 성폭행 또, 또 공포의 끝 간 데서
소문 무성하던 광주의 그날이 재현될 것 같은,
그 밤이 지나갔습니다, 어느 날
검정 양복의 사내들이 학교 앞으로 나를 찾아왔습니다
민정당 노태우 대선후보의 지지모임 대표 제안과 함께

나의 가족사를 실 꾸러미같이 풀어 놓았습니다
등록금과 용돈과 운전기사와 자가용, 국회 취업 보장까지
뱀의 혀를 가진 그들은 삼고초려 했습니다
나는 양심 팔아 편히 살고 싶은 마음 없다,
말을 베었습니다

5
민주화는 그렇게 자란 꽃입니다
포화와 민주화가 같은 꽃일 수 없듯
독재 타도를 독재의 후신들이 외친다고 피는 꽃이겠습니까
민주화는 5월 광주의 붉은 피를 값으로 주고 피었습니다
그러므로 피고 지고 또 피는 이 땅의 꽃,
자유와 민주를 아는 사람나무에서만 피는 꽃입니다
　　　　　　　　　　　　　　－〈오월문학축전〉 낭송시(2019년)

그날 나는 똑똑히 보았다

정종연

1980년 5월 18일 일요일 오후 3시 42분
나는, 내가 말이오
학원 갔다 오다가 광주 동명로에서
화려한 휴가 나온 짐승 같은 그들을 보았다

무자비하게 춤추는 곤봉 앞에
아스팔트에 처참하게 낙엽처럼 나뒹구는 몸뚱아리들
피눈물 흘리는 무등산
주천이 붉은 피로 적시는 현실이
고교 2년생 눈앞에서 벌어졌다
고개 쳐들고 뭐라고 한마디 지껄이지 못하고
맬겁시 그들 곤봉 세례를 수십 다발 받아야만 했다

그들은 미친 개였다
아니 굶주린 하이에나였다
국민의 군대가
그 백성을 적으로 총부리 겨누며
골목골목까지 쫓아가 사정없이 짓밟고
마구 내리치며 작살을 내서
질질 끌고 어디론가 내팽개쳤다

누가 그들에게 총칼을 주었는가
누가 그들에게 살해 명령을 내렸는가
아직도 진실은
학살자 수괴의 주둥이에 묻힌 채
우리 역사를 버젓이 가로막고 있다

그날 나는 똑똑히 보았다
그리고 유서를 쓰고 항쟁의 광장으로 나갔다
생생하게 기억하는 그날의 단상
역사를 거꾸로 매달아놓고
무참하게 인간 사냥하는 짐승들의 잔인한 휴가를
그날 나는 똑똑히 보았다

– 〈오월문학제〉 낭송시(2020년)

최후 심판

김창규

아무도 돌보지 않던 사람
그가 세상에서 가장 잘한 일은
죽어가는 시민군을 돌보고 살피는 일
청년의 나이였을 때
지하의 취조실 갇혀 피를 흘릴 그 시간
로마의 권력자와 아메리카합중국의 대통령은
포도주를 즐기며 웃고 농담하고 있을 무렵
도시는 불타고 장갑차와 탱크
공수부대와 계엄군이 온 도시를 장악하고
학살의 총성이 끊이지 않는 도시
그날의 비극적 참상은 말할 수 없다
그때 그는 거기 그 거리에
아버지와 아들과 함께 총을 들고
저항의 길목에서 싸웠다
계엄군과 전투를 벌였다
나는 그가 고문당할 때 돌보지 않았고
그가 갇혔을 때 찾아보지 않았고
그가 살려달라고 할 때 외면했다
어디에도 하나님은 없고 죽음뿐이었다
배고파 울고 추위에 떨고
목이 말라 타죽으려 할 때도

독방에서 혼자였다
빈대와 벼룩과 똥과 쥐와 더러운 냄새뿐이었다
차라리 죽을 수만 있다면 예수처럼
십자가에 매달리는 수난이 더 좋았을 것이다
그렇게 그는 감방에서 홀로 저항하다
장렬하게 전사했지만
하나님 없어도 결코 외롭지 않았다.
  ─ 5·18 제40주년 시선집 『광주, 뜨거운 부활의 도시』(시와문화, 2020년)

동틀 무렵

최미정

돌바닥이 차가웠다
어둠 속에서 총신이 흔들렸다
시한폭탄 초침이 느리게 움직이고 있었다
너희는 살아서 우리의 죽음을 알려라
아재는 여자들과 중고등 학생들을 내보냈다
나는 버텼다. 형의 팔이 내 목을 감았다
좁고 긴 복도로 사람들이 사라졌다
헬리콥터 소리
캐터필러 소리
발자국 소리
어두운 하늘이 총성으로 밝아지고 있었다

- 〈오월문학제〉 걸개시(2021년)

오월의 햇빛, 그날처럼

박복영

당신을 찾아가는 길은 너무 쉽게 끊어졌지요 짓밟힌 꽃들의 붉음처럼

상점은 입을 다물었고 골목길은 을씨년스러워 비둘기들은 돌아오지 않았어요

말씀 쪼까 묻건는디요 햇빛은 울음을 다독이느라 따가웠고 길 위의 아우성은 아우성을 챙기느라 아우성이었지요

나는 어린 것을 업고 마른 눈물을 닦으며 헤매다
언뜻 젖이 돌면

헛부른 이름처럼 먼 데 시선을 두어도 당신은 보이지 않아

거시기, 이런 사람 못 봤당가요. 동공은 잃어버린 심장처럼 펄떡거리는데

군홧발에 널브러진 아비여 어디에 계신가요

등 뒤에 바짝 업힌 어린것의 숨소리처럼
아무것도 모르고 아무것도 알 수 없으니

아따, 봤으믄 말 쪼까 해달랑께요. 부르튼 입술에 어스름 낀 말문 속

흐릿해진 시야에 바랜 총천연 기억뿐
질끈 감았던 눈을 뜨면 또 찢어지는 기억들

찔렸거나, 찢기거나 터졌거나
당신은 어디에 있는가요 어서 돌아오세요

상처는 아물지 않고 그날처럼 햇빛은 이리 따가운데
— 〈오월문학제〉 낭송시(2023년)

나는 여기에 있어요

박인하

나는 도망가다 끌려가다 벗겨진 신발
흙먼지 속에 나뒹굴면서도 몸을 숨겨야 했지
발길에 채어 제멋대로 풀린 끈
모두가 흩어진 깊은 밤
나를 흘리고 사라진 이를 생각하며
뜬눈으로 밤을 새우면
다시 거리에 쏟아지는 오월의 햇살이
부서진 뼈들을 염하는 하루 이틀 하루

나는 죽지 않는 몸으로 견뎌야 하는 증인
오래된 것들은 더 이상 늙지 않아
여기 아무도 찾지 않는 산그늘에도
흰 꽃이 무성한 계절
망자들은 오늘도 제 신발을 찾아 떠돌다
부르튼 발을 내게 한 번씩 넣어 보곤 해
그걸 따라 하는 바람도 있고 고라니도 있어

네 꿈속을 찾은 내 이야기가
이상한 꿈이었다 생각 말기를
셀 수 없는 이름들, 이곳의 초록은 시퍼렇다

─〈오월문학제〉 걸개시(2019년)

5월비

이승철

저 비를 알아, 오월비
오월산에 오월강에 더러운 것 다 벗어 꽃물 지는 비
움츠러진 넋쪼가리에 한풀한풀 적시며
육신에 그대 부끄러운 육신에 저며 떨구는 비
저 부르짖음을 아는가, 당신
오월의 자식들이 죽음을 마다 않고 각목 든 손길에
뼈마디에 움푹 패인 아버지의 잔주름에 머리칼에 꽂혀
천 년 원한에 시름 겨운 비
때론 송곳처럼 때론 솜털처럼 살과 살의 그늘에 나려
아스팔트에 대인시장 좌판대에 와서
머무는 비, 그날의 결단이었다
끝내 압제를 거부했기에
죽음과 한몸이 되자던
오월의 아들딸들이 맞이하던 비
광주천에 가서는 피 맑은 강물이 되던 우리여
그 누가 총칼을 두려워하지 않으랴
그렇지만 그걸 송두리째 녹슬게 하던
그대 옥빛 함성 실비여
너무 시련에 가득차다, 이 삶
눈매 서글픈 외로운 비문에 쓰디쓴 소주를 붓고
망월동에 붙박혀 못 떠나는 사람아

너무 곤혹스럽다, 오월비
젖은 새처럼 힘겹게 파닥거리지만 이걸 우리 손으로
깨부셔야 하는 시절에
너는 무얼 하느냐
싸움터에 와서 쌈 싸우느냐
유복자는 살아 지금도 싸워 싸워 싸우는데
어쩜 녹두의 부릅뜬 눈으로
흰 옷자락의 피묻음으로 오는
오월비여, 너는
두 번 다시 탄식이 아니었다 더더욱 그건
빗물이 아니었다 진달래꽃보다 더 붉은
피의 뒤범벅, 생명의 깨어남이었다
오월 광주에 내리는 저 억척같은 비는.

— 이승철 시집 『세월아, 삶아』(두리, 1992년)

항쟁의 거리에서

박학봉

나는 보았다
그날 4월의 진달래를
5월 광주 금남로에서
아스팔트에 핀 붉은 철쭉을
누군 아지랑이 꽃이라 하지만
우리의 따뜻한 가슴에서 피어
그 가슴마다 깊이 새겨진 눈물이
천만근 홀씨 되어 뚝뚝 떨어지며
하얀 피로 맺어져
알알이 여물게 피던
녹두꽃이 아니던가

– 5·18 제40주년 기념 〈5월시〉 판화전 초대시(2020년)

오월, 무등을 타던 소녀

문창길

　소녀가 어진 골목길에서 쉴 새 없이 싱싱한 웃음을 뿌리고 있다 그 옆 만발한 꽃숭어리들 하늘연못 피라미 떼로 몰려다닌다 졸졸거리는 저 연못의 물문은 늘 살짝기 열려 하 꽃 피는 오월이면 기어이 활짝거리곤 한다 어쩌다 문이 닫히면 물잠자리와 물수제비를 뜨는 저 평화의 몸짓 불현듯 소녀는 낯을 붉히며 얼굴무덤에 두 다리를 묻는다 물빛은 불투명한 물안개로 피어올라 무등의 너른 어깨를 적신다

　오 보아라 저 싱싱한 십팔 세 소녀가 못다 핀 꽃으로 만발하는 것을 전투병의 뒷발에 채여 동구 밖으로 밀려난 풀잎만큼 여린 첫사랑을 자신의 심장 속에 감추고 쿨쿨거리는 생리혈 막고 있음을

　숭숭거리는 연분홍 꽃섶 흩날리고 무등의 발뿌리가 섬진의 강 끝으로부터 젖고 있다 그 어리석은 혈맥을 따라 햇가슴 오른 소녀의 벙그는 역사가 물들고 있다

– 문창길 시집 『북국독립서신』(들꽃세상, 2019년)

불꽃놀이

고성만

불타는 밤이었어

꼭 무슨 일인가 벌어질 것 같은 불길함으로 횃불 지핀 사람들 진정한 자유는 가능한가 원시 낙원에서 추는 춤 푸른 숲속 흰 비둘기 날고 있었지

탕!

철모 쓴 유령들이 입 맞추다가 손가락 빨다 멍하게 서 있는 사람들을 닥치는 대로 찌르고 쏘고 기관총 소리 전차 소리 진동하는 아카시아 향기

축제의 날이었어

머리 깨지고 뱃가죽 터진 사람들이 새로 지은 병원 깨끗한 병상에 누워 펑펑 터지는 폭죽을 바라보았어

슬픈 열기를 담아 붉고 노란 꽃들이 앞다투어 피어났어
　　　　　　　　　　　　　　　　－〈오월문학제〉 걸개시(2023년)

아직 묻지 못한 말

오미옥

뒤뜰 언덕에 아카시아꽃 하얗게 필 때
홀연히 사라져버린 오빠 생각에
동생들과 꽃잎 씹어가며 울던 그해 오월

유리구슬처럼 눈망울이 반짝이던
우리 오빠, 감옥살이하고 나온 뒤로 초점을 잃고
활시위처럼 웅크리고 잠만 자던 서글픈 등이 생각난다

바람처럼 사라졌다 돌아온 우리 오빠는
아무 말도, 아무런 말도 하지 않았다

그런 후로

해마다 언덕에 아카시아꽃 흐드러져도
울 오빠 빛나던 눈동자는 돌아오지 않고
오빠, 하고 부르는 소리에도 깜짝 놀라 웅크리던
그렇게 그렇게 사십여 년 세월이 흘러왔는데

울렁울렁 아카시아꽃 피는 오월이면
아직도 묻지 못한 말
그해 감옥에서 잃어버린

빛나던 눈동자는 어디에 두고 온 건지

오빠, 아카시아꽃 피는 오월이 오면 찾으러 가자

- 〈오월문학제〉 걸개시(2023년)

광주 1

김희정

마을 이름이다
사람이 살았고
지금도 살고 있다
아이들을 키우는 아버지가 있었고
엄마가 있다
형과 누나, 오빠와 언니가
가족의 울타리에 산다
기쁘면 웃고, 슬프면 우는 사람들
좋으면 "그러제"
아니면 "아니랑게"
앗싸랬다
겨울에도 햇살을 품은 마을
봄이 무르익던 날
빛에 대해 생각했다
마을에 대해 고민했다
광주는 그런 동네다
빛고을 광주는 그런 곳이다
광주는
 ― 5·18 제40주년 시선집 『광주, 뜨거운 부활의 도시』(시와문화, 2020년)

서석대瑞石臺

이도윤

뜨거운 중심이 솟구친 망부석
무엇을 돌아보다 굳어버렸을까
사랑은 마음 안에 웃음을 담는 일
여기에는 눈물 고인 네가 살고 있지
나는 너를 보며 웃을 수가 없다
세월 흘러도 기억이 잘라놓은 단발머리
나아가기를 멈추고 싶을 때
너는 여기에 있다 시간의 숨으로
스스로 상처를 만든 옆구리
머리에 이고 한 세상 고행의 길을 간다
돌 주름 훌쩍 깊어 자수병풍이 된다
살아서 굳어버린 팔십 년 오월
통곡의 나이 한꺼번에 들어찼어도
비 개인 석양에는 서석대가 무지개를 만들지
살아남은 죄는 돌로 가득하다
내 마음에도 돌탑 쌓여
우는 돌 내려놓다 한 생이 간다
　　　－ 5·18 제40주년 시선집 『광주, 뜨거운 부활의 도시』(시와문화, 2020년)

눈 내린 오월

유진수

딱 이런 날이었어요
그러니까 손꼽아 기다렸던 어린이날
동물원 소풍 약속은 온데간데없이 사라지고
몇 날 며칠 눈이 퉁퉁 붓도록 울며불며 생떼를 부렸지요

며칠에 며칠이 지나고
어린 눈치에도 뭔가 이상했는지
동물원 가잔 말 못 했지요
이상한 게 한두 가지가 아니었지요
내가 너무 씨게 떼써 그런당가 생각했지요

할머니는 곗날에도 데려가지 않으시고
흰 수건 두르고 양동시장 밥하러 가신다고 했지요
아버지는 막둥이 삼촌이랑 연락이 끊겼다고
도청에 가 봐야겠다며 집을 나섰지요

긍께 니들은 집 밖에 나댕기지 말라고
빗자루를 거꾸로 잡아 흔들며 잡도리하셨지요
아버지는 저녁을 훌쩍 넘겨 감자볶음이 눅눅해질 때쯤 돌아오셨고
여름 마바지에 핏물이 흥건했지요

미친 놈들 그런 미친 놈들은 첨 봤당께
마구 쏴대고 대검으로 찌르고
오메 내 옆에 있던 아가씨가 크게 다친 거 같은디
나도 기독병원에서 간신히 지혈하고 왔당께

술도 안 취했는데 아버지는 도무지 이해할 수 없는 화를
누구한테 퍼붓는지 알 수 없었으나
확실히 나는 아닌 것 같았고 막둥이 삼촌도 아니었지요
국군의 날도 아닌데 낮에 손 흔들어 줬던 군인 아저씨들 얘기 같기
도 했지요

이상한 일은 잠자리에서도 계속되었지요
갑자기 할머니가 엄니한테 겨울 솜이불을 가져오라 하시더니
나를 애벌레 고치 말 듯 둘둘 마는 게 아니겠어요

할머니, 덥고 답답하당께
잉~ 아가, 옹삭스럽드라도 오늘은 그러케 자라잉
엄니, 야가 답답하다허요
아야, 모르는 소리 말그라잉, 동란 때 니들도 다 이맹키로 했응께

그날 밤 콩 볶는 소리와 전설의 고향에서 들었던 귀신 울음소리는
밤새 놀란 다람쥐를 실타래처럼 돌돌 휘감았지요

할머니는 화단에 올라가 지전을 태우며 홰치듯 손을 저었지요
그러자 눈이 내리기 시작했지요
구멍 난 창호 틈새로 펑펑 내렸지요
달도 없는 어둠 속에서 별처럼 내렸지요
　　　　　　- 유진수 시집 『바로 가는 이야기는 없다네』(문학들, 2022년)

그해 연꽃은 피지 않았다

김애숙

그곳을 지날 때면
그날의 함성이, 공포와 비탄이
가슴을 짓눌러
환상통처럼 아려온다

우주를 끌어안듯 고요히
널푼한 어미의 맘으로 세상을 품어주듯
해마다 꽃을 피워내던 오치 연방죽

꽃이 피기 시작하면
고단한 삶에 소박한 사람들이
피어나는 환한 웃음으로
서로의 낮은 마음을 나누곤 했었다

그해 오월
높이 들어 올린 깃발과 푸른 함성은
간악한 구둣발에 무참히 짓밟히고
총검에 쓰러져 간 숨결과 통곡이
모두의 가슴에 생생하게 박혀버린 시간

연꽃은 피지 않았다

연방죽은 애끓은 붉은 울음
진흙 속에 묻어버리고
차마 단 한 송이 꽃도 피울 수 없었던 것이다
-〈오월문학제〉걸개시(2023년)

금남로를 걸었다

정양주

상여 따라 도로가 광장이 되는 순간
옆 사람과 어색한 인사를 나눈다
반가움이 울컥 일다가 금방 멋쩍어진다
금남로 찻길에 앉으면 늘 이렇다
우리 밀을 사랑했던 농부, 흥이 많았던 할아버지
먹먹하게 노제를 마치고
운구차를 따라 금남로를 걸었다
영정 속 동그란 미소
함께 걷는 알 만한 얼굴들 낯익은 깃발
슬픔보다 부끄러움으로
40년을 살아온 도시가 늘 버겁다
금남로에서 망월동으로 가는 길은 언제나 멀다
수십 년 몇 번이나 똑같은 일이 반복된다
서방 사거리에서 옆길에 앉았다
골목마다 차마 돌아서지 못해 서성이는 발들이 많다
그래도 무거워진 다리를 살금살금 디디고
팔랑이며 마르는 저 옥상의 빨래처럼
부드럽게 가벼워져야 한다
아직은 이 거리를 걸어야 한다
늦가을 햇빛도 은행잎을 허공에 띄운다

– 정양주 시집 『별을 보러 강으로 갔다』(문학들, 2018년)

민주주의여

이재연

이 환한 봄날
붉은 꽃처럼 땅에 떨어지는 형제를 안고 있는
우리를 어쩌란 것이냐

이 환한 봄날 차갑게 식은 형제를 끌어안고
묘지로 걸어가는 우리를 어쩌라는 것이냐

이 환한 봄날 형제의 가슴에 총구를 조준하는
내 조국을 어쩌라는 것이냐

아무런 말이 없는 민주주의여

사랑하는 내 형제를
내 조국을 어쩌라는 것이냐

– 〈오월문학제〉 걸개시(2021년)

아메리카

– 자유민주주의

이학영

씹다가 던져주는
껌이라도 좋았다.
아랫살을 밀고 들어오는
너의 큰 물건이라도 좋았다.
심장에 총을 겨눠도
그저 웃으며 헬로우, 오케이였다.

우리는 배고팠고,
우리는 무서웠다

너의 밀가루와 정보망과 총구 앞에서
그나마 목숨이라고
살아남기 위하여
무엇인들 못 받아들이랴
하물며, 하나님의 미소로
포장되어온
너의 그 비둘기 같은 자유민주주의를,

그리고
사십 년이 흘렀다.
무서움에 떨던 아이들은

이제 어른이 다 되었는데
너는 여전히 자유민주주의를 내세우며
자유 대신 감옥을
민주주의 대신 독재정권을 주었다
주린 자들에겐
꿈속에서도 보이지 않다가
학살자의 총구 위에서
꽃으로 피어나는
그대, 자유민주주의여
아, 이제는
아, 정말 이제는

- 이학영 시집 『눈물도 아름다운 나이』(시와사람, 1998년)

우리가 오월이다

강경아

경적을 울리며 진격하는 버스와 택시
대학노트 팽개쳐버리고 철모를 쓴 청년들
영문도 모른 채 돌멩이를 집어 든 중고생
눈물을 훔치며 주먹밥을 나눠주는 아주머니
가녀린 팔뚝마다 혈꽃이 피는 누이들
막노동 공사판에서 뛰쳐나오던 아버지
두려움도 없이 군부대를 향해 항의하던 노인들

피의 대열로 물결을 이루는 광주의 오월
금남로 어깨를 휘감는 무등산도 함께 일어섰다
우리가
우리가 오월이다
군홧발 속에서 피어나는 녹두꽃
우리가
조국의 의병이다
피와 살이 녹아내리는 최후의 다비식
우리가
우리가 오월의 혁명 전봉준이다

                    – 강경아 시집 『맨발의 꽃잎들』(시에, 2022년)

텃골

김삼환

그때 문혜리 텃골에서 ㅇㅇ부대 하사였던 나는
완전군장에 몇 날 밤을 설치며
궁시렁궁시렁댔었지
아무것도, 아무것도 모른
텃골 ㅇㅇ부대 하사였었지
내 고향 남쪽 도시
불타는 방송국
질질 끌려 나가는 사람 사람들
도대체 뭔 일인가 했었지
뭔 일인지 알고 나서도
난 말 못 하고 살았어
제대 후 직장에서도
난 말 못 하고 살았어
서울이 고향인 처가의 가족들이
다른 말을 할 때도
나는 그냥 꾹꾹 누르며 살았어
그저 그저 그것이 부끄러워
사는 일이, 살아가는 일이 부끄러워
살 만큼 살아온 지금도 부끄럽고
죽을 때도 부끄러워할 거야

-『일몰은 사막 끝에서 물음표를 남긴다』(북인, 2020년)

그녀들은 다 어디로 갔을까

– 광주민주화항쟁 40주년을 기리며

주명숙

40년 전 광주
그곳에는 누이들이 있었다

부족한 관을 구하러 다니다가
마지막까지 도청에 남은 여학생도
헌혈 차에서 목숨을 잃은 소녀도
살인마 전두환이라고 적힌
머리띠 매고 어깨를 맞댄 아이 엄마도
주먹밥을 뭉치던 시장통 아낙네도
무기를 공수하러 함께하던 그녀도
계엄군을 뒤로하고 시민군을 이끌던 그녀도
비장한 가두방송으로 진압의 새벽을 깨운 그녀도
분명, 오월 붉디붉은 광주에 있었다

금남로 바닥에도 그녀들이 빼곡했다
5월 27일 무자비한 진압이 끝나고
손발이 묶인 피투성이 시신들 속에
포획된 짐승처럼 맨발로 엎드린 그녀가 있었고
총을 머리 위로 올린 채 무릎 꿇려진 그녀가 있었다
외신 기자들이 찍은 수많은 사진들만이
흑백의 시간을 소리 없이 증언하고 있는데

그날의 오월 딸들은 다 어디로 갔을까
폭도라는 왜곡된 오명을 껴안고
어디에서 낯선 얼굴인 채 살아가고 있는 걸까
여자라서 더 몸서리쳤을 공포와 수치와 모멸이
광주도 숨기고 이름도 숨기고
40년 통한의 세월도 숨겨 버렸을까

불의에 항거했던 오월의 누이들이여!
세상이 변하고 정권이 바뀌고 시민이 깨어나도
폭도라는 굴렁쇠는 여전히 40년을 빙빙 돌고 있으니
그대들의 항쟁은 아직도 진행형입니다
광주는 아직도 진행형입니다
이제, 숨지 마세요
그 이름 한 사람 한 사람 오월의 역사로 새기니
당신의 이름은 잊혀질 리 없는 우리들의 시민군!

붉은 오월,
그곳에는 우리의 누이들이 있었다

— 〈오월문학제〉 낭송시(2020년)

당신이라는 말

강기희

한겨레신문 하단 광고란에 '한 남자의 안부를 묻고, 찾습니다.'라는 제목의 글이 가슴을 칩니다
내용은요,

당신과 나는 1980년 5월 16~17일 이화여자대학교에서 열린 전국대학 총학생회장단 회의에 참석 중이었습니다. 1980년 5월 17일 21:00시에, 당시 발효 중이던 비상계엄령을 5월 18일 00:00시부터 제주도를 포함한 전국으로 확대 실시한다고 발표하기 전인 17:30경,

우리 둘은 동 회의장으로 난입한 공수부대의 체포를 피해, 23:50분경까지 동 대학 교정 내 어느 건물(현재 수영장이 설치된)의 지하보일러실 귀퉁이의 좁고 추운 공간에 갇혀 지독한 공포에 시달리다 5월 18일 0시 직전에 천운으로 탈출한 경험을 공유한 사이입니다.

그날로부터 41년째인 오늘 2021년 5·18 우리 둘은 60대 중반 중노인이 되었습니다. 난 아직도 그대의 이름, 출신 대학도 모르고 심지어 얼굴조차 잘 기억하지 못합니다. 다만 키가 약 175~180센치 정도이고 마른 체형이었던 것만 떠오릅니다. 만약 당신이 이 글을 보시면,

우리가 마지막으로 헤어진 신촌역 앞 광장에서, 나는 90도 우측으로 꺾어 도주했는데 당신은 어느 방향으로 튀었는지를 적시하여 아래 이메일 주소로 연락주길

바랍니다. 내가 당신의 신원을 파악할 수 있는 유일한 단서입니다.

everever2000@gmail.com

꼭 찾으셨길,

당신이라는 말이 이리도 가슴 뭉클한데, 당신이라고 했다고 싸우는
이들도 있다
　　　　　　　　　　　　　－ 강기희 시집 『우린 더 뜨거워질 수 있었다』(달아실, 2022년)

제3부
끝까지 쏴버리지 않은 아름다움

윤상원

황지우

워메, 강옥이, 배가 이상하네, 배가,
음, 으으으흠, 내 배를, 흑! 지나갔어,
뜨거운, 숙명, 어떤, 일생이, 무쟈게 큰, 죄악이,
돌이킬 수 없는 방향으로, 나를 통과,
통과, 관통했네, 강옥이,
글고, 양현이,
손 한번, 잡세,
왜 이리, 먼가, 자네들, 화약의 손들, 내가,
저 빛 터지는 창으로, 내가,
완전연소된 삶으로, 막 빠져나가려 하네,
내 몸은 지금, 연기, 냉갈 같네, 자네들이,
무장무장, 멀리 보여,
달아오른 총구에서, 빠져나가는, 내 혼처럼,
내 혼의 번갯불같이, 자네들, 곧 오게, 오겠지만,
사방이 왜 이리, 갑자기, 고요한가, 양현이,
바깥은 정전인가,
바깥은, 지금, 몇 시쯤 되는가,
바깥은, 살아 있는가,
강옥이, 최초로 보는, 허공이, 보이네
새벽을 앞둔, 저 청정 허공, 지난 겨울,
자네들이랑, 무등산 중봉, 눈밭에서, 보았던,

새벽을, 앞둔 그, 허공, 그 예감의 빛 속
으로, 가네
나, 불화살 한 촉으로 저, 허공으로,
날아가는 동안도 온몸, 타지면서 날아,
날아가네, 날아가, 이 세상,
어느 들에 다시 떨어져,
나, 윤상원이, 글고, 자네, 자네,
우리, 들불로 번지세,
우리, 번개 치세,
우리, 다시 하세, 다시 살세,

좀 있다 보세,

　　　　－ 황지우 시집 『겨울－ 나무로부터 봄－ 나무에로』(1985년)

바다 파도

고은

그날 밤은 아름다움이었다 길고 긴 무슨 아름다움이었다

친구에게 말했다
나 유치하단다
해파海波
바다 파도라는 호를 가지고 있단다

5월 26일 그날 밤 무지무지하게 길었다

5월 그날을 위하여
광주 그날
민주 그날을 위하여
그가 왔다
5월 그날을 위하여
그가 갔다

그날 밤 윤상원은 빈속이었다
가거라
가거라 했건만
가다가 끝내
돌아와버린 소년에게

남은 라면을 먹이고 빈속이었다

그날 밤 자정
그날 밤 자정 넘어
그 어둠 속에서
전남도청
민원봉사실 2층
도청 회의실 거기

그날 밤은 아름다움이었다

이양현
김영철과 함께 있었다
윤상원이 말했다
우리는 지금 패배할 수밖에 없지만
역사 속에서
우리가 영원히 승리하기 위해서
우리가 이곳을 사수해야 한다
우리가 저세상에 가서도
이렇게 동지로 믿음과 사랑을 나누자
낮게 깊게 말했다
영철이 끄떡였다
양현이 어둠 속 눈물 그렁 고개 끄덕였다 아름다움이었다

그날 밤이 갔다
신새벽 네 시
도청 뒷담 넘어

명사수
특공대의 집중사격 개시

윤상원 복부 관통
양현이
영철이
커튼을 찢어 감쌌으나
다시 수류탄 작렬

그날밤은 무슨 아름다움이었다

놀라운 것은
윤상원의 총은
단 한 발도 쏜 적 없이
총탄 장전 그대로
방아쇠 당긴 적 없이
오는 죽음을 그대로 맞아들였다

윤상원의 총은 총이 아니라
5월의 상징
5월 광주 의미 그것
그것은 끝까지 쏴버리지 않은 아름다움이었다 바다 파도였다
　　　　　　　　　− 고은 전작시『만인보』제30권(창비, 2010년)

지금은 아직 슬퍼하지 말아요

– 고 윤상원 열사 추모시

이인범

그날 밤 당신은 외쳤지요
"고등학생들은 총을 버리고 나가라
반드시 살아남아야 한다
민주주의와 민족통일의 빛나는 미래를 위해서"
그런데 지금 자본과 권력은 말합니다
"가만히 있으라 자리에서 대기하라"
아이들을, 그 밝고 어여쁜 고등학생들을,
펄펄 뛰노는 영롱한 생명들을
어둠으로, 공포로, 죽음으로 몰아넣지요

지금은 아직 슬퍼하지 마세요
눈물이 앞을 가려서는 안 됩니다
부릅뜬 눈으로 분노해야 합니다
내 무덤 앞에서 울고 있지 마세요
난 아직 잠들지 않았어요
흔들리지 말자던 깃발들은 지금
어디에서 나부끼고 있습니까?
"굴욕적인 지상에서의 삶에
마지막 굵직한 종지부를 찍자"던
내 영혼은 그 깃발들에 스며 있어요

우리들 맹세와 함성은 흩어져 있나?
저 눈부신 푸르름 속에
빛나는 이 땅의 4월과 5월에
권력과 자본의 야욕과 음모와 잔인이
거미줄처럼 칡넝쿨처럼 뻗어 있어요
우리들 맹세와 함성은 숨어들었나?
이 땅의 민중은 애타게 깃발을 찾고 있어요
새날이 올 때까지
아직은 슬퍼하지 마세요
영혼이 깃든 깃발 아래 서서
눈 부릅뜨고 아직은 소리쳐야 해요
"민주주의와 민족통일의 빛나는 미래를 위해서"

– 이인범 시집 『숲의 어둠은 다 푸른 나뭇잎들이다』(문학들, 2017년)

* "...."는 5·18자료와 세월호 기사 내용 중 인용문임.

고요한 세계

– 김경철을 기리며

유국환

들을 수 없어도 나는 보았지요
꺼칠한 손으로 애교머리를 쓸어내리는 여동생의 꿈을

말할 수 없어도 나에게도 꿈이 있었지요
기와를 굽더라도 어무이 배곯지 않게 하겠다고

갸가 어릴 때 경기가 왔는디
나가 뭘 모릉께 마이싱을 많이 맞아 부럿제
그 이후로 귀가 먹어버렸어

사람들이 유행가에 어깨를 들썩이는 날이었지요
강물은 흘러갑니다 제3 한강교 밑을
당신과 나의 꿈을 안고서 흘러만 갑니다

너 데모했지, 연락병이지?
어디서 벙어리 흉내 내?
손사래질 위로 햇살보다 몽둥이가 먼저 쏟아졌습니다
까마득한 곳에서 어무이 말소리가 들렸지요
내일 하고 모레면 부처님 오신 날인디

갸가 기와를 굽다가 가운데 손가락이 짤려부럿어

다들 형체를 알아볼 수 없는데 요래조래 찾아봉께
가운데 손가락 없는 애가 눈에 딱 들어오던 걸

올해로 마흔 번 아들을 죽였다고 말하지만
엄니가 아들을 쓰다듬을 때마다
시커먼 땅속에서는
파란 잔디와 뜨거운 햇살이 살아난다니께요.
− 5·18문학상 신인상 당선작(『문학들』 2020년 여름호)

내 이름은 전옥주

백정희

내 이름은 전춘심 모란꽃이 아니에요
기생 이름 같다 하여 부모님이 전옥주로 바꿔줬지요
무궁화 꽃 내 나라
대한민국 무대 삼아 무용하며
평범하게 결혼하여 한평생 아들 낳고 딸 낳고
학처럼 행복하게 살려고 했어요.
빨갱이도 아니에요 모란꽃도 아니에요
사랑하는 대한민국 내 조국의 딸 전옥주예요
팔십년 오월 내 형제요 자매인 광주시민들
피 흘리며 죽어가는 모습 보고만 있을 수 없어
어린 시절 내 고향 보성에서 배운 웅변 실력 발휘하여
사람이 죽었어요 사람이 죽어가요
목청껏 외친 것을 죄라고
북한에서 2년간 훈련받고 내려온 북한 공작원이라며
간첩 누명 씌워 어두운 지하 감옥으로 끌고 갔어요
북한을 상징하는 모란꽃 빨갱이라고 아기집을 고문기로 찢어내
모란꽃 빨갱이 모란꽃 간첩이라는 꼬리표를 달아주고
5공화국 권력자가 간첩 이름 붙여준 후에
내 몸은 황무지로 변했어요
나는 전라도 보성의 딸
사랑하는 내 조국 대한민국의 딸 전옥주예요

사십이 년 전 광주를 학살한 자는
호의호식 거리를 활보하다 편히 죽었는데
죄 없는 나는 고문후유증에 앓다가 왔어요
간첩이란 꼬리표를 떼지 못해
사십일 년 동안 웅크리고 울다가 왔어요
사랑하는 내 조국 국민 여러분
내 꼬리표를 떼어주세요.
나는 간첩이 아니에요
모란꽃도 아니에요
내 부모님이 지어준 내 이름 전옥주예요
간첩이란 누명을 벗겨주세요
내 억울함을 풀어주세요.

- 〈오월문학제〉 걸개시(2022년)

야생화

– 고(故) 전옥주를 외치며

송용탁

여기는 반도의 변방입니다

이정표를 잃고 리어카는 계속 돕니다

저는 붉은 꽃이 핀 화분을 옮기는 중입니다

착검이 거친 뿔처럼 자랄 때

아우와 누이들이 들꽃으로 피었습니다

누군가 나를 모란꽃이라 부릅니다

나는 따뜻한 남쪽에서 피는 꽃입니다

제가 살아 있어서 부끄럽습니다*

울창하게 살아 있어서 미안합니다

불온한 목숨을 증여합니다

무성한 저의 숲을 거닐어 주세요

풀숲에 몸을 뿌리째 묻고

대답 없는 이들의 이름을 부르는 곳

화분은 작은 숲이 되었습니다

숲들이 모여 한 계절이 됩니다

행진곡이 아니어도 좋아요

아리랑을 불러주세요

입마개를 걷고 노래를 불러주세요

리어카가 광장을 돕니다

계속 돕니다
— 5·18문학상 신인상 당선작(『문학들』, 2021년 여름호)

* 고 전옥주 님의 연설에서 인용.

돌의 초상

- 류동훈 열사비* 앞에 서서

임동확

아무런 색도 투과하지 못하는 저녁 빛깔 같은 오늘도 기어이 내일의 한 부분이 되어 피어날 수 있을 것인가.

누군가 애써 일으켜 주기 전에 홀로 일어설 수 없는 거대한 중량에 갇혀 있던 어느 강가의 원석이,

누구보다 스스로가 두려워 자진하여 출구 없는 죽음의 입구로 들어선 어느 이름 없는 청년의 한 생애를 가슴에 가만 새긴 채 서 있다.

필시 제가 바라지 않았을 문구의 음각조차 다시 지우려는 듯 한 차례의 소나기가 지나간 교정의 한구석,

마지막 밤의 절규도 잊은 채 필사적으로 도망쳐 온 무사생환의 시간을 두 팔 벌려 가로막고 있다.

　　　　　　- 임동확 시집 『누군가 간절히 나를 부를 때』(문학수첩, 2017년)

* 류동훈은 1980년 5월항쟁 당시 한신대 신학과 2학년생으로 5월 27일 전남도청에서 산화한 인물이다. 현재 그의 추모비가 모교인 한신대 교정에 세워져 있다.

박관현 꽃무릇

장진기

뜻이 있거든
하늘을 받들라
꽃대는 명리를 버렸는데
잎은 피지 않았다
피로서 치켜드는 꽃불
광주의 오월이 들쳐지는 불갑산
민중의 함성이 들린다
상투머리에 피를 흘리는
상사화
흰 고무신 신고
당당히 서 있는
열사의 가을 하늘

― 〈오월문학제〉 걸개시(2018년)

그 시인, 잊고 사는 게 편했다

― 고 채광석* 시인

홍일선

희망 가여울 때 많았다
길 아득하면 아득할수록
아프게 그리고 아주 더디게
우리 님 찾아오신다고 했는데
천지간 깨쳤다는 눈들 다 눈멀어야 해서
온전히 목숨 지키고 있는 꽃들
다 버림받아야 해서
만물일화萬物一花 꽃 한 송이 태어나시는 것 모신
노래 구할 길 없었는데
어디 가야 그대 목메인 노래
우리 다시 들을 수 있으랴

그리움
깊으면 깊을수록 기어이 이루어지리라는
부질없는 설법
아직도 놓지 않고 있었음인가
그러나 시인이여
'저 꿈에도 못 잊을 원한과 열망의 봉우리
꼭대기에 두 발을 딛고 새 하늘 새 땅을 보기 위하여'*
그날 오직 그날을 위하여
기다림의 시로 서로를 묶어

질기디질긴 목숨의 밧줄을 만들라는
그리고 이 땅에서 시를 쓰려거든
목숨을 걸고 시를 쓰라는 당부
나 지킬 수 없었으니
나 그저 먼 산이나 바라보다가
먼 바다나 그리워하다가
5월 지는 꽃이 서러워
눈물 감춰야 했으니

지난날이 그리울 때 있다
기다림에 지치면 지친 날만큼
좋은 세상 더 가까우리라는
미혹 아직 접지 못하여
목숨의 밧줄 놓지 말라는 말
잊고 사는 게 오히려 편했나니
광주의 참혹했던 오월도
유월의 목메인 목소리도
이젠 잊어야 할 때가 되었다고
우리 노래하지 않았던가
나 언제쯤 큰 붓 하나 구해서
살아 있는 시 한 편 모실 수 있을런지

그리하여 시를 써서 세상에 지은 죄
겨우 갚을 수 있을런지

- 홍일선 시집 『흙의 경전』(화남, 2008년)

* 채광석(1948. 7. 11.~1987. 7. 12.) : 문학평론가이자 시인으로 1980년대 민족문학을 선도
한 그는 1984년 12월 〈자유실천문인협의회〉를 재건하고, 초대 총대간사(사무국장)으로
전방위적 문화운동을 전개하다가 불의의 사고로 타계했다. 6월항쟁 35주년을 맞아 정부
로부터 '국민훈장 모란장'을 추서받은 고인은 2022년 7월 12일. 광주광역시 운정동의 '국
립5·18민주묘지' 제2묘역에 안장되었다.

* 채광석 시인의 시 「밧줄을 타며」에서 인용.

2007년 5월 16일, '국립5·18민주묘지' 이정연 씨(20) 묘

이시영

'부 천균 모 구선악' 여느 해처럼 어머니 구선악 씨(67)의 뭉툭한 손이 아들의 묘비를 쓰다듬었다. 어디서 흐느끼는 듯한 소리가 들려왔다. 바로 그때였다. 안 보이는 손 하나가 그림자처럼 다가와 어머니의 더운 손 위에 가만히 겹쳐졌다. 제비꽃들이 바람에 거세게 흩날렸다.

　　　　－ 이시영 시집 『경찰은 그들을 사람으로 보지 않았다』(창비, 2012년)

들풀처럼 떨어진 이 한 목숨

– 박용준 열사에게

김수

무등산 자락길을 지나며
천애고아로 어린 시절을 보냈던
당신의 숨결을 따라가 봅니다

험한 세상을 적응하기 위해
아니, 살아남기 위해
밤낮없이 신문배달과 구두닦이로
연명하면서, 학업을 이어 갔다지요

타고난 성실성과 정직성을 인정받아
YWCA 신협에 계약직 수금사원이 된 당신은,
박봉을 받으면서도 고아원 후배들을
각별하게 챙긴 따뜻한 선배였다지요

신협 사무실에서 숙식을 해결하며 지낼 때,
당신과 함께 근무하던 영철* 형의 배려로
형의 두 칸짜리 신혼집에서 가족처럼 지냈다지요

그곳은,
들불야학의 역사가 시작된
빈민들의 거주지인 광천동 시민아파트였지요

자연스럽게 야학에 참여하면서
인생의 좌우명인 '바르고, 곧게'를
당신의 방에 걸어 놓았다지요

80년 5월을 그냥 지나칠 수 없었던
당신은…

그런, 당신은!

밥벌이로 배운 인쇄공의 경험을 살려
또박또박한 글씨체로 '투사회보'를 찍어내,
모든 언론이 차단되고 고립된 광주에서
세상을 밝히는 눈과 귀가 되었지요

27일 새벽,
평소 근무하던 신협 2층 양서조합에서
진압군의 총에 쓰러진 당신의 곁에는,
핏물이 흥건하게 고인 철모와 피 묻은
빵 조각이 놓여 있었다고 합니다

"들풀처럼 떨어진 이 한 목숨
가시밭길 헤치며 살았다
……
날 때부터 고아는 아니었다…"

당신이 외롭고 힘들 때 읊조리던
'고아'라는 노래가 먹먹히 들려옵니다

그때의 고문 후유증으로 정신병원을
전전하며 고통의 세월을 보냈던 영철 형도,
당신만은 머릿속에서 지울 수 없었을 것입니다

좋으시겠습니다
정말 좋으시겠습니다
그토록 다정하게 우정을 나눴던
영철 형과 함께 계시니…

이제는, 영철 형에게 위로도 해드리고
형의 사랑도 듬뿍 받으면서
오월의 봄날이면 소풍도 함께 다녀오세요

물론, 알고 계시겠지요?

당신의 민주유공자 보상금이 우여곡절 끝에
'박용준 장학금'이란 이름으로
YWCA에서 고아 청소년들을 위해 사용한다고 하니
가슴 벅차고 눈물겹도록 고마운 일입니다

그것뿐이겠습니까
당신이 투사회보에 새겼던 글씨체가
'박용준체'로 살아나, 꿈결 같은
민주주의 세상의 자양분이 되어
늘 우리 곁에 있게 됐습니다

당신의 나라
우리들의 나라
민주주의여, 민주주의여!

— 미발표 신작시(2023년)

* 김영철(1948~1998년): 1980년 5·18 당시 시민군 항쟁지도부 기획실장으로 5월 27일 새
  벽 계엄군의 총격 끝에 체포·투옥. 이후 고문 후유증으로 18년간 정신질환을 앓다가 운
  명했다.

오월과 유월 사이

— 윤한봉

박두규

오월의 화려한 꽃들이 지고
짙푸른 이파리들이 무성해지는 유월의 사이에서
당신을 생각합니다.
스스로를 사랑한다는 것에 대하여 생각합니다.

당신이 세상으로부터 받은 절망과 배신
굶주림과 외로움 같은
그대의 사랑을 생각합니다.
오월이면 어김없이 피어나는
망월의 이팝나무꽃들을 보며
당신이 품었던 사랑을 헤아려 봅니다.

왜 그토록 쓸쓸한 것들에 목숨을 걸었는지.
왜 그것이 사랑인지.
그리운 것들은 왜 그리 아름다운지.
당신이 꿈꾼 세상을 그려 봅니다.
스스로를 사랑한다는 것에 대하여.
— 박두규 시집 『은목서 피고 지는 조울의 시간 속에서』(도서출판b, 2022년)

천년의 하늘을 날다

- 윤한봉 선생을 추모하며

박관서

먼 여름 하늘을 본다. 비취색 바람을 타고 새하얀 학들이 날아간다. 제 몸보다 긴 목을 늘여 뒤를 바라보며 돌아보며 유유히 앞으로 나아간다.

처음에는 한 점 불빛이었다. 메마른 들녘에 흩뿌리는 한 바가지 똥과 오줌이었다. 그러하다. 돌아보라, 순한 이들은 항상 낮은 곳에 모여 산다.

어둠 속에 있으나 어둠에 젖지 않는 새하얀 뿌리와 뿌리들을 결구하여, 한평생을 한나절의 영욕으로 사는 이들이 휘두르는 서슬 퍼런 칼과 낫날에 밑동을 맡긴다.

베어라, 아무런 죄가 없으므로 아무런 모멸과 분노도 나의 것은 아니다. 태평양을 건너는 35일간의 밀항과 12년의 망명 생활 그리고 최후의 수배와 병든 몸으로 스멀스멀

스며들던, 살아남은 자의 부채인들 어찌 나의 것이었으리. 다만, 천년 사대의 습성으로 짓눌린 분단조국의 통일과 민주화는 저네들이 내미는 빛깔 고운 먹이와

목줄에 매달린 안온함이 아니라. 너와 나 그리고 우리 안에 있음을,

청결한 속옷처럼 매일매일 갈아입는 우리의 일상 속에 있음을 되새기라
고

　차라리 깨질지언정 구부러지거나 변색될 일 전혀 없는 고향 강진 청
자 속의 학으로 새겨진 그가, 합수가, 맑은 눈빛과 기억으로 천년의 하
늘을 난다.
– 박관서 시집 『광주의 푸가』(삶창, 2022년)

부드럽지만, 끝내 차가운 벽 넘어

– 송백회, 광주를 지킨 여성들

박몽구

한 사람의 낡은 의자를 지키기 위하여
날마다 똑같은 소리 되풀이하는 스피커
거짓일수록 더욱 크게 뽑은 활자로
멀쩡한 눈 속이고 귀를 막아
늘 비좁은 행간에 꼭꼭 숨은
진실을 보석이듯 캐내던 시절
청년들은 분연히 거짓의 책을 던졌다
일왕의 교육칙어 말꼬리를 슬쩍 바꾸어
앵무새만을 길러내라는 강의실 버린 채
교수들은 두렵지 않게 감옥행을 택했다
빈약한 인간의 몸으로는 견딜 수 없는
통닭구이, 고춧가루 물고문 끝에 던져진
햇볕 한 줌 들지 않는 1.7평 먹방
국회의원도 기자도 눈길 주지 않는 그곳에
송백회 누이와 어머니들은 총칼도 두렵지 않은 듯
부드럽고 따스한 손길을 내밀었다

그 차갑고 어두운 유폐의 공간에
굽힐 줄 모르지만 한없이 넉넉한 손으로
한 줄기 따스한 희망의 등을 켰다
한 땀 한 땀 눈물로 짠 양말

밤을 새워 바느질한 누비옷
죄 없는 수인들 한 치도 떨지 않고
긴 겨울 거뜬히 이기게 해주었다
한 사람만을 위해 벼린 총검도
두렵지 않은 용기를 심어 주었다
양심을 버린 법정을 가득 채운
차갑고 무거운 공기
분연히 딛고 일어서게 만들었다

한쪽 창문마저 대못으로 꽁꽁 막아버린
어두운 감방과 밝은 세상을 이어주는 끈
뼈를 깨무는 외로움과 유혹을 견디게 해준
든든한 다리였다 밝은 세상 반드시 올 거라는
믿음 단단하게 심어준 사랑이었다

그 따스한 사랑의 믿음으로
죄 없는 수인들은 긴 어둠의 시간 견뎌냈고
마침내 한 사람을 위한 욕망의 성 허물고
삼천리에 깨끗한 새벽을 열었다

이제 다시는 이 땅이

이리의 이빨에 찢기지 않도록
한 사람의 끝없는 야욕 앞에
온 나라가 차갑고 어두운 나락으로
다시는 떨어지는 일 없도록
어머니들의 크고 따스한 사랑 기억하며
어두운 공장에 밝은 등 거는 날까지
농부들의 피땀이 제값 받는 날까지
지치지 않고 걸어갈 것이다
우리 곁의 외롭고 지친 사람들에게
우리가 받은 넉넉한 사랑 돌려주며
민초들이 아름다운 상처 마다않으며 이룩한
다 함께 덩달아 춤추는 대동세상
큰 눈 뜨고 함께 지켜 나갈 것이다
— 〈5월시〉 동인시집 제7집 『깨끗한 새벽』(그림씨, 2020년)

제대로 된 혁명을 읽는 동안

– 고 윤영규 선생님께

박흥점

검은 뿔테안경 속 눈은 잠잠했다
교탁 모서리를 꼭 붙잡고 서서
한 줄 한 줄 더듬듯 읽어 내려가는 시

사물함 빗자루 대걸레도 숨죽이고
교실 안 부유하는 먼지들도 움직임을 멈추고
창밖 주먹장미들도 숨을 참는다

여러분, 오늘 수업은 여기에서 끝낼게요
급히 갈 곳이 있어요
그때 우리 모두는 입이 없었고
단호한 그의 뒷모습을 앉아서 배웅할 뿐

다음해 졸업을 할 때까지
검은 뿔테안경은 학교에 돌아오지 않았다
시 한 편으로 시작해
시 한 편으로 끝났던
검은 뿔테안경의 마지막 수업

획일을 추구하는 혁명은 하지 마라*
혁명은 우리의 산술적 평균을 깨는 결단이어야 한다

졸업 후에도 문득문득 돌아가는 그날의 교실
다시 듣는, 다시 읽는 구절들

       – 박홍점 시집 『언제나 언니』(파란, 2023년)

* 제대로 된 혁명, 획일을 추구하는 혁명은 하지 마라. 혁명은 우리의 산술적 평균을 깨는
  결단이어야 한다 : D. H. 로렌스의 시.

김군

신남영

빛바랜 사진은 어디에나 있지만
바래지 않는 것도 있다는 것을
그대의 얼굴을 보며, 나는 멈춘다

만장이 펄럭이던 묘지에서도
찾을 수 없는 이름들이
어찌 그대뿐이겠는가
때늦은 흑과 백의 경계 속에서
그대는 사라졌다 다시 살아난다

그대가 넝마주이였다면 폐지 같은 것들 넘치는 세상 깨끗이 쓸어 담
아버리고 싶었을까, 모두가 복면을 쓴 채 생사도 묻지 못했다는 그날
그대는 독수리처럼 살펴야 할 그 무엇이 있었기에, 그리도 매섭게 노려
보고 있는가 어찌 사나운 범처럼 붉고도 뜨거운 볕을 견디며 총을 들고
있는 것인가 대검을 꽂고 몽둥이질, 총질에 사람 목숨을 개처럼 대하던
것들이 오히려 폭도가 되어 설치던 날, 그날의 수많은 그대들은
　　왜 총을 놓지 않았을까

장미는 아직도 검붉은 피를 흘린다

결말을 알면서도 한 치의 굽힘이 없는

그대의 검은 눈빛이, 오래도록
내 눈을 관통하고 있다

- 신남영 시집 『명왕성 소녀』(황금알, 2023년)

사라지지 않는 방울뱀

김호균

괜찮다. 제발! 혼자서 머리 감게 놔둬라. 그 사내는 이발사가 머리를 감겨준다 해도 그 친절을 믿을 수 없다. 엎드려서 물만 갖다 대도 그 물이 무섭다. 몸으로 다가오는 모든 것은 몸서리치는 두려움이다.

김군*의 마지막을 지켜봐야 했던 끔찍한 그날이, 바로 그날이 있고부터 그의 삶은 뒤틀리기 시작했다. 아귀가 맞지 않아 일상의 자잘한 것들이 짓뭉개지곤 했다.

그날을 떠올리면 말더듬이가 된 듯 입술부터 떨려왔다. 그에게서 떠나지 않는 기억이 그의 몸을 바꾸어놓고 말았다. 그의 등 뒤로 그림자가 어른거리거나 몸 가까이 손길이 스쳐 가려 할 때, 정체 모를 불안감이 꼬리를 흔드는 방울뱀처럼 들어와 온몸을 떨게 한다.

언제부터인가 그 사내는 몸속에 들어와 사는 그 방울뱀을 건들지 않으려고 이발소에 가서도 혼자서 머리를 감는다. 정신을 차리고 두 눈을 부릅뜬 채.

　　　　　－ 김호균 시집 『물 밖에서 물을 가지고 놀았다』(걷는사람, 2020년)

* 1980년 5월 24일 송암동에서 계엄군에게 붙잡힌 시민군이 있었다. 그중 다큐멘터리(「김
군」, 강상우 감독)에 나오는 지만원이 북한특수군 '제1광수'로 지목하는 '김군'이라 불리
는 이도 포함되어 있었다. 넝마주이로 추정된 '김군'은 피신해 간 집 앞마당에서 계엄군
하사가 쏜 M16에 관자놀이를 관통당하고, 바로 곁에 있던 최진수 씨 앞에서 피범벅이
된 채 고꾸라졌다. 그날 이후 40년이 지난 지금까지 최진수 씨는 몸서리치는 두려움을
껴안은 채 죽지 못해 살아가고 있다.

무등산 낮달

− 5·18국립민주묘지 7묘역 8번, 친구 김요한을 생각하며

홍관희

1
새들이 나는 걸 포기하지 않듯
우리는 오르는 일을 포기하지 않았다

나에게 물어보지도 않고
내 몸을 기어오르는 개미가 미안한 것처럼
산에게 물어보지도 않고 무등산을 오르는 건
미안한 일이기는 했다

가난만큼이나 힘겨운 가파른 산길을 만난 친구가
작은 어깨라도 내주어
오르기가 힘든 사람들의 완만한 능선이 되는 삶을 살고 싶다며
휘이익 휘이익 부는 휘파람이
여기저기 봉우리에 부딪히며 메아리로 산을 떠돌자
숲속의 나무 이파리들이 그 휘파람을 품어 주었다

시선은 본능적으로 큰 봉우리를 향하고 있었으나
우리가 꿈꾸는 건 봉우리가 아닌
무등無等한 세상이었다

2

금남로에 있었다는 이유로
친구의 몸통에 동굴을 뚫고 지나간 괴물 총탄이
광주 봄날에 깊숙이 박혔다

하루아침에 앉은키로 세상을 마주하게 된
친구의 계절은
지워지는 봄날에 늘 갇혀 있었다

휘파람을 품고 있어서인지
친구의 잦은 통증에
반창고처럼 상처를 기억하고 있는
무등산 나무 이파리들의 떨림이 그치지 않았다

산천에 꽃들이 요란하여도
친구에게는 없는 봄이었고
두 번 다시 함께 오를 수 없는 산을
망연히 바라다보며 친구는 때로
영혼에서 자신의 휘파람을 꺼내 듣기도 하였다

3

누구나 때가 되면 간다고는 하지만
너무 일찍 마지막 이사를 해 버린 친구의 등 뒤로
해마다 오월이 오면
휠체어를 탄 듯한 허연 낮달이 망월동에서 떠올라
무등산 위 창공을 서성거렸다

허연 낮달을 알아본 무등산 사찰의 처마 끝 풍경들이
띠링 띠링 숲속에 신호를 보내면
숲속 나무들이 새들을 불러 모아
품고 있던 휘파람을 날개에 실어 날려 보내고
새들은 산중의 높고 낮은 여러 능선에
휘파람을 실어 날랐다

무등산 위를 서성거리던 허연 낮달이
이 능선 저 능선에서 들려오는 함성 같은 휘파람 소리를
우는 듯 웃는 듯 상기된 표정으로 듣고 있었다

시선은 본능적으로 큰 봉우리를 향하고 있었으나
우리가 꿈꾸는 건 봉우리가 아닌
무등無等한 세상이었다

봉우리도 무등한 세상도
서로가 내준 어깨와 어깨들이 기대어 만든
누구나 오를 수 있는 완만한 능선에 함께 있었다
　　　　　　　– 홍관희 시집 『사랑 1그램』(걷는사람, 2022년)

강물에 젖다

− 영화 〈택시 운전사〉

맹문재

독일인 기자 위르겐 힌츠페터가 마지막 인사를 했을 때
내 몸은 젖었다

아름다운 세상
깨끗한 세상
정의로운 세상을 만들려고 하다가
내가 이렇게 빨리 가게 되다니*

김남주 시인의 강물에 젖었다

마지막 인사 같은 상징이나
자유 같은 이념이나
연도 같은 사실은
넉넉히 품을 수 있다고 생각했는데

삼십칠 년 전의 강물에
빠지고 만 것이다

발랄한 음악이여
풍성한 주말 저녁이여
축구 경기장의 함성이여

나를 건져내지는 말거라
  − 5·18 제40주년 시선집 『광주, 뜨거운 부활의 도시』(시와문화, 2020년)

* 박석률의 산문 「내가 만난 김남주」 중에서.

죽음의 행진

– 울안 김천배 할아버님께

한수재

절로 피었다가 또 절로 지는 꽃이라고들 합니다
그런 꽃은 없습니다

차라리 우리를 먼저 깔아 죽여라
계엄군 탱크 앞에 드러누웠던 농성광장
혀가 잘린 어둠이 그렇게 짙고 길 줄은
누구도 몰랐을 것입니다

절로 해가 뜨고 날이 밝는 줄 알지만
그런 법은 없습니다

호헌철폐를 외치던 손자에게
'장하다, 장하다' 하신 마지막 말씀을 목젖에 가두고
영정 사진을 들던 날은 꽃망울이 오르던 삼월이었습니다

밥줄에 걸리고 목숨줄에 걸려
숨겨야 했던 이름 광주
죽어서도 떳떳하지 못했던 이력
눈치로 살아야 했던 세월
누추한 육신은 흙이 되었지만
죽음으로도 채울 수 없던 차디찬 영혼은

어느 별에서 빛나고 계십니까

이제 좀 살 만한 세상이라고들 합니다
언제 길이 났는지
녹음 짙은 오월 숲에 사람의 길이 나 있습니다
수많은 한 사람 한 사람의 발자국으로
따라가는 오늘,
딸이, 그 딸의 아들이, 며느리가
할아버님의 걸음을
잇고 있는 것이 보이십니까

할아버님, 감사합니다
잊지 않겠습니다

— 〈오월문학제〉 걸개시(2023년)

날개를 접지 않는 나비
- 상무대 영창 철창에 갇힌 구속자들을 보며

안오일

야학하던 회사원 나비
민주주의 외치던 신부 나비
시민군 돕던 고등학생 나비
역사 수업하던 학교 선생 나비
사회 서적 팔던 서점주인 나비

모두 다 빨갱이 되어
철창에 갇혔다

침묵시위로 연대한
여섯 개 방 수백여 나비들의
파다닥,
날갯짓이 뜨겁다

눈빛과 눈빛으로
끌어안고 노래 부르는
꿈꾸는 나비들

환하게 바스러지도록
날아 보려
끝끝내 날아 보려

결코
날개를 접지 않는

– 〈오월문학제〉 걸개시(2018년)

어둠 속에서 피는 꽃

– 김형미·김태윤(헌) 부부에게

한영희

베드로 당신을 장례식장에서 운명처럼 만났죠

오월 그날 이후
생과 사의 갈림길에서 겨울나무처럼
이파리를 떨구던 오빠가 고통에서 해방되던 날

안대 속에 가려진 슬픔을 몰랐었죠
한없이 가여운
총알이 관통한 당신의 두 눈을

결혼 첫날밤 내가 놀랄까 봐 안대를 풀지 않았죠 밤에도 한쪽 눈을
뜨고 자는 당신을 보면서 다짐했죠 당신의 눈이 되어 함께 걸어가겠다
고 마주 잡은 손 놓지 않겠다고

넘어져도 다시 일어나 오뚝이처럼
어둠을 뚫고 함께 걸어가요

오월 광주의 진실과 두 눈을 바꾼 영원한 시민군
그날의 아픔을 딛고
동지가 되어 투사의 한길을 걸어가요

베드로 당신의 눈 속에 내가 살아요

매일 아침 눈을, 눈을 떠요

- 〈오월문학제〉 걸개시(2021년)

골방에서 벼린 양심의 날

– 오래전에 받은 김대중의 편지

김이하

서광 꽃도 맨드라미도 스핑카 장미,
샐비어도 아직은 피어 있는 철창 너머
이 골방에서 나는 양심을 지켰다
지금 이 골방에서 나는 내 마음의 가장 은밀한 그곳
양심을 파먹으며 살았다

양심은 심장의 피보다 진한가
역사의 오래된 먹물보다 곰팡이보다
조국이라는, 떼어먹지도 못할 이 빚보다
그렇게 진하고 아픈 것인가, 골방에서 나는
그걸 생각하다 깊이 스러졌다

그러나 보지 않았는가
벌건 대낮에, 백주 대낮에 양심은 시들고
아예 그 주인을 버리고 심장을 버리고 역사를 버리고
조국의 거추장스런 이름마저 싹 지우고
비린 거짓의 옷으로 치장하고 돌아온 얼굴을

돌을 던지면 그것을 옥으로 다듬어 쓰고
똥을 던지면 그것으로 서광 꽃이나 쌉쌀하게 피우리라던
이따위 양심을 지켜선 뭘할까, 그러나 골방에서 나는

그걸 생각하다 더 깊이 스러졌다

양심은 우리 마음의 가장 은밀한 골방
지금 내 뒤에는 빛에도 드러나지 않는 그림자가
팔랑팔랑 바람에 흔들리면서도 보이지 않는
무지막지한 그림자의 권력이
지키고 있다, 그걸 생각하며 나는
벌떡 ↑ 일어났다

나의 존경하고 사랑하는 당신에게
스핑카 장미, 샐비어도 피우리
맨드라미, 과꽃, 서광 꽃도 피워 보리
양심의 골방을 지고 나와 네거리에 선 나는
내 양심만 떳떳하지 않으려고

똘똘이나 캡틴에게도 보여주리라
민주주의의 신앙이 위선일 수 없으므로
신산辛酸한 삶을 지고도 아무렇지 않게 석양 쪽으로 걸어가
햇살 속으로 시원스레 걸어 나오는
빛나는 임을 모셨지, 그걸 생각하며
나는 한 삶의 줄을 건넜지
 – 김대중 추모시집 『님이여, 우리들 모두가 하나 되게 하소서』(화남, 2009년)

광주연가 2

– 그 전야의 심장과 눈빛들…

최자웅

머슴 아비의 아들 김남주가
금판사 아니면 면서기라도 해주기를 원하던
부친의 기대를 박차고 혁명의 뜻으로
「잿더미」, 「진혼가」의 시인이 되고, 혁명강도가 되어
재벌의 집, 높은 담을 넘고 털어 세상을 엎으려 하였지
6·25전쟁에서 가족이 몰살당한 아픔을 지닌
김상윤이 남주의 '카프카'에 이어 '녹두서점'을 열었지
그 작은 서점들에 드나들며 타오르던
무수한 발길들, 눈빛들, 일렁이던 심장들
광주 변두리 산동네 성당 한구석에 자리한
'들불야학', 그곳에 윤상원과 박기순이
강학 스승과 제자로 운명처럼 만났지.
그리고 죽음까지, 죽음 너머 이어진 사랑으로 만났지
한알의 불꽃이 들불이 되어 광야를 태우듯이
그 한반도의 엄혹한 겨울 동토와 계절에도
자유의 햇살, 새 봄 천지를 꿈꾸던
사랑과 혁명의 작은 꿈은 위대한 페치카로
남녘 빛고을에서 활활 타올랐지
잔인한 군부 폭압의 날에 온 천지에
자유와 정의를 난타하는 종소리가 되고
큰 쇠북 종, 기인 징소리로

한반도의 비굴과 침묵을 온전히 뒤흔들며
오월보다도 푸른 바람과 함성으로
광장과 거리에서, 그리고
그 새벽 도청 학살의 여명 속에서도
내릴 수 없는 피 묻은 깃발이 되어
한반도 압제와 전제의 날에 휘날리며
강풍으로 나부꼈지.
조선의 위대한 꿈문, 대동의 광주여
감옥에서도, 광장에서도
잔인한 학살의 새벽과 거리에서도
오직 살아 있는 인간으로 꿈틀거리며
망월동, 5·18민주묘역
광주항쟁 영웅의 무덤들에서
오늘도 우리 앞에 생생히 부활하는
그 전야의 심장과 눈빛들이여
　　– 5·18 제40주년 시선집 『광주, 뜨거운 부활의 도시』(시와문화, 2020년)

초혼招魂

이철경

군사반란 일당의 피로 물들인 망월동 묘역
붉은 띠 두른 시인의 묘비가 있다
'처절하게 살다간 시인의 초상
온몸을 불태워 민중을 사랑한 시인의 영혼'*

피로 써 내려간 투쟁 흔적을 찾아 떠돌던 그해,
자전거 페달로 도착한 해남 봉학리 마을에서
생가를 지키는 농민투쟁가 김덕종 만났다
소박한 공원을 돌아 거울 같은 우물 속 들여다보니
긴긴밤 독재에 대해, 문학에 대해 분노로 쓴
'학살'이 귓전에 메아리친다

헛되지 않을 민중의 투쟁, 더는 뒷걸음치지 않을
민주주의여! 피맺힌 자유여!
지금 이 순간, 시인의 절규가 들리는 것은
역사의 수레를 되돌리려는 반민족 독재권력이
반역의 망령이 남주의 침상을 흔드노라
이 땅의 민주주의와 자유를 갉아먹는
반역의 현실에서 혁명전사 되살아나리라
　　　－ 5·18 제40주년 시선집 『광주, 뜨거운 부활의 도시』(시와문화, 2020년)

* 김남주 시인의 묘비명.

묵념, 40초

윤석홍

'묵념, 5분 27초' 황지우 시인이 쓴 시 본문에는 아무것도 적혀 있지 않다. 5분 27초간 묵념은 5월 18일에 시작된 5·18민주화운동이 진압된 5월 27일을 기리는 의미에서 쓴 것일 것이다.

5분 27초 동안 묵념하기 힘이 든다면 김준태 시인의 다음 시를 천천히 읽으면 좋을 것이다.

'화염방사기에 그슬려서, 대검에 하복부가 찔려서 죽었다고 하는 윤상원, 사실은 죽지 않았습니다. 망월동에 항아리처럼 묻혀 있는 그의 몸뚱이를 컴퓨터로 된 현미경과 천체 망원경으로 들여다보니, 그의 몸뚱이는 온통 밥으로 가득 차 있지 않겠습니까. 퍼내도 퍼내도 바닥이 나지 않는, 하얀 밥으로 넘실넘실 가득 차 있는 윤상원의 몸뚱이! 우리는 결국 윤상원의 몸뚱이 속으로 입을 밀어 넣으며, 아침저녁으로 밥을 훑어 먹고 있었습니다. 아아, 우리의 밥통이 돼버린 밑도 끝도 없는 광막한 윤상원의 몸뚱이!'

윤상원은 1980년 5월 27일 도청을 사수하다 죽은 시민군이다. 그날 도청과 YWCA에서 약 삼십여 명이 사망한 것으로 추정된다.

40년 전 오늘을 기리며 묵념, 40초 만이라도 해야겠다.
　　－ 5·18 제40주년 시선집 『광주, 뜨거운 부활의 도시』(시와문화, 2020년)

바람처럼 강물처럼

– 망월동으로 가는 유석을 기리며

이형권

그예 벌써 바람이 되었는가
그예 벌써 강물이 되었는가
무엇이 그리도 급해서 한마디 말도 없이
찔레꽃처럼 싸늘히 누웠단 말인가

장성 사거리 양조장집 아들로 태어나
화순 모후산 텅 빈 골짜기까지
그대가 넘었던 서른여덟의 짧은 생애
참으로 야속한 세월이었구나
참으로 박복한 세월이었구나
80년 오월, 교복을 입은 채 도청을 지켰고
전남대에선 2만 학우를 울고 웃기던 문화선전대였고
가투에선 선봉이 되어 얼굴에 최루탄이 박히고
그대, 청춘을 고스란히 광주에 바쳤지
가슴에 빛나는 꽃이라도 한 아름 안았으면 좋으련만
이름도 명예도 그 무엇도 바라지 않았던 친구여
오지랖이 넓어서 대소사엔 궂은일 마다않고
어느 별의 광대처럼 정이 많아서
헤픈 웃음으로 살던 친구여
이제 누가 있어 그대의 못다 한 노래를 부르리
누가 있어 순정 어린 눈물로

이 각박한 세상을 살아주리

남보다 앞서기 위해 책을 읽지 않았고
남보다 잘살기 위해 궁리를 세우지 않았던
지지리도 못나고 실속 없던 친구야
수틀리면 밤 봇짐을 싸고
하루아침에 얼굴 바꾸고 살아가는 세상인데
어찌 그리도 순진하게만 살았더란 말이냐
그대 잘하던 허튼소리 허튼 가락처럼
세상은 그렇게 허술하지가 않거늘
세상은 그렇게 따뜻하지가 않거늘
누구 하나 손 내밀어주지 않는 얼음판 같은 세상을
홀로 헤매었단 말인가
출판사에서, 보험회사에서, 대동문화연구소에서
호구지책 삼아 뛰어다니던 너의 어설픈 살림살이가
얼마나 죽을 둥 살 둥 각박했으면
공공근로 노임처럼 비참하게 했으면
그 삶이 얼마나 버거우면 남몰래 가슴병을 앓다가
산바람 한줄기에
꽃처럼 쓰러졌단 말이냐
형제도 친구도 우정도 모두가 허울뿐
너는 그런 세상을 살다가 갔구나
너는 그런 세상을 사랑하다 갔구나
슬퍼해 줄 검은 옷 한 벌 남기지 못한 채
알뜰한 적금통장 하나 남기지 못한 채
겨울 찬바람을 막아 줄 집 한 칸을 남겨 두지 못한 채
그렇게 박복한 세상을 살다가 갔구나

그렇게 쓸쓸한 세상을 살다가 갔구나
이제 누가 있어 너의 아내와 이 어린 자식들을 건사한단 말이냐
이 무정한 사람아 보고 있느냐
이 통곡의 바다를 지켜보고 있느냐

그러나 친구여
산 사람은 산 사람의 길이 있게 마련
이제 이승에서의 미련일랑
훌훌 떨쳐버리고 편히 쉬거라
얼마나 고단한 삶이었더냐
얼마나 마음 졸였던 삶이었더냐
얼마나 슬픈 아리랑 고개였더냐
하늘나라에 가거들랑 다른 일 다 그만두고
너희 아내와 토끼 같은 너희 딸 유화 유소이 앞길에
환한 빛이 되어주거라
따뜻한 바람이 되어 곱게 곱게 자라도록 보살펴주거라
그리고 어느 봄날 새싹이 움트는 청라언덕에서
다시 만나자구나
그곳이 저승이라도 좋고 이승이라도 좋으니
못난 친구들 불러 술잔을 나누며
못다 한 이야기를 나누자구나
바다가 보고 싶거들랑 20년 전처럼
목포행 완행열차를 타자구나
덜컹거리며 덜컹거리며
우리들 세상으로 가자구나

잘 가거라 이 무정한 사람아
　　　　　　　－ 이형권 시집 『다시 청풍에 간다면』(천년의시작, 2021년)

제4부
망월동, 그 광활한 슬픔 앞에

망월동에 갔다

문정희

시간이 갈수록
더 시퍼렇게 살아나는
무덤들 앞에서
흐르는 눈물조차 부끄러웠다

이 땅에서 나는 무엇을 하며 살았던가

시 쓰던 손목
잘라버리고 싶었다

산 목숨들 모두 말을 잃었다
비에 젖은 방명록 앞에
입 없는 석상이었다

망월동 그 광활한 슬픔 앞에
맹렬하게 쓰러지는 검불이었다

　　　　　　　　－ 미국 아이오와대학 IWP에서 돌아와서(1998년)

광주교도소 지나 망월동 묘지

하종오

1. 행렬

이 길에 다져진 흙들은
발자국도 없이 질질 끌려간 이들을 알고 있어
동서남북 산과 들을 틔워서
한반도 삼천리를 모으고,
발이 작은 아이들은 옹기종기
봄물 오르는 풀섶에서 커간다.
청산을 짓밟은 오사리잡놈아, 이 길에 오면
정강이 부러질 테니 무릎으로도 서지 말고
손목 문드러져 덜렁댈 테니 팔뚝으로도 짚지 마라.
이 길에 날아다니는 꽃가루 한 점도
피에 엉켜 실려간 이들을 알고 있어
수분을 할 때면 붉은 꽃에 맺혀서
한민족 기운을 얻어 꽃송이 벙글고,
차마 그해가 안 잊히는지 어른들은
논밭에서 흙갈이하다가도 고개 숙인다.
황토를 가로챈 오사리잡놈아, 이 길마저 빼앗으면
종아리 분질러질 테니 대지에서 물러나고
손가락 꺾어질 테니 봄 양기를 내놓아라.
이 길에 갇히고 묻힌 이들이 저마다
야산 한 기슭 빌어 든든하게 버티고 서서

송장처럼 혼백천지 원한천지 원수천지
터지는 신음을 녹음으로 쏟아낼 때,
마을로 불어오는 먼지바람 속
부모형제 부르는 음성 따라서
부르튼 발바닥으로 거슬러 가며
혁명은 이다지도 끝이 없느냐, 왜, 우리는,
미완성이냐, 묻다 보면 이미 오월을 넘어
폭양을 이뤄낼 크낙한 여름을 향하고 있다.
오사리잡놈아, 여름도 이 길로 기어이 달려온다.
쌍심지 치켜세우고 천상천하 노려보는 놈
머리부터 집어넣어라, 끓는 해가 떠오른다.
해가 떠, 타기 전에 머리부터 집어넣어라.

2. 묘적墓賊

제 무덤을 파 옮기라는 자가 누구던가요?
한 덩어리 피살뼈로 흙이 되려고는 했어도
아버지, 쓰디쓴 독초는 돋워내지 않았어요.
해마다 찾아온 형제들이 뒤돌아서서
남몰래 손등으로 두 눈을 문지르며
가슴속에 피울음 노을을 담을 때면
언젠가 저는 산봉우리로 커져서
형제들 얼굴 앞에 해를 불쑥 솟아내고
몇 놈이 차지하지 못할 봄빛을 쏟고 팠는데
아버지, 돈푼 손아귀에 쥐여주며
관 하나 삽자루 하나 들고 와서
누가 제 죽음마저 남도 그 오월에서 없애려 하던가요?
아버지, 살아서 팔매질하던 형제들에게

두 손을 건네준 일밖에 없는데
붉은 달이 떠오르는 언덕배기에 누워서
아직 저는 이 세상을 바라보기에 불편하고
여전히 형제들을 풀 꺾으며 울리고 말아요.
쏟아주는 한 잔 소주 입이 없어 못 먹고
이 묘 속에 주검은 날이 갈수록 썩어
꼭 한마디 드려야 할 말씀이 있으니
아버지, 야산 기슭 평평한 봉분마다 봄이 오면
진물로 아지랑이 피워 올리는 이 땅이 되고 싶어요.
누구던가요, 제 무덤을 파 옮기려는 자는.

3. 지난봄에

봄이야 오기는 아무 데나 다 왔겠지만
우리가 맞이한 건 먼저 오월이었지요.
산기슭 꼬불꼬불 돌아간 황톳배기
아빠는 죽어 삭신 어디로 갔는지 모르고
아이를 밴 채 죽어 묻혔던 엄마가
넋으로 아이를 낳고 젖 물리고 울고 있었는지,
그 옆에 죽어 머리 동개고 누운 이웃들이
모든 죽은 사연 억울하고 참혹하여
진물 내며 웅절웅절 넋두리하고 있었는지,
지난봄에 산등성이 바라봤더니 아물아물
아지랑이 자꾸자꾸 우리 앞에 피어올랐지요.
오월 뻑뻑한 피를 땅 위로 피워 올렸지요.

– 하종오 시집 『분단동이 아비들하고 통일동이 아들들하고』

(실천문학사, 1986년)

망월동

최두석

아버지는 대를 뜨고 어머니는 바구니를 짜는 집을 나서서 멀리 지평
선을 베고 누운 산을 향해 걷는다. 며칠째 얼었다 녹았다 하는 눈 사이
로 보리가 푸르른 잎을 내민다. 하늘에는 수백 마리 까마귀 떼가 바람
을 타고 날으고 한 줄기 삭풍이 머리칼을 헤치고는 달아난다. 길은 구
불구불 영산강에 이르고, 물의 깊이를 가늠하러 다니다가 풀섶으로 가
린 웅덩이에 발이 빠진다. 내친 걸음에 무릎까지 걷고 건너다가 허벅지
까지 흠씬 젖는다. 축축한 내의와 바지로 수곡 부락까지 이르고 가게에
서 소주와 잔을 챙겨들고 산길을 오르면 마침내 다다른다. 도저히 위로
할 수 없는 영혼 수백이 잠자는 곳, 추도라는 말은 더욱이 꺼낼 수도 없
는 곳. 다만 발걸음으로밖에는 유대를 확인할 수 없어, 안타까움으로
넘치는 술을 따른다.

– 최두석 시집 『대꽃』(문학과지성사, 1984년)

망월동 영가靈歌

나종영

오월 눈부신 그날이 다시 오고
그날 그 함성 노랫소리 들리는구나
어제는 봄비가 촉촉이 내려
무덤가 푸른 잔디 새록새록 푸르고
핏자국 선연한 철쭉꽃도 피었겠구나
너의 절름거리는 발걸음
정다운 네 목소리 들으니
그리운 바깥 세상 더욱 그립구나

아직도 눈 못 감고 입 벌린 채
흙속에 묻혀 있는 우리들도
세상 많이 변했다는 이야기 듣고 있다만
죽은 사람 명예 세워주면 뭣하고
죄 없는 사람 죄 닦으면 뭣하겠느냐

세상 밖의 일이야
살아 있는 사람들이 알아서 하고, 다만
누가 동족의 가슴에 총질을 하고
누가 동족의 등 뒤에 비수를 꽂았는지
그 진실만 진실만 밝혀다오

이렇게 커다란 무덤 앞에서
살아 있는 자들 고통도 이루 말할 수 없겠지만
누구와 진실로 화해를 하고
누구를 진심으로 용서해야 하는지
그 많은 세월 마른 눈물
누구를 보듬고 통곡해야 하는지
하늘이 알고 땅이 알지 않겠느냐

그날의 공포 그 치 떨림
빛과 빛이 교차하던 하얀 새벽의 순간
유리창 한 장 너머 나는 죽고
너는 살아서 어둡고 험한 세상
절뚝거리는 것이 힘들겠구나
오히려 그날 죽은 내가 살아 있는
너에게 부끄럽구나

오늘은 오월의 푸른 하늘
맑은 햇살 아래 깃발 나부끼고
산 자와 죽은 자 우리 함께 모여
목이 터져라 오월의 노래 부르자구나
부르다 목이 쉬면

망월동 이름 없는 무덤가에
술이나 한 잔 바치고 다시 가리라

아, 손에 잡힐 듯
푸르고 푸른 자유의 하늘
아름다운 세상
다시 껴안아 보고 싶은 남도 사람들
오월의 깃발 높이 나부끼는구나.

－〈오월문학제〉 걸개시(2020년)

어느 묘비명 앞에서

박선욱

망월 묘역에 잠든 수백 기의 봉분들
대부분 한날한시에 쓰러졌거나
열흘 낮 열흘 밤 동안 웃고 울다
꽃처럼 떨어진 사람들
백주 대낮 충장로 우다방 앞에서
금남로 은행나무 옆에서
가톨릭센터 앞 인도와 도로 사이에서
월산동 임동 산수동 양동시장에서
대인동 지산동 광천동에서 송정리에서
일일이 셀 수도 없이 많은 곳에서
슬픔과 분노로 몸을 떨다가
느닷없는 일격에 맞아 스러져 간 사람들
봉분들 사이로 걷다가 문득 바라다본 글귀
"힘들고 고단한 세월을 함께해 주셔서 힘이 되었어요
아버지의 인내와 사랑 간직하고 살게요
이제 고통 없는 세상에서 편히 쉬세요"
잠시 서서 고개 숙였네
버젓이 활개 치는 반란의 수괴
광주를 폭도로 몰아붙이는 악마들
불벼락 내리기를, 또한 깊이 묵상했네

– 박선욱 시집 『눈물의 깊이』(삼인, 2020년)

기억은 힘이 될 수 있을까

- 망월동에서

조진태

그는 잘 다듬어진 계단을 따라 오붓한 동산을 뒤에 두고 거울처럼 햇빛을 반사하며 멀리 무등산을 깎아지른 대리석 기둥과 미끈한 앞마당을 뽐내고 있었다.

산벚나무 이팝나무 진달래 환한 옛길 걸어
얼마간은 회한도 있을 사람 몇
얼마간은 분노를 다스리지 못해 발걸음이 바쁜 사람 몇
그리고 얼마간은 걸어온 길 돌아보며 아득한 눈길 적시는 사람 몇
그렇게 초여름을 지나며 항상 그의 발치가 촉촉하게 젖어 있던 곳
회색의 새 한 마리가
사람들 발자국을 지우며 부리나케 날고 있는데

삐비꽃은 낮게 눕고
뛰노는 아이들 소리 쟁그랑거리고
하늘은 광활하다
                    - 5·18 제40주년 기념 〈5월시〉 판화전 초대시(2020년)

땅비단풀꽃

― 오월 영령의 편지

김수우

우리는 침묵을 움직이는 춤꾼입니다
보풀 많은 입김으로 신들의 정원을 깨웁니다
여기 당신 의자가 있습니다
여기 당신의 안경이 있습니다

망월동은 지상 모든 새벽의 꽃받침
어둠 속에서 환한 고통을 빚어 아침빛을 낳습니다
밤새 태어난 저 중심들
함성이 배인 햇살 한 잔으로
서로의 이름표를 선명하게 비춥니다

우리는 핏빛 땅 낮은 무덤을 흔드는 바람입니다
눈물과 약속을 엮는 보이지 않는 이음매입니다
역사의 폐를 관통하는 풀빛 기침들
영원을 비집는 거미줄로 출렁입니다

일어나요 일어나요 우리는 당신을 부축하는 법을 압니다
오월은 서로를 알아보는 달
대지를 걷는 자는 늘 귀향을 꿈꾸지만
한 번도 돌아가지 못하고 발 앞의 자유를 고향으로 삼습니다
온몸으로 기어 땅바닥을 비단처럼 수놓습니다

신기루 저편이 아닌
오월의 지도를 그려야 합니다 오늘 여기

우리는 지평선이 시작하는 자리입니다
우리는 점점 더 낮게 자라는 땅비단풀입니다
　　　　　　　　　　　　　－〈오월문학제〉 낭송시(2022년)

관棺

박종권

밧줄을 타고 지하로 내려갔다. 낯선 골짜기의 경련하는 바람소리. 무수한 총창에 찢겨 펄럭이는 옷자락이 차마 눈 감지 못하는 내 싸늘한 얼굴을 덮었다. 철쭉보다 더 붉은 황토흙 몇 줌이 뿌려지고 그만이었다. 저녁이면 우리 집 밥상 위에 모락모락 피어오르던 불빛같이 따스한 말은 이미 흘러나오지 않았다. 지상에서는 발 뻗고 누울 자리 한 평 얻을 수 없었으나, 묘지 번호 80−518호를 죽창처럼 새겨서 깎고 있는 벗들의 피눈물 사이에 비로소 믿을 만한 땅을 조금 마련했다.

상처가 깊으면 넋 또한 무거워서 극락강을 잘 건너지 못하는 것일까. 여기저기 남북으로 떠돌다가 내리는 어둠을 시린 풀벌레 울음이 서로 모여 자지러지게 떨고 있을 뿐, 하늘 가는 밝은 길을 물어도 그 길은 앞산이 첩첩한 삼수갑산의 적막이라서 찾아오는 인적마저 끊어진 듯했다. 그러나 봄빛이 무더운 여름을 향하여 흐르던 어느 날 나는 보았다. 파도치듯 줄지어 떼지어 몰려드는 사람들의 구슬픈 진혼가를 들으며 그때 적들의 미친 발길에 눌리고 짓밟혀 부서져버린 줄만 알았던 내 심장이 싱싱하게 강철 같은 푸르름으로 다시 살아나 온 천지에 가득 불을 지르는 것을, 뜨겁게 타오르는 아우성의 불바다 속으로 내 삭아 문드러진 살과 뼈를 추려 실은 관棺 하나가 황포 돛대를 달고 어기여차 두둥실 떠나가는 것을.

− 박종권 시집 『찬 물 한 사발로 깨어나』(실천문학사, 1995년)

사모별곡 6

김하늬

어머니, 해마다 오월이 오면 피어나는 꽃을 봅니다
고운 님이 잠드신 그 벌판에
사슴처럼 맑은 얼굴로 다시 피어오르는 꽃을 봅니다
그날 우리들 삶의 해방을 위하여
찬란한 반란의 날카로운 칼을 꽂으며
꽃답게 죽어 쓰러진
무덤마냥 차디찬 님의 넋 위에
어머니, 해마다 오월이 오면 피어나는 꽃을 봅니다
어머니, 오직 우리들 하나의 기도는 투쟁입니다
지금도 밀물처럼 혁명은 다가오고 있습니다
우리들의 하늘이 처음으로 열리기 전까지는
어머니, 우리들은 하늘을 두고 맹세해야 합니다
형제가 흘린 피로 우리들만이 잘 되기를 바라기에 앞서
우리들 스스로가 먼저 피흘려야 됨을
어머니, 우리들은 날마다 깨달아야 합니다

– 김하늬 시집 『희망론』(자유사상사, 1991년)

무등산 찔레꽃

정원도

여태도 오월 그날에 멈춰 있는
도청 돌아 금남로 민주쟁취! 군사독재 타도!
엎어지고 거꾸러지며 외쳐대던 넋들이
해마다 무등산 찔레꽃으로 다녀가시는가!

눈부신 햇살에 날개 부비며
노랑나비가 되어 다녀가시는가!
M16 소총에 장착된 대검에, 개머리판에
형체도 알아볼 수 없도록 찔리고 짓이겨진 채
함몰되어 드러누웠다가

처참하게 짓뭉개진 몰골마저
북에서 내려온 남파공작이나 폭도로 매도
군사독재를 획책하는 희생양으로
도륙당하였네!

아들조차 알아보지 못하는 시신
찾아 헤매던 어멈의
심장 멎는 두 발이 부르트도록
증심사 바람재 넘어 서석대 장불재 지나 늦재
40년을 휘돌아 와도 사무치는 원한이

무등산 찔레꽃으로 되살아 피어나는가!
차마 견디다 못해 해마다 숨조차 멎게 하네!
    – 5·18 제40주년 시선집 『광주, 뜨거운 부활의 도시』(시와문화, 2020년)

오래된 안부

이종형

망월동엔 무슨 일로 가신다요
그냥 참배하러 가신단 말이제라
먼 데서 역부로 망월동에 가자는 손님을 보니
마음이 참 거시기 허요

무작시럽게 어긋나분 세월이었소
어찌 그것을 말로 다할 수 있을 것이오

택시비는 넣어뒀다가
돌아가는 길에 국밥이나 한 그릇 자시고 가소
광주의 마음을 이리 보듬어주는 양반을 만났으니
그것이 참말로 고맙소
포도시 벌어먹고 사요만 손님에겐 택시비를 못 받것소

삼십 년 전 섬에서 올라와
망월동을 처음 찾던 나를 태워주고도
한사코 택시비를 받지 않았던 그 사내
얼굴도 이름도 모르지만 한 번도 잊은 적 없는 그대
여전히 안녕하신지
오래 묵은 안부를 전하는
다시 5월에

– 〈오월문학제〉 걸개시(2019년)

나의 고향, 망월동

박노식

첫 입사시험 때
이사장이 면접장에 나왔습니다.
"고향이 어딥니까?"
"광줍니다."
"광주 어딥니까?"
"전라도 광줍니다."
"……"
"……"
"광주가 당신 안마당이오?"
"아, 광주 망월동입니다."
"이런?"
"맞습니다. 제 고향은 전라도 광주 망월동입니다."
"당신, 여기서 나가고 싶어?"
"네?"
"나하고 지금 장난치자는 거여?"
"무슨 말씀이신지?"
"야 새꺄, 너 총 들었지?"
"네?"
"총 들었어? 안 들었어?"
"저어, 지금 면접 보러 왔는디요."
"이런 개새끼 봐라?"

바람 뒤편에 서서 눈을 비비다가
시詩가 바늘처럼 쏟아졌습니다.

오늘 아침, 큰녀석이 면접을 치르러 갔습니다.

나의 고향, 망월동 당산나무에게로 가서
서른 살 딸이 무사하기를 바랐습니다.
　　　　　　− 〈풍암인권마을 시화전〉(광주전남작가회의, 2016년)

화려한 휴가

권위상

군단사령부 지하 벙커에서 근무 중
갑자기 늘어난 통화량 쉴 새 없이 날아오는 전통문
통신 대대장의 24시간 비상 상주로
무슨 일이 벌어지고 있음을 직감했다.
통신단장 방에서 슬쩍 훔쳐본 신문 제목
광주 소요사태

서울대 진압반으로 편성되었던 적이 있는
중대원 몇몇은 차출되어 공수부대와 함께 어디론가 떠났다
그들 중 일부는 돌아오지 못했다
나는 제대했고 복학했고 취업했다
바쁘게 살았다

초등학교 일학년 아들은 튜브를 찌그러뜨리며
여름휴가를 공동묘지로 간다고 입이 댓발 나왔다
미안하다 아들아 나도 바닷가가 그립단다
미루다 미루다가 이제야 빚 갚으러 간다
마음의 빚
남도의 국립묘지 비가 흩뿌리고 있다

– 미발표 신작시(2023년)

변, 임을 위한 행진곡

최기종

제창은 안 되고 합창을 해야 한다고
정부가 말한다
국민통합을 위하여 합창을 해야 한다고
정부가 말한다.
그런데 모두가 함께 부르는 제창이 왜
국민통합을 가로막는지 모르겠다

제창은 안 되고 합창을 해야 한다고
가해자가 말한다
그들만의 세상을 위하여 합창을 해야 한다고
가해자가 말한다
그런데 모두가 함께 부르는 제창이 왜
그들만의 세상을 가로막는지 모르겠다

죽은 자를 기리는 노래가 불편하다고
정부가 말한다
과거를 지우기 위하여 합창을 해야 한다고
정부가 말한다
그런데 합창단이 부르는 노래가 어떻게
과거를 지울 수 있는지 모르겠다

산 자들이 부르는 노래가 불온하다고
가해자가 말한다
잉걸불을 삭히기 위하여 합창을 해야 한다고
가해자가 말한다
그런데 합창단이 부르는 노래가 어떻게
잉걸불을 삭힐 수 있는지 모르겠다

임을 위한 행진곡 노래
제창을 하거나 합창을 하거나
임을 기리는 행진곡일 뿐인데
제창은 안 되고 합창만 하라고 하는지
누구는 시험에 들게 하고
누구는 시험에 빠지게 하는지
　　　　－ 5·18 제40주년 시선집 『광주, 뜨거운 부활의 도시』(시와문화, 2020년)

임을 위한 노래

정완희

이제 잠들어요
아직도 떠나지 못해
어두운 하늘을 떠돌던 넋들이여
오래오래 임들의 가슴에 남아 있던
원한도 불거진 힘줄도 모진 칼바람도
안개 같은 세월의 살 속으로 묻혀 버리고
죽음은 평화라고 소근거리며 조금씩
조금씩 임들을 지우는 노래가 흘러나왔던
이 시대 죽지 못한 껍데기들만 남아
굽이굽이 도시의 골목길을 돌아 나올 때
임들의 눈물이 하얀 소금으로 빛나던 이 땅
그냥 아무것도 아닌 것처럼
계절은 오고 또 가고 흘러가도
우리들은 알고 있어요
임들의 사랑 임들의 함성 임들이 흘린 피

왜 진실은 피가 묻어 있으며
죽음으로 비로소 눈뜨는지를
　　　　－ 5·18 제40주년 시선집 『광주, 뜨거운 부활의 도시』(시와문화, 2020년)

망월동

– 옥중의 고규태에게

김용락

1
여름방학 보충수업 팽개치고
뜨거운 남쪽 도시를 찾아갔던
소나비 속을 흠뻑 젖으며 금남로 지나
도청 분수대 뒤편의 광주출판사를 찾아갔던
그날을 잊을 수 없을 것 같다
직선으로 내리꽂히는 비를 맞으며
그 봄에는, 비가 아니라 우리를 죽인 총탄이었을
그 흉기를 맞으며 출판사를 걸어 나와
충장로 금남로 전일빌딩 뒤편
지금 다시 불타올라야 할 방송국 앞 소줏집에서
오월시 이 형이 사준 술을 마시고도
나는 취할 것 같지 않았다
그 밤은 전혀 잠들 수 없었다

2
망월동 가는 길
광주교도소 지나 한참쯤 걸어 흙먼지 길로 접어들면
푸른 벼포기 눈부신 빛깔과 엉머구리 소리가
피멍울처럼 배어나오는 논둑길을 질러
망월동에 다다르는 길은

여름이면 이 산천이 모두 그러하듯이
쑥부쟁이 돌쩌귀 조팝꽃들이
너무나 순결하게 피어 있었고
너는 지난봄의
보리밭 싸움에 대해서 간간이 숨을 끊어가며
그때 못자리 논에 짓밟혀
흙투성이가 된 채 끌려간 친구들은
아직 돌아오지 않았다고 이야기했다
나는 말없이 홀린 듯 숲을 향해서만 걸었다
망월묘지 가던 길

3
무덤 앞에서
죽음의 냄새가 채 사라지지 않은
팔월의 뜨겁고 끈적한 빛줄기가 나를 옥죄일 때
나는 숨 막히는 듯한 갈증으로 목이 탔었다
살아생전 한 번도 본 적 없는 얼굴
그래서 더욱 그리운 형제들의 죽음 앞에서
소주 몇 방울 뿌려놓고 엎디었을 때
나는 일어설 수가 없었다
'여보 당신은 천사였오

천국에서 만납시다'
그들의 진실 앞에서
살아 있음이 그렇게 욕되게 느껴졌을 때가
또 있었을까
종내 눈물 때문에 고개를 들 수 없었던 그곳
사랑과 역사
우리 나아갈 길을 다시 깨우치고 떠나온 곳
그때 두 손 꽉 움켜쥐던
너의 체온은 아직도 내 가슴에 고스란히 남아 있는데
구속, 국가보안법 위반
그 엄청난 죄명은 망월동 가는 길목의 푸른 하늘
푸른 들판 꿈꾸며
푸른 세상 꿈꾸며 만들어낸
책 때문

— 김용락 시집 『푸른별』(창작과비평사, 1987년)

오월의 누이에게

강영환

어매는 가을을 앞에 두고 떠나셨다
새로 맞은 열여덟 번째 봄을
다 겪어 보지 못하고 떠난 누이를 그리다가
질겨 말라 퀭한 눈 남겨놓고
망월동에 피눈물만 쏟아내 놓고
아버지 곁으로 가서는
손주들 재롱 앞으로 돌아오지 않았다
가서 누이를 만나기나 했는지
꿈에서도 눈물 마른 모습 보여주지 않았다
금남로를 허덕이며 맨발로 뛰어다니던
겨울 바닥에 실성한 우리 어매
영산강에 비친 노을빛으로 잘 사시는지
앞 들녘 콩대가 단풍져 쓰러져도
통 거둘 생각을 않으시더니
곡식 낱알 중하다고 입술 닳도록 외고 다니던
그 가을을 앞세우고 떠난 뒤
마흔 번이나 되는 가을이 다 지날 때까지
이적지 누렁탱이 들판이 그득하기만 하더냐
누이야 네가 돌아와서
어매 좀 불러 다독이거라
어찌 너만 자식이단가

두견새 되어 이 산 저 산 흩어져
울고 다니는 삼남 이녀
앞가림도 못 하고 사는 꼴 와서 보라고
네 눈시울에서 떨어지는 눈물방울
훔쳐 볼란다 누이야
                    – 강영환 시집『숲속의 어부』(책펴냄열린시, 2020년)

찔레꽃 오월

― 5·18영령을 추모하며

전선용

배웅이라고 말하면 괜히 쓸쓸해지는 저물녘
오월 찔레꽃이 노을에 붉어져
봄으로 지고 있습니다
하루에도 여러 번 피고 지고
여리디 연한 꽃은 충혈에 죽을 맛입니다
내가 어찌 잊을 수 있을까요
오월의 피바람을,
눈시울 뜨거운 항쟁이 마를 새 없어 눈물로 꽃숭어리 피웁니다
귀를 막아도 눈을 막아도 들리는 함성
웅크린 무덤 앞에 술 한 잔 놓습니다
그쪽 하늘은 맑습니까
여기는 안녕합니다
외로웁거든
그리웁거든
꽃 피워 내게 오소서

― 전선용 시집 『그리움은 선인장이라서』(생명과문학, 2023년)

오월의 보리밭

전비담

오월이 찾아오네. 오월이 찾아오지 못하네.

오월이 우리를 찾아오거나 찾아오지 못하나. 우리가 오월을 찾아오거나 찾아오지 못하나. 오월은 사월이 흩뿌려놓은 무참한 꽃의 학살을, 오월 자신이 당한 청색 참혹을, 찾아오거나 찾아오지 못하나. 오월이 찾아오지 못하면 어디로 가나. 오월은 우리를 어디서 찾아오나. 우리는 오월을 언제 찾아오나. 오월은 무엇을 찾아오나.

스무고개를 넘는다

오월을 닮은 바람이 날카롭게 울 때
날선 새벽의 이랑을 따라 누가 차례로 죽는다

오월은 청보리 이랑의 끝없는 고개 넘기

더 많이 사랑한 자가
영원히 죽지 못할 주술에 걸린다

애인의 장례를 치르기 위해
보리밭의 휘파람 속으로 들어간다

오월에 오월을 맡긴다
오월의 힘에 오월을 맡긴다

오월이 마침내 서슬 푸른
이랑의 무덤 안으로 들어간다

무덤의 커다란 힘을 찾으러 들어간다

　　　　　　　　　　　－〈오월문학제〉 걸개시(2020년)

5월, 망월동

이복현

봄날에 죽은 혼이 새싹으로 돋아나서
억울한 사연들을 새소리로 불러놓고
망월동 흙무덤마다 제비꽃을 피웠다.

푸른 사랑 어디 두고 피 묻은 영혼들만
펑 펑펑 가슴이 뚫려 온 세상이 붉은가!
뻥 뚫린 탄흔이 깊은 심장마다 꽃인가!

바람도 길을 잃고 흔들리는 금남로
거리의 핏자국이 망월 동산 다 덮었다.
오늘에 누가 울기로, 저 하늘이 젖었나!

– 〈오월문학제〉 걸개시(2022년)

망월동

김수열

인자 울지들 말어
다시는 이런 아픔 없도록 진상 밝히고
책임자 처벌하려면
맘 다부지게 먹어야 써*

1980년 오월
고등학생 아들을 잃은
하얀 소복의 광주 오월 어머니가
2014년 사월
고등학생 아들을 잃은
노란 리본의 세월호 어머니 손을 잡고
오래도록
아주 오래도록 놓지 않았다

* 2018년 5월 19일, 한겨레신문에서 인용.

한恨 어머니

강회진

어머니는 하나밖에 없는 아들을 다락방에 숨겼습니다 절대 밖으로 나오지 말아라 침침한 다락에 궤짝처럼 숨어 있던 맑은 얼굴의 아들이 문을 열고 나왔습니다 엄니, 걱정 마시오 잉, 잘 댕겨 올탱께 도청에 가서 시詩만 읽고 올 것잉께

자정이 넘도록 아들은 돌아오지 않았습니다 갑자기 밖에서 탕탕탕 총소리가 울렸습니다 어머니의 가슴 위로 드르륵 탱크가 지나갔습니다 시민 여러분, 밖으로 나오지 마세요 다 죽습니다 울부짖는 여자의 목소리가 어두운 골목에 붉게 흘렀습니다 어머니는 골목 쪽 내다보며 발만 동동 굴렀습니다

다음 날 도청 본관에서 어머니는 보았습니다 수많은 주검들 떨리는 손으로 거적을 차례대로 들추었습니다 속옷도 없이 홀딱 벗겨진 알몸의 청년, 얼굴은 뭉개져 살점이 너덜거렸습니다 드러난 흰 뼈에 구더기가 드글거렸습니다 이것은 우리 애가 아니다 어머니는 거적을 도로 덮었습니다 어머니는 아들을 찾으러 광주 곳곳을 훑었습니다

아들의 긴 외출은 22년이 지나서야 끝이 났습니다 4-49번 망월동 묘지에서 신묘지로 이장할 때였습니다 드디어 어머니는 아들을 만났습니다 오래전 도청에서 보았던 바로 그 알몸의 청년이었습니다 아들을 알아보지도 못한 나는 니 에미가 아니다 에미라 부르지도 말아라

그놈의 시가 뭐라고, 아들을 죽게 한 시, 아들을 영원히 살게 한 시, 한 어머니는 오늘도 아들이 그날 읽었다는 시가 궁금합니다

— 〈오월문학제〉 걸개시(2022년)

열다섯 동갑내기의 묘비명

주선미

봄이 오려면 아직 멀었다는 듯
수은주 빙점 아래로 뚝 떨어진 3월
망월동 국립5·18묘지에 들렀다

하늘을 찌를 듯 서 있는 기념탑 앞에
머리를 숙였지만
너무 늦은 탓일까
꽃샘바람 차갑다

기념탑 그림자에 가려진
희생자 묘역으로 들어섰다

첩첩이 들어선 묘지석들
겨울 터널 외롭게 지킨 고혼들
그리움에 짓무른 손으로 와락 붙드는 것 같다

휑하게 마른 묘역을 둘러보다
한 묘비석 앞에서 발을 멈춘다

차가운 오석에 새겨진 숫자 1966
나와 동갑내기,

곁에 있는 듯,
미소를 건네 오는 흑백사진

계엄군의 거인 같은 장갑차
차갑게 눈을 가린 기총소사에 맞서
투지로 똘똘 뭉친 돌 던지는 투사들만 생각했더니
동갑내기 친구를 사지에 버려둔 채
거짓으로 가득 찬 교과서를 외웠구나
형체 모를 부끄러움 물들인다

북한에서 간첩이 내려왔다는 말,
전쟁이 일어날지도 모른다는 말들
거짓인 줄도 모르고 무서움으로 떨었던
부끄러운 페이지들
지우려 해도 자꾸 되살아난다

얼마나 아팠을까
5·18 거리에 스러지게 놔두고
모른 체했던 친구

차가운 바람에 다시 버려둘 수 없어
몇 번이고 차가운 비석을 감싼다
친구가 미처 가지 못했던 길
찾아 나선다
　　ㅡ 5·18 제40주년 시선집 『광주, 뜨거운 부활의 도시』(시와문화, 2020년)

5·18 민주묘지 가는 길

고명자

희디흰 살점들이 흩날리네요
주먹밥도
돌멩이도
함성도
통곡도
이팝꽃 피 냄새 진동을 해요
발목 없는 이들이 저만치 앞서가네요
이팝나무 둥치들 그렁그렁하네요
그날, 쫓겨 다니던 맨발들
목이 꺾인 골목들
짓이겨진 대문들
얼굴만 남은 핏덩이 자식들
미처 여물지 못한 몸 쓰다듬고 싶어요
총알, 군홧발, 프로펠러, 기관총, 장갑차, 탱크
오월, 이팝꽃 섬뜩섬뜩 붉어요
고봉밥 허공에 올려요
마른 설음 진 설음에 사지四肢가 찢어져요
이팝꽃 진혼곡 쇳소리로 흩어져요

– 〈오월문학제〉 걸개시(2019년)

민주의 문

박세영

진눈깨비 날리는 겨울 맵찬 바람
느개 서서히 개인다
곤한 나뭇가지 놀라 눈뜬
하늘 뒤흔드는 격한 한파
소소한 마음 바람 인다
민주의 문 앞에서
굳건히 나부끼는 대동세상
한걸음 나아가
애꿎은 마음으로 분향을 한다

민중항쟁추모탑 앞에서
흐르는 물결
민주의 문 너머로
강줄기 이어나간다
붉은 장미

아, 청춘의 가슴에
봄이 불타오른다

막잠을 베는 총성에 아스라이
하늘의 별도 움츠려 어둠이 되고

금남로에 울려 퍼진
두 손 불끈 주먹밥을 쥐여주던 단결
지난한 도회의 명맥
끈끈히 남아 이제야
마른 꽃 한 송이 바친다

오월의 어머니여, 양심이여
암울이여, 피눈물이여
흘러내리라
불살랐던 투혼
한 맺힌 숨결을 보라

꽃이 될지니
어서 피어나 새 생명 움돋을 지니
흐르는 역사의 화폭에
의의 붓 힘차게 그려 가리라

– 〈오월문학제〉 걸개시(2020년)

80년 0월

강대선

바람이 불어오면 노를 저어가자
바람의 노를 저어 서러운 혼들에게 바삐 가자
이름조차 없이 사라진 혼들이 또 얼마인가
바람에 혼을 싣고 망월동으로 넘어가자
죽음을 먹고 권력을 쥔 그날의 총성은
0월의 하늘을 흔들고 있건만
죽음은 죽음으로 흘러가고
이 땅에는 다시 오월의 꽃이 피어난다
기억은 흉터로 남아 어느덧 사십 년을 뒤로한다
책임자는 입을 다물고
남겨진 파편과 증언들만
가슴에 박혀 그날을 기억한다, 저 망월동
어느 깊은 곳에서
살아남은 우리를 부르고 있다
불의가 세상을 덮으면 또다시 깃발을 들고 나아가리
한걸음 한걸음
새로운 희망을 노래하며
그날에 스러져간 죽음들을 떠올리리
망월동은 말한다
끝난 것은 없다
광주의 0월은 죽음을 자리에서 새로이 부활한다

이 땅의 주인이 누구인지
어떻게 죽고 살아야 하는지
손을 들어 정의와 진실을 부른다
0월의 십자가 위로 핏빛 혼들이 깃발로 펄럭인다

                       – 강대선 시집 『가슴에서 핏빛 꽃이』(상상인, 2022년)

망월동

신현수

영령들이시여
이제야 옵니다.
너무 기가 막혀 부르지 못하는
너무 어이없어 부르지 못하는
가슴 저리는 고통 없이 부르지 못하는
먼저 죽어간 영령들이시여.
이제야 한없는 부끄러움으로 옵니다.
금남로를, 도청을
시외버스터미널을, 광주교도소를
가슴이 미어져 머리에 떠올릴 수조차 없습니다.
가슴이 찢어져 말할 수조차 없습니다.
영령들이시여
이제야 무등산에 옵니다.
이제야 망월동에 옵니다.
영령들이 바라시는 세상 아직 아니지만
당신들이 바라시는 노동해방 세상
민중이 참 주인 되는 세상 아직 아니지만
그 세상 앞당기러
그 세상 앞당길 것 다짐하러
오늘 망월동에 옵니다.
윤상원 열사여

적들이 쳐들어오는 새벽
당신 가슴에는 무슨 생각이 떠올랐나.
박관현 열사여 무엇을 생각하면서
감옥 속에서 죽어갔나
당신들의 이름조차 부를 자격 없는
아직도 살아 있는 우리들
오늘 끝없는 부끄러움으로 옵니다.
민족의 영원한 성지 빛고을
영원한 불평등의 산 무등산
민족의 영원한 부끄러움 또는 자랑스러움
아 망월동이여!
영령들이시여
이제야 우리 왔지만
앞으로 올 노동해방 세상을 위하여
당신들 이미 가신 그 길 뒤따를 것을
이제 오늘 맹세합니다.
당신들 못 이룬
민중이 참 주인 되는 세상 만들 것을
이제 오늘 다짐합니다.
영령들이시여
이제야 옵니다.
아직도 살아 있는 자의 한없는 부끄러움으로
이제야 옵니다.
광주여 빛고을이여
영원한 고향이여, 해방구여
아 망월동이여!

－〈오월문학제〉 걸개시(2020년)

오월의 비둘기

유은희

찔레꽃 피는 오월이면
무등산에서 날아든
저 비둘기들
총성에 벗겨진 신발들 같아

금남로의 기억을 깨우고 가네
시든 풀잎들 깨우고 가네

찔레꽃 피는 오월이면
망월동에서 날아든
저 비둘기들
함성에 벗겨진 신발들 같아

금남로의 눈물을 깨우고 가네
시든 풀잎들 깨우고 가네

아, 저 비둘기들
오월의 벗겨진 외짝이여
총성에 날아간 넋이여
함성에 솟구친 깃발이여

금남로의 기억을 깨우고 가네

금남로의 눈물을 깨우고 가네

- 〈오월문학제〉 걸개시(2020년)

너도 알아야 하지 않겠느냐

한종근

그해 오월 망월동에 살던 나는
텅 비어 버린 순천 가는 고속도로 위를
자전거 타고 교도소 쪽으로 찌그덕거리며 올라가다
아카시아꽃 짙은 향기에 멈춰 섰다

길 너머로 흐릿하게 침묵이 도사리고 있었고
솜털이 일어나 고개를 넘어가는 대신
고속도로 한복판에서 엉덩이를 까고
똥을 내질렀다

텔레비전에서는
미스코리아들이 수영복을 입고 걸어 다녔고
나오지 않는 똥을 그녀들의 무대 한복판에다
한 바가지 싸지르고 싶었다

고등학생이 되고 선배가 준 유인물을
몰래 보다가 오한이 들었다
뭉개진 얼굴에서 사라진 코를 봐버리고
그 뒤로 아카시아꽃 향기를 잊고 말았다

새로 이사 온 집 마당 한쪽에 핀 자목련이

아직 지지 않고 있던 초여름에
공무원 시험을 준비하던 너는
대청마루에 앉아 억울해 했지

5·18 유공자의 가산점 때문에 피해를 본다는
망월묘지에 한 번도 안 가 본 조카야
시민군이 폭도라는 거짓말이 돌아다닐 수 있는 표현의 자유가
어떻게 피어났는지 생각해 보았느냐

광화문에서 너희가 누렸던 자유
태극기부대마저 누리고 있는 이 자유는
자목련 꽃잎 같은 그해 오월
광주시민의 붉디붉은 피를 먹고 자란 것이다
　　　　　　－ 한종근 시집 『달과 지구 아내와 나』(문학들, 2023년)

망월로 간다

성미영

간밤에도 그곳에 다녀왔다
지독한 현실이던 곳
녹아 흐르지 못한 시간이
기억의 캡슐이 되어
한 세대가 넘도록
생시보다 선명한 악몽으로 재생된다

복개되지 않는 개천으로
썩은 내 기어오르고
시커먼 쥐새끼들 들락거린다
마주친 쥐새끼들 눈빛까지 당당하다
거리를 점령하고 골목 안 집 앞까지
총을 든 군인들 늘어서 있다

찻길도 소식길도 막힌 고립무원의 도시까지
천 리를 멀다 않고 걸어 걸어 자식들 찾아온 엄마
어디론가 끌려갈 뻔한 오빠와 나를 잡아끌고
피난길에 오른 난민들처럼 산길을 걷고 걷는다
두근거리는 심장 숨막히는 두려움 속으로
어둠이 스며든다

잠자리를 허락해준 외딴 마을 아저씨
시끄러운 소식을 안다는 눈치다
폭도라고 불리는 이들에게
주먹밥과 마실 것을 몰래 나눠주던
아짐들의 마음도 그랬을 것이다
도망치듯 사지를 빠져나간 나는
꿈에서조차 부끄럽다

성장판을 다쳐 자라지 못하는 오월
한 번도 오월이지 못한 오월
범죄현장에 다시 나타난 범인처럼
나는 밤마다 그곳을 찾아간다
망월로 간다

- 〈5월문학축전〉 낭송시(2018년)

망월동 찔레꽃머리

이경

오월, 망월동에
찔레꽃머리 들고 어매가 걸어온다

하얀, 망월동에
바싹 메마른 발걸음으로 자박자박 걸어온다
언덕 위, 수많은 발자국
누구의 사연인지 기억해 낼까

스무 살 아들의 가슴으로 날아든 총탄 두 발
붉은 파편에 섞인 혼이 사방으로 튀었건만
새의 날갯짓하며 온몸을 파르르 떨었을
그 처절한 울음소리 이제는 고요하다

자유를 향한 죽음이었다고
꿈을 향한 울부짖음이었다고
단지 그게 전부였다고
아직도 외치고 있는데

살뜰하고 다정한 아들의 음성만이
어미의 가슴으로 파고든다

아들아, 어매 왔다.

- 〈오월문학제〉 걸개시(2020년)

망월

신언관

망월이여, 망월이여
시대의 전설을 노래하는 불꽃이여
분노를 삼키는 불꽃이여
보름달 닮은 소망의 불꽃이여
맑은 눈망울이어라

여기
죽은 자가 산 자를 위무하는 곳
산 자의 허기를 달래며
산 자의 아픈 혼을 이끌어주는 곳
훼손되어 허물어진 생각을
반드시 바로잡는 곳

망월이여, 망월이여
나 죽으면 이곳에 묻혀
살아온 날보다 수백 배 많은 세월
달바라기 염원 담아내어
산 자의 눈물 닦아줄 수 있으려나

– 신언관 시집 『뭐 별것도 아니네』(도서출판b, 2021년)

40년

김윤현

1980년 5월 18일 그날의 뜨거웠던 함성
그 함성이 주검과 통곡과 원한과 분노가 되어 아직도 다 아물지 못한 상처로
40년이 지났다

뭔가 가슴에 두어야 한다고 다짐했지만
말로 하기에는 너무 벅찼던 것일까

권력이 시소처럼 이쪽저쪽으로 오르락내리락하는 사이
기억이 뚜렷해졌다가 희미해졌다가 반복되기도 했었다

어떤 이들은 알고는 있지만 잊어버렸으면 했고
어떤 이들은 알고 있는 것을 잊어버려서는 안 된다 했다

아직도 눈을 감지 못하는 망월동의 무덤 무덤들을!

어떤 무덤은 초등학생이거나 임산부여서 지금도 몸서리치지만 이유가 없었다

이유를 물어도 세상이 답을 내놓지 않은 채
40년이 지났다

40년이 아니라 400년 아니 역사가 있는 한
40년 전 그날의 함성과 주검과 통곡과 원한과 분노를
우리는 생일처럼 기억해야 한다

나의 일이 아니어도 우리의 일이고 세계의 일이기에
과거에 있었던 일이 아니라 오늘의 일이고 내일의 일이기에

다시는 일어나서는 안 되기에
우리는 꼭 기억해야 하는 것이다

품어 주고 풀어 주면서
   — 5·18 제40주년 시선집 『광주, 뜨거운 부활의 도시』(시와문화, 2020년)

2023년 10월 망월동에서
- 산정만가 22

이규배

불현듯
달이 부르고 있는 너의 환,
때 절은 셔츠에 몽글몽글 매달려 떨어지던
소망의 즙

M1 소총 개머리판에 새겨 넣은
너의 이름
숲을 헤엄쳐 오르는 비단잉어 비늘에
네 숨소리가 빛난다

아아,
엿처럼 늘어져 버린 새의 날갯죽지여

나의 꿈은
악령이 깃든 술잔에 빠져 취한
수컷 모기의 날갯짓
양귀비 꽃잎으로 피어나는 불빛을 끓여 먹고
부르던 악의 찬가

벗이여
어둠을 물리치고 떠오른다던 태양보다도

상투적인 새를 쏘아다오, 시월에
달빛 아래에 귀청을 때리는
마지막 총소리로 날아가던 너의 눈빛에

– 미발표 신작시(2023년)

제5부
5월의 순결을 목 놓아 울어주자

부고訃告

고영서

전재산 29만 원이라는 그가 골프를 친다, 위풍당당한 자세로 '특정 고위공직자에 대한 추징 특례법안'이 발의되어도 꿈쩍 않는다 1672억 원 납부거부도 정당한 것만 같다 죄 없는 자가 열 받는 세상

더 이상 하늘 향해 두 팔 벌리지 않으리 뿌리째 뽑힌 나무 한 그루 잘라 보니 속으로 썩어 있었던 거다, 광주항쟁 당시 시민군으로 참여했던 서호영 씨

스물한 살의 청년은 마지막까지 도청을 지키다 계엄군에 체포되었다 한 달 반 동안 감금된 채 죽지 않을 만큼 맞고, 끌려간 군대에서 '폭도 출신'이라는 꼬리표는 복무기간 내내 가혹행위의 대상이었다

제대 뒤, 결혼하고 아들까지 두었으나 삼 년 만에 이혼, 결혼 전후 잠시 건설회사에서 일했던 것 말고는 평생 직업을 갖지 못했다

"저 사람이 나를 때리려 한다" "뛰어, 뛰어!" "전두환이 내 일을 방해하고 있다" 병세는 갈수록 악화되었으나, 신체적 피해만 인정해 준다는 5·18특별법 탓에 월 17만 원의 기초생활수급자로 홀로 살아오다 2012년 6월 24일 새벽, 평소 알고 지내던 사람과 시비가 붙어 폭행을 당했다 세상을 떴다 향년 53세

죽어서 기억되는 이름과
발포 명령한 이름과
어느 쪽이 더 뼈아픈가, 신문이 뚫어져라 골똘한 아침,
구하는 자가 없는 용서라는 것이 있기나 한가?

추적추적 장맛비는 내리고

　　　　　　　　　　　　－ 고영서 시집 『우는 화살』(애지, 2014년)

* 서호영 : 21살의 청년으로 1980년 5월 27일 새벽 마지막 날, 전남도청을 지킨 시민군.

사람은 궁하면 거짓말을 한다

김여옥

광주 인구 80만 명에, 실탄 80만 발을 지급받은
공수부대는 '화려한 휴가'를 신나게 즐겼다
가능한 한 과격하게 최대한 잔인하게*
임무 수행 후 약속받은 점프 수당과 포상에 들뜬 그들이
광주에서 맞닥뜨린 건 한낱 살덩어리들
나약하기 그지없이 울부짖는 어린 짐승의 몸뚱아리였다

— 계단을 올라온 군인들이 어둠 속에서 다가오는 것을 보면서도
우린 누구도 방아쇠를 당기지 않았습니다
방아쇠를 당기면 사람이 죽는다는 것을 알면서
그렇게 할 수가 없었습니다

— 다섯 명의 어린 학생들이 2층에서 두 손을 들고 내려온 것은 그때
였습니다
계엄군이 대낮같이 조명탄을 밝히며 기관총을 난사하기 시작했습니
다
— 그들은 무기를 버리고 항복하러 내려온 것이었습니다
아시겠습니까 그러니까 이 사진에서 이 아이들이 나란히 누워 있는
건
이렇게 가지런히 옮겨놓은 게 아닙니다
한 줄로 아이들이 걸어오고 있었던 겁니다

– 더러운 죽음의 기억이
진짜 죽음을 만나
깨끗이 나를 놓아주길 기다리며
날마다 살아 있다는 치욕과 싸웁니다*

헬기 사격을 목격하고 증언한 고 조비오 신부에게
알츠하이머라는 전두환이 '가면을 쓴 사탄'이라고 했다
씨를 말려야 할 빨갱이 연놈들이라고 대중을 세뇌시켰다
빨갱이·종북·좌파만 들먹이면 만사형통이었다
비무장한 자국민들을 적으로 규정하여 무차별 학살하였다
M16과 박달나무 진압봉으로 민주주의를 압살하였다

써도 써도 줄지 않는 화수분인 29만 원을 들고
그가 한 발짝 한 발짝씩 제 발로
활활 타오르는 불구덩이를 향해 걸어가고 있다

뉴스를 보시던 엄마가 한 말씀 하신다
얘야
새는 궁하면 아무거나 쪼아 먹고
짐승은 궁하면 사람을 물고

사람은 궁하면 거짓말을 한단다

아무리 형편 없는 진실일지라도
결국은 거짓말만큼 위험하지는 않다*
전 씨자氏者가 단 한 번만이라도 참회하기를
단 한 번이라도 인간이었던 적이 있었음을 상기하기를
아아, 천지신명이여
                 – 김여옥 시집 『잘못 든 길도 길이다』(책만드는집, 2019년)

* 5·18때 상부에서 공수부대원들에게 하달한 명령.
* 한강 소설 『소년이 온다』 중에서.
* 워터게이트 사건을 총지휘한 〈워싱턴포스트〉 편집국장 벤자민 브레들리의 말.

학살자의 시점

이창윤

"이거 왜 이래"
5·18은 북한군이 개입한 반란이자 폭동이었어
당시 헬기 사격은 없었고
광주 시민을 향해 총을 겨누지도 않았어
나는 발단부터 종결까지 과정에 전혀 관여하지 않았어
살인 진압 발포 명령자가 아니야

나한테 당해 보지도 않고 왜 나만 갖고 그래
나는 보안사령관으로서 폭동을 진압했을 뿐이야
계엄군이 발포하고 대검으로 광주 시민을 무참히 살해했다니
이게 말이나 돼?
군사반란과 광주민주화운동 유혈진압 등 죄목으로
내게 사형을 선고한 건
가당치 않은 판결이었어
결국 무기징역으로 감형되었다가 특별사면되었잖아

혹자는 말한다지
단죄되지 않은 악은 계속 되살아난다고
5·18 망언의 덫은 2019년에도 극우정치의 제물이 되어
역사의 발목을 비튼다고

반란수괴 전두환
발포명령자 전두환
학살자 전두환

누가 뭐라 하든 나는 민주주의의 아버지
대한민국을 수호하려 했던 애국자며 영웅이라고 우겨댈 거야

수천 번 죽어도 씻을 수 없는
피비린내의 참혹한 과오를 향해
무수한 돌팔매 날아들지라도

- 〈5월문학축전〉 걸개시(2019년)

악마의 얼굴을 보았다

고선주

책으로 나와서 이 세상의 책들을 가장 욕되게 한 그 회고록, 도무지 읽히지 않는 왜곡 열전 살짝 봤다가 데었다 하마터면 그 불장난에 오르막을 한참 오르고 있는 소소한 일상들이 모두 태워질 뻔했다 가슴에 결코 진화되지 않을 불이 붙었다 페이지마다 매연 가득한 악몽 공장이다 검은 커튼을 친 창문 앞에 서성이는 활자들이 가쁜 숨을 몰아 쉬며 겨우 한 발 한 발 떼는 오월 어느 오후, 동공 풀린 바람은 빠른 걸음으로 허공에서 허공으로 빠져나가고 멍든 하늘은 구름 한 점 없이 퍼렇게 늘어져 있다 먼 산들은 푸르게 창백해져 있고 나무들은 비탈진 곳에서 위태롭게 서 있는데, 그날 하품처럼 다가온 활자들의 몸을 쓰레기통에 던졌다 어쩌다 활자 뒤로 숨는 악마의 얼굴을 보았다 끝내 폐기처분해야만 하는 수고로움을 감내했지만 세상에서 가장 끔찍한 페이지들, 낚싯바늘에 꿰인 물고기 같은 파닥거림이 일었다.

— 고선주 시집 『그늘마저 나간 집으로 갔다』(걷는사람, 2023년)

친환경 영산포 계란 날다

김황흠

광주법원에 도착해 정문을 피해 후문으로 들어왔다가
이렇게 죄가 큰데 왜 반성하지 않습니까?
어느 기자의 항변성 질문에
흐릿하던 눈빛이 돌변했다

80년 오월 광주시민을 향해 만행을 저지른
악마의 부릅뜬 눈빛,

경호원 제지 속에 아무 말 않고
법정 안으로 들어가 세 시간을 꾸벅꾸벅 졸다가
한다는 말

— 만약 헬기에서 사격했다면 많은 희생이 있었을 것이고
그런 무모한 헬기 사격을 대한민국의 아들인 헬기 사격수가 하지 않
았을 것……

다시 비수를 내지르고 도망치는
카니발을 향해
나주 영산포 산 친환경 계란이 날아갔다

— 〈오월문학제〉 걸개시(2021년)

광주민중항쟁은 아직 끝나지 않았다

채상근

오월 봄이 오면 온몸이 아픈 가족들
그날의 상처에 오늘도 악몽을 꾸는 사람들

권력 야욕으로 만든 계엄군들이 미친 듯
트럭을 타고 총을 들고 탱크를 밀고 나타나
거리에서 골목길에서 신작로에서
아무런 이유 없이 쫓아와 닥치는 대로
무고한 시민들을 앞뒤에서 몽둥이로 패고
쓰러진 사람을 총칼로 찌르고 군홧발로 밟고
맨손의 시민을 적으로 조준해서 총을 쏘고
총탄에 맞아 쓰러진 시민들을
트럭에 싣고 가 구덩이를 파고 묻어버려
사십 년이 지나도록 찾지 못하고 있다

전두환 씨! 발포 명령 부인합니까?
이거 왜 이래!

언제 어디로 사라졌는지도 모르고
지금도 왜 죽었는지 모르는 언니들 형들
왜 내가 죽어야 했는지 모른 채
제대로 꽃을 피워 보지도 못한 채

우리 곁을 떠나야만 했던 누이들 동생들
이유도 모른 채 억울하게 죽었는데
살인자들은 역사의 뒤로 꼭꼭 숨어버리고
얼마나 더 아픈 세월이 흘러야 하는가
얼마나 더 안타까운 가슴을 쓸어안고
우리는 이 세상을 살아가야 하는가

광주민중항쟁은 아직 끝나지 않았다
민주주의가 꽃을 피우는 그날까지
  − 5·18 제40주년 시선집 『광주, 뜨거운 부활의 도시』(시와문화, 2020년)

악의 평범성 1

이산하

"광주 수산시장의 대어들."
"육질이 빨간 게 확실하네요."
"거즈 덮어놓았습니다."
"에미야, 홍어 좀 밖에 널어라."

1980년 5월 광주에서 학살된 여러 시신들 사진과 함께
어느 인터넷 사이트에 올라 있는 글이다.

"우리 세월호 아이들이 하늘의 별이 된 게 아니라
진도 명물 꽃게밥이 되어 꽃게가 아주 탱글탱글
알도 꽉 차 있답니다~."

요리 전의 통통한 꽃게 사진과 함께
페이스북에 올라 있는 글이다.
이 포스팅에 '좋아요'는 500여 개이고
감탄하고 부러워하는 댓글은 무려 1500개가 넘었다.
'좋아요'보다 댓글이 더 많은 경우는 흔치 않다.

사진을 올리고 글을 쓰고 환호한 사람들은
모두 한 번쯤 내 옷깃을 스쳤을 우리 이웃이다.
문득 영화 〈살인의 추억〉 마지막 장면에서

비로소 범인을 찾은 듯 관객들을 꿰뚫어 보는
송강호의 날카로운 눈빛이 떠오른다.
범인은 객석에도 숨어 있고 우리 집에도 숨어 있지만
가장 보이지 않는 범인은 내 안의 또 다른 나이다.

               – 이산하 시집 『악의 평범성』(창비, 2021년)

양심마사지?

임종철

아느냐
총칼잡이들아

1980년 5월 광주
늬들이 찌르고 쏘아대서
죽어간 이들의 참을 수 없는 분노를
다친 이들의 견딜 수 없는 아픔을

악마는 혓바닥을 낼름거리며 말했지
광주는 폭도야
패죽여도 좋아
쏴죽여도 좋아
쓸어버려도 괜찮아

죽인 자들아
늬들의 끔찍한 죄악
죽이기 전에 했든, 죽이고 나서 하든
늬들이 아무리 양심마사지 문질러 본들
씻어질 리 없지
없어질 리 없지

선연한 피
울컥울컥 솟구치는 피울음
죽어간 용사들, 살아남은 투사들,
지켜보며 울부짖던 가족들,
이제 다시 돌이켜보는 우리 모두들
그 가슴에 한 맺힌 응어리
풀어질 리 없지
없어질 리 없지
역사가 바뀔 때까지는

늬들의 "군인정신"?
전쟁정신? 살륙정신?
들을 귀 있을 턱도 없지만
쇠귀에 경을 읽으마
들어라!
안중근 '군인본분'!
위국헌신! 인류평화!

이제 거듭 묻는다

배 창자에서 스멀스멀 끓어올라

늬들 머릿속에 온통 들어찬
늬들의 뻔뻔한 욕심
끝없는 욕심
그 음탕한 욕심을 채우자고
순결한 가슴에 칼을 찔렀나
총알을 박았나

아무 일도 없었던 것처럼
아무렇지도 않은 듯
무얼 그래?
아니 죽어도 싼 거 아니야?
늬들의 음흉한 웃음에
침도 뱉고 싶지 않다

피냄새 지워 볼까
이리저리 양심마사지 하겠지만
양심마사지?
양심마사지?
양심마사지?
그 알량한 양심이 가소롭다

저 밑바닥에 터잡은 악마
악마는 흐뭇하게 웃고 있겠지
ㅎㅎㅎㅎ
또 다른 먹거리 사냥감을 찾고 있겠지

이제 거듭거듭 묻는다
아느냐?
총칼잡이들아

1980년 5월 광주
늬들이 찌르고 쏘아대서
죽어간 이들의 아련한 사랑을
다친 이들의 기나긴 슬픔을

— 미발표 신작시(2023년)

그날 이후 2

– 악의 평범성을 넘어 2023년 2월 19일

유종

전투복장으로 망월동을
광주학살 현장을 밟고 선 공수부대가
포용 화해 감사를 선언한다

유대인들 600만 명을 학살했던 아이히만은
도망치다 아르헨티나에서 붙잡혀
제명을 다하지 못하고 죽었다

때려죽이고 찔러 죽이고 조준 사격해 죽이던
상관의 명령에 따라야 했다던
너희들은 숨지도 죽지도 않고
다시 군홧발로 광주를 짓밟는구나

포용 화해 감사를 장전해 우리들 가슴 정조준하는
너희들에게 묻고 또 묻는다
광주로 출동 명령한 상관 누구냐
발포를 지시한 상관 누구냐
친일파냐
군부독재 세력이냐
아메리카냐

아메리카냐

– 『내일을 여는 작가』(한국작가회의, 2023년 봄호)

목숨의 잔

\- 오월생 친구, 윤여연에게

강형철

너는 아직 살아 있다.
막방에서 열이레 동안 온몸이 묶인 채
쥐새끼들이 함부로 네 얼굴을 할퀴었어도
똥오줌 범벅으로 드러누워
이 시절 유일한 진실인 어둠 곁에 목말라 있었어도
너는 불처럼 살아 있다.

그해 오월 피바다가 되었을 때
너는 수갑을 찬 채
거짓말 안 한다고 손이 비틀려
수갑 그 쇠꼬챙이가 네 손목 살에 박혀
상처투성이로 떨어진 살점 독재자의 손아귀에
남겨두고 돌아와
허허 웃음 지으며 눈을 껌벅이던 친구여
너는 돌아와 우리에게 돌아와
쟁기질하는 소가 고향을 갈아엎어
콩 모종을 키우듯, 보릿대를 키우듯
묵묵히 눈 껌벅이며
우리들의 비겁과 옹색한 변명을
갈아엎으며 우리 곁의 별이던 친구여
나는 네가 미쳤다고 머리가 돌았다고

전혀 생각하지 않는다

소내에 간첩이 있다. 그들은 나에 대해 많은 것을 알고 있다. 심지어는 나의 어린 시절 국민학교, 아버지, 처 주변의 모든 사람을 알고 있다. 나를 죽이겠다고 수시로 협박하고 있다. 이곳에서 죽이지 못하면 출소한 이후라도 죽이겠다고 한다. 불안해서 식사를 할 수도 없다. 죽음이 두렵다. 내가 왜 이렇게 그들에게 처참하게 죽임을 당해야 하는지 모르겠다. 나는 참으로 착하게 선하게 살려고 했는데 잠자는 사자를 건드렸기 때문에 죽는 것이다. 오늘이 우리의 마지막 만남일 것이다. 다시는 못 만날 것이다. 어쩌면 또 매 맞을지도 모른다. 재판이 있기 전에 판사님께 몇 말씀 올리겠다. 서울구치소에 간첩이 있어서 신고하러 왔다. 내 주변에는 무언가 새로운 음모가 시작되고 있다. 나 같은 인간이 뭘 안다고 날뛰었는지 모르겠다. 나는 한 인간이고 싶다. 조심해라 주변이 수상하다.

네가 횡설수설할 때
민주 엄마, 고생만 잔뜩 시킨 민주 엄마에게
은밀하게 첫날밤처럼 은밀하게 속삭일 때
나는 본다.
네 가슴 앞에 둘러선 기만의 땅
사람 타는 냄새에
먹통이 된 가슴을

한순간도 남의 피를 머금지 않고는
젊은 청년이 죽어도 먼 산을 보지 않고는
제대로 숨 쉬기도 어려운 이 땅
미치지 않는 돌아버리지 않는 내가
진정 나의 원수임을
뼛골 무너지며 깨닫는다

엊그제 백주 대낮에 스무 살 청년이 불질러 죽고
뼈도 못 추려 사라지고
엊그제 백주 대낮에 고문당하다
종철이가 죽고
광주 피바다는 아직 피를 흘리는데
우리는 멀쩡하게 살았는데
너는 온몸으로
이 더러움을, 이 더러운 전쟁을
부대끼며 떠받치며 끝장내려 하기 때문임을
나는 알기 때문이다.

여연아
사랑하는 친구야

나는 네가 미치지 않았음을 안다
아니다 뚝심 좋은 친구야
네가 정상이다
사람으로 정직하다. 사람으로 이제 사람이다.

이제 우리도 살아야 한다 너처럼 정상이어야 한다
이 더러운 전쟁
전쟁의 하수인 목을 잘라내
돌아버린 너의 눈앞에
우리들 피붙이와 이웃들에게
말라버린 젖을 보듬고 있는 어머니께
장딴지 핏줄 굳은 아버지께
똑바로 서야 한다
살 태우는 피 터지는 냄새가
우리 모두를 질식시키기 전에
살아 출렁이는 샘물
우리 목숨의 잔을 채워
미쳤던 그날을 웃을 때까지, 이제
일어서야 한다

- 강형철 시집 『해망동 일기』(황토, 1989년)

지옥을 방관할 수 있다니

고재종

무언가 비장하게 쓰이다가
구겨져 내던져진 원고지처럼
그렇게 방치될 수 있다니
소리 내어 울 수 없어 몸부림으로 불러 봐도
대답 없는 이로부터
푸른 장미로부터

열두 번 애원해서 허락된
사랑 앞에서의 웬 심술처럼
그만 놓아 달라 빌다가 다시 만나자고 우는
사랑의 구걸로부터
과잉된 별들로부터

무엇보다도 자기로부터
어떤 연애로도 광기로도 항복당하지 않는
상청의 소나무거나
사막의 바다로부터

온몸 속에 키운 새끼에게 온몸 뜯겨 먹힌
살모사의 소슬한 형해 같은
삶의 추악이며

죽음의 비나리로부터 그렇게

그렇게 방치될 수 있다니
방치된 채로
방치된 자기를
눈 번히 뜨고 응시할 수 있다니!

         - 고재종 시집『꽃의 권력』(시인수첩, 2017년)

광주의 추억

이상국

광주 의거자료 3
오월 그날이 다시 오면
천주교광주대교구 정의평화위원회
500 광주시 금남로3가 가톨릭센타 601호 TEL. 27-6009

찻길로나 맘길로나 멀고 먼 관동에서
80 몇 년도 광주를 찾았다
이름만 들어도 심장이 뛰던
금남로, 거기 가톨릭센타에서
비디오테이프를 구했다

테이프는 삐걱거리며 돌고 돌았다
그게 무슨 큰 비밀이며
뭐가 두려웠던지
여관을 빌리고
혹은 직장의 숙직실에서
모의하듯 컴컴하게 돌아갔다
탕탕 총소리와 비명이 들리고
시커먼 화면이 엎어지고 자빠지며 광주가
웃통을 벗고 역사를 메고 가는 걸
피범벅이 되어 사태가 되는 걸

테이프는 찍찍거리며 보여주었다

그로부터 근 40년이 지나
이 시를 쓰기 위하여 창고를 뒤져
먼지를 뒤집어쓴 그 테이프를 찾았다
테이프는 멈춰 있었다

정의평화위원회 위원들은 안녕하신지
금남로3가 가톨릭센타에서는 뭘 하는지
역사는 잘 있는지
　　－ 5·18 제40주년 시선집『광주, 뜨거운 부활의 도시』(시와문화, 2020년)

모르지? 광주의 오월을

조서정

모를 거야
알고 싶지 않겠지
그러나 듣고 꼭 기억해
그해 오월 광주 금남로에서
나는 계엄군의 총에 남편을 도둑맞았어
마지막 가는 얼굴도 못 봤는데
망월동 어느 한구석에 묻혔다더군
그날 이후 한 손에는 아비 잃은 두 아들을
다른 한 손에는 세 식구 생계가 담긴 손수레를 끌었어
세 식구 천막에 몸 누이며 온갖 행상으로 모은
희망의 종잣돈마저 사기당하던 날
목포 보육원에 내 금쪽같은 새끼들을
잠시 맡겼을 뿐인데
석 달 뒤 새옷 사서 보육원에 달려갔을 때는
한글도 몰랐던 내가 프랑스로 보내는 입양동의서에
서명한 뒤라더군
숨이 안 쉬어지는 상황에서
죽은 남편 얼굴이 보여 정신 잃고 사경을 헤매다
어느 날 정신을 차려 보니
이 드러운 것이 팔자라고
또 나를 구해준 사람이 있어 따라가 살았는데

넉 달 만에 과부라고
태중에 든 딸과 함께 길바닥으로 쫓겨났어
그때부터 생사도 모르는 큰아들과
철모르는 둘째 아들을 가슴에 품고
평생 아빠 소리 한 번 못한 딸자식 둘러메고
건물 청소부로 살아온 이 목숨은
살아도 산 것이 아니여
지금도 광주의 오월을 모른다고
아니 알고 싶지도 않다고
지금도 귀 막고 눈 감은 너희들은 아무것도 몰라
광주의 오월을 겪은 사람들이
생의 마지막에 남긴 한 줌 뼛가루가 왜 새까만지
당신들은 죽어도 절대 모르지
나 죽은 뒤 내 뼛가루가 왜 시꺼멀지를
　　　　　　－ 5·18민중항쟁 40주년 대전온라인 기념식 낭송시(2020년)

세상의 모든 유언비어

송진호

사십 년도 더 지났건만 그해 그날처럼
뜨겁고 써늘한 바람꽃들이
빛고을 땅을 허위단심 배회하고 있다.
자국민을 살해한 여명 속 점령군들이
트럭에 실린 가마니 자루를
탄착한 대검으로 마구 찔러대고 있다.
이팝꽃처럼 흩어지는 쌀알들
봉긋한 양식이 터져 나가고 있었다.

망월동엔 진혼곡마저 울려 퍼지지 못했다.
수습되지 못하고 가매장된 죽음들
그날 새벽 청소차에 실려 갔던 사람들아
교도소 뜨락에 묻혔다가 천길 바닷속으로
매몰된 넋들은 모두 어디로 갔나.
국군통합병원이라든가 그 어느 화장터에서
이름자도 위패도 없이 극비리에
살처분되어야 했던 한국 민주주의의 화신들.

그 시절 아홉 시 땡전 뉴스는
세상 모든 진실을 유언비어로 치부했다.
꽃울음 피고 지는 5월이 오고 또 가건만

그 모든 옥창마다 수인들이 넘쳐났건만
보이지 않아도 알 수 있는 진실들을
모조리 유언비어로 체포하고 있었다.

오월의 적재함에 핏빛 쌀알들이 흩어진다.
금남로- 충장로, 돌고개 혹은 화순 너릿재에서
마냥 우릴 쳐다보고 있던 무수한 꽃넋들아.
천지를 관통하던 외로운 고혼들은
입때껏 오리무중, 행방불명 상태다.

허나 세상을 난사하는 총부리가
일베들의 무지몽매한 조롱이 시시때때로
내 목을 조르고, 가슴팍을 짓누른다.
유언비어를 돈으로 사고팔면서 진실을 왜곡한다.
그래, 진실을 날조하여 돈다발을 챙기는 자들아.
난, 너희들에게 추모를 강요한 적이 없다.
끝내 인간이기를 포기한 그 허깨비들과
여전히 나는 한 하늘 아래서 살아가고 있다.

– 미발표 신작시(2023년)

어느 불행한 기록에 대한 초고 혹은 역적열전

정윤천

1

유사 이래로 국운이 어수선할 무렵이면 그 짓은 벌어지는지라 이루면 만인지상 세세손손의 광명을 이룸이요 그르치면 직통으로 골로 가게 되는 것이 역적질인지라 천지현황 동서고금에 쿠데타라고 불리는 주사위 엎기 그 큰 노름이 지닌 원칙이었거늘, 어느 해의 해동의 한 나라에 좀 유별난 케이스가 있어 그것이 바로 이 기막힌 기록의 초고에 다름 아니었더라.

그 주인공 되시는 나으리께서는 본인의 본인들끼리가 하나로 뭉쳐 겁난으로 몰아붙인 국사의 한 변환기를, 일찍부터 육도삼략을 달통한 엘리트 무장의 풍모와 기상으로 신출귀몰 용의주도하게 휘몰아쳐 나가셨더라 능공허보의 쾌속질주로 마침내 점령지의 접수 끝을 고하였던가 만세삼창에 브라보 샴페인 거품 입가심 뒤에 황강에서 북악까지 거칠 것이 없었으니, 이는 실로 청사에 길이 남을 일대거사의 족적이자 그 완벽한 마무리에 다름 아닐 일이었더라

그러하였거늘, 과연 어디서부터 비롯된 사단이었으며 계산에도 없었던 미끄럼틀이었던고 어깻죽지 아래 날개 달고 나오셨다는 거룩한 탄생 설화에도 불구하고 우리의 나으리는 짧은 날의 영화가 부질없고 말았고 나 창피하고야 말았고나 태상의 높으신 의자에 지긋이 올라 앉아 홍복에 휩싸여야 마땅한 말년의 설계도는 물론이요 후사에 이르기까지 물샐

틈없는 마감을 이루었다 싶었더니만

아뿔사! 애재로다 넓으나 넓으신 머리털 없으신 용안 가득 하루가 멀게 밀려오는 먹구름과 소낙비 급기야는 천길 나락의 벼랑 끝으로 삼족이 두루 낙동강 오리알 신세가 닥쳐왔더라 그예 나으리 삼생의 업으로도 갚지 못할 벼라별 죄업의 덕목들 두루 완비하시어 흉수 수괴 역적의 이름으로 억조창생 오만 백성 가슴 깊이 낙인이 찍히고야 말았으니, 아아! 이는 실로 어디에도 그 유래가 없는 괴이쩍은 케이스가 분명했더라

하여서 이렇게도 한 미욱한 백성은 그 진상을 더듬어 나으리의 행적을 살짝쿵 거슬러 올라가 보게 되었으니, 이 불행한 기록에 관한 거친 초안이 다음과 같이 그 구석을 드러내게 되는가 싶었더라

그날 환각제에 취해 인간을 상실해버린 나으리 휘하 일당백의 군마들은, 그렇게 옛 같은 버르장머리와 흉내짓으로 미친 봄나들이의 군화끈을 야무지게도 조여 매고야 말았더라 나라를 지키라 쥐여준 총구 마다엔 착검으로 발포장진으로 흉계의 시발지였던 한 도시를 도륙해 들어갔더라. 아아! 그렇게 짐승의 시간이 찾아왔더라 도청 앞에서 전대병원 안에서 전남대와 조선대의 정문 앞에서 그리고 그리고 화정동의 붉은 저녁노을 아래에서 아랫도리가 절단난 채로 몸뚱어리와 대갈통들이 구

멍난 채로 어깨뼈와 정강이뼈가 바스라져 형체가 사라진 채로

오호라! 마침내 한 나라의 정의가 거덜난 채로 오호라! 한 나라의 강물이 정지된 채로 오호라! 마침내 한 나라의 얼굴이 피떡으로 살육으로 짓뭉개진 채로 나뒹구는 채로

거기 다만 목숨 부지한 백성들 모두가 올무에 걸려든 축생들이어서 목소리도 숨소리도 말라비틀어져 버린 죽음이어서 차마 눈을 뜨고 하늘을 올려다볼 수 없는 지옥이어서, 유황불이 끓어 넘치는 저승의 순간들이어서, 그러다가 한편으론 꿈속 같아서, 우스꽝스럽기 그지없는 한바탕의 환시 같아서

— 목불인견의 시러배 같은 날들은 그렇게 열렸더라 그러다가 마침내 본인이라고 본인을 일컬었던 악귀의 정체는 드러났더라 너는 본인도 나으리도 아닌 악마였더라

오로지 한 사람만의 입장과 탐욕으로 아무렇게나 쏘아올리고 남발하였던 축전과 훈장의 시절 그 흥청망청의 뒷담 너머에선 연일 그칠 줄 모르고 오갔던 간음과 간계와 간사함의 극치들만 흥청망청거렸더라 피비린내를 딛고 차려낸 잔치와 잠꼬대들만 한밤중에도 대낮에도 버젓이 만나 거짓과 협박을 일삼았더라 무저갱처럼 드러나지 않는 폭력이 난무했

던 공포의 계절 그 또라이 같은 역사의 한 페이지인들 나으리 본인의 작품이며 설계도였던 것이었더라

　그러니 거기에서 비롯된 민심과 천심의 잣대 거기에 내리쳐진 역사의 철퇴 그리고 육모 방망이 그러니 거기 흐르는 숱한 백성의 눈물이 사실은 나으리가 본인이 되어 치르어야 할 서릿발 같은 죄의 값이었더라 거기엔 한 치의 오차도 오기도 없어 보였더라

2
　평화를 팔아 비둘기를 팔아 거짓의 댐을 쌓아 올렸던 본인은 이제 어디에서 또다시 독수리를 사육하고 있었던가 숨겨간 독수리 몇 마리들은 아직도 잘 길들여 품 안의 병아리들로 돌보고 지내시는가

　본인이시여 나으리이시여 그러나 이제 다시는 그 어떤 획기적이며 도발적인 본인의 입장으로 날개 접질린 독수리 편대들일랑 평지풍파로 이 땅에 이 하늘에 출몰시키는 무지한 꿈을 거두기를 경고하나니 돌이켜 생각하면 억울하고 욕되게 건너왔던 나으리 치하의 그 엉망진창 쓰레기장을 다시 백팔 번의 감정으로 한 허리를 후려내어 본들, 거기 무슨 활명수와도 같이 톡 쏘는 맛이 한 모금이나마 남아 있기는 하겠는가만

　그래도 끝끝내 나으리께 발부드려야 할 억하의 심정 깃든 고지서 한

장은 끈덕지게 남아 있었으리니 그 온갖 악업과 업장 그리고 고해(쓰다
보니 한 결로 불교적 수사가 되고 말아 혹 불경죄를 범하지 않을까 싶어 께름칙
하옵니다만) 등등 또 그렇게 나으리 스스로만의 방식과 일방통행의 입장
으로 저 인연과 인과의 바다에 해탈키로 하였을지라도 염통과 심통 중
에 간직해야 할 여생의 좌우명? 화두? 같은 것 하나만은 이제라도 깊은
반성과 자책의 날들이었으면 하였나니라 속죄와 참회의 시간들 이었더
라면 하였더니라 나으리로부터 시작되어 아직도 끝나지 않고 있는 무수
하게 많은 뿌득뿌득한 이빨 갈림들에 대해서도 이제라도 정녕 귀를 씻
고 경청해 보기를 권하고 싶었더라 그게 바로 본인의 여생이어야 하였
더라 본인의 역적질과 수괴질의 책임이기도 하였더라

　그 누구도 아직 상처의 진창자리에서 어성피성 편치 않은 자세들로
서성거리는 형국이기에 차마 본인의 여생인들 평안하라는 형식적인 예
의나마 거북하다는 백성의 입장인들 잘 살펴보고, 중언부언에 그친 무
딘 붓끝의 마감을 이쯤에서 거둘까 하였더라 다시 어느 후대에 누군가
가 나으리에 관계된 일체의 정론정본을 바로잡고자 할 때 이 허술한 백
성의 거친 기록의 한 대목이나마 한 줄 참고거리로 소용되어 준다면 나
으리 시절을 눈앞에서 건너온 이름 없는 초부의 행위인들 일대 광영으
로 여길까 하는 마음을, 다만 여기에 놓아두어 볼까 하였더라.
　　　　　－ 정윤천 시집 『탱자 꽃에 비기어 대답하리』(새로운눈, 2003년)

단식

권혁소

절에서는
일체의 고기를 먹지 않는다지
우짤꼬
무한 식욕가의 백담사 절밥
퉤!

– 권혁소 시집 『수업시대』(예진기획, 1990년)

증언들

이송희

오늘도 창밖에서 총알이 날아온다

허공이 움찔하며 벽에 몰려 웅크리고

부서진 유리창들이 바닥으로 쏟아진다

하수구에 숨은 남자가 갈기갈기 물어 뜯기고

아무도 구해내지 못한 눈빛이 흥건하다

포개져 눌린 몸들이 어디론가 실려간다

벗겨진 신발을 줍던 아이가 짓밟힌다

꿈속까지 쫓아다니던 총칼과 군홧발들

사십 년 길목을 막고 저기에 또 서 있다
  − 5·18 제40주년 시선집 『광주, 뜨거운 부활의 도시』(시와문화, 2020년)

오월 그날 이후

김명은

그 많은 넋들이 아직도 몽둥이로 두들겨 맞고 있다
그 많은 넋들이 아직도 총칼 앞에서 머리를 감싸고 있다
그 많은 넋들이 아직도 군홧발에 짓밟히고 있다
그 많은 넋들이 아직도 피를 질질 흘리며 끌려가고 있다
그 많은 넋들이 아직도 주먹 불끈 쥐고 도청을 사수하고 있다
그 많은 넋들이 아직도 금남로 골목골목으로 쫓겨 다니고 있다
그 많은 넋들이 아직도 집에 돌아가지 못하고 떨고 있다
그 많은 넋들이 아직도 엄마 엄마를 부르고 있다
그 많은 넋들이 아직도 왜 죽어야 했는지 묻고 있다
그 많은 넋들이 아직도 그 많은 넋들 앞에서
무릎 꿇고 머리를 땅바닥에 묻고
참회해야 할 사람들을 바라보고 있다
그 많은 넋들이 그 많은 넋들이 죽음 그날 이후

– 〈오월문학제〉 걸개시(2020년)

이공일구오일팔

김해화

우리는 미필이었제
미필 훈련 받을 때 말이여 사격훈련 안 했능가
여섯 발 총알 받아가꼬
첨에 세 발 쏘고 탄착군이 만들어지믄 그걸로 합격이었어
자네도 나도 한 구녕 내불고 합격했재
천안삼거리로 찢아져불거나 삼천포로 빠져분 친구들
교관이 남은 세 발 줌시로 대리사격허라고 했재
빠방빵 한 구녕에 몰아 박은 표적지
그래서 우리 별명이 특등사수

나 그 군바리 새끼 명찰을 조준했네
차마 방아쇠를 당길 수가 없었어
군대 간 우리 친구 놈들이 떠오르더라고
그러고낭께 더는 총을 들고 있을 수가 없어서
하수구 속에다 총 내불고 산을 넘어서 도망쳐부렀네

그런디 말이여
내가 그때 그 군바리 새끼들이
겁에 질려서 실수로 총을 쏴버린 것이 아니라
도청 앞에서 우리들 가슴을 겨누어 조준사격을 한 줄 알았더라면
그 군바리 새끼들이

국민의 생명을 지키는 국군이 아니라
자네 말대로 나라도 국민도 모르고
오로지 미국놈들 명령에 따라 움직이는 허새빈줄 알았더라면
열 번 아니라 천 번 만 번이라도 방아쇠를 당겼을 거시여
한 구녕에 세 발씩 백 명 아니라 천 명이라도 쏴 죽였을 거시여

총까지 들었던 놈이 도망쳐서 지금까지 숨어 살았응께
세상에 미안해서 낯을 들 수가 없네
자네 나한티 총 하나 구해주소
총알은 딱 세 발이믄 충분해
내가 전두환이 그 새끼 쏴 죽여불라네

그럴 총 있으믄
내가 그 새끼 쏴 죽여불겠네 나도 특등사수였응께
친구의 젖은 눈을 젖은 눈으로 마주 보며
자꾸 떨리는 술잔에 소주 석 잔 따라 주었다
　　－ 5·18 제40주년 시선집 『광주, 뜨거운 부활의 도시』(시와문화, 2020년)

당신에게 묻는다

이철산

2020년 5월 어느 날 당신 눈앞에서
계엄군이 학생들을 무자비하게 폭행한다면
계엄군이 시민들을 대검으로 무차별 도륙한다면
1980년 5월처럼 당신은 나에게 말할 수 있을까 과대망상이라고

2020년 5월 어느 날 당신 눈앞에서
계엄군이 어린 누이를 임신한 아내를 학살한다면
아비의 죽음 앞에서 형제의 죽음 앞에서 시민들이 무장을 시작했을
때
1980년 5월처럼 당신은 나에게 말할 수 있을까 폭도들이 일으켰다
고

2020년 5월 어느 날 당신 눈앞에서
계엄군이 실탄을 장착하고 조준사격을 하고
도시로 들어오는 모든 길을 통신을 교통을 숨통을 막았을 때
죽은 여인의 젖가슴을 다시 도려내고
짓이겨진 청년의 머리를 다시 잘라 버렸을 때
1980년 5월처럼 당신은 나에게 말할 수 있을까 나도 피해자라고

당신에게 묻는다
고작 맨주먹의 당신 앞에 국가가 공수부대를 투입한다면

대검으로 총으로 학살을 시작한다면
2020년 5월, 다시 '화려한 휴가'가 시작된다면
죽고 다치고 흩어진 영혼들 앞에 당신은 나에게 말할 수 있을까
1980년 5월처럼 빨갱이들이 일으킨 무장폭동이라고
학살도 발포 책임자도 없는 자위권의 발동이었다고
− 〈오월문학제〉 낭송시(2020년)

꽃 제사
– 오월은 제사로 꽉 찬 달이라네

김명지

누가 오월을 계절의 여왕이라 했다요
누가 오월을 계절의 여왕이라 했냐니께
오월은 소복의 계절
오월은 검붉은 피의 계절이제
눈가가 짓무르도록 울음 터지는 통곡의 계절이여

지천으로 꽃이 터지고 초록 이파리들 너울대는 눈부신 오월
자울자울 어둠이 내리면 시퍼런 눈 부릅뜬 무등산 아래
향을 사르고 소지를 올리며 피울음을 우는 집들
문풍지가 울고 담장도 울어 장독대 위 정한수가 출렁거리고
대문 옆 오동꽃 진혼의 피리 소리 골목을 메운다

화석이 되어버린 어머니가
늙어가는 아내가 차린 젯상 이팝꽃 위
오늘도 올리지 못한 제문祭文
하데스에 갇힌 캄캄한 언어
"발포 명령자는 나요, 전두환! 참회합니다"
"총을 쏜 우리는 그의 수하요! 졸개요!"

눈에는 눈 이에는 이,
이슬람이 아니여서 목숨을 연명하고 있는 학살자들에게

비명횡사한 오월 꽃, 혼魂들이 요구한다
내년 젯상엔 반드시 실토를 올리라고

산딸나무꽃 환한 무등을 지나
붉은 장미 울타리 도청을 지나
때죽나무꽃 은종 소리 등에 매달고 망월로 되돌아가는 넋들이
남기는 한 문장

"오월은 제사로 꽉 찬 달이라네"

　　　　　　　　　　　　－〈오월문학제〉 낭송시(2020년)

개망초

양문규

우리는 왜 별들을 헤아려
사랑이라 노래하지 못하고 사는 걸까
오늘 밤도 그 핏기 없는 살덩이를
별빛 속에 사르지 못하고
죄인처럼 고개만 떨구고 사는 걸까
하늘 한번 떳떳하게
우러러보지 못하고 사는 걸까
시궁창보다도 더 어둡고
암울한 이 땅속에
살과 **뼈**를 묻고
거친 비바람 헤치며
억만년 꽃을 피우고 지우며,
또 그렇게 우리는
그대들의 꿈과 희망
고뇌와 실의 속에서도
더불어 함께 살아온 이 땅의
참 눈물이면서도
우리는 왜 별들을 헤아려
사랑이라 노래하지 못하고 사는 걸까

– 시집 『벙어리 연가』(실천문학사, 1991)

5월을 생각하며

박철영

간간 TV에 나와
좋은 말 자발자발 잘하던 정치인
5·18광주민주화항쟁을
헌법 전문에 넣겠다고 한 대선 공약은
호남표 의식한 선거용이었다는 말
뱉었다 속내 들켜버린 뒤
황급히 그 입으로
그 말 철회한다고 다시 썰 풀지만,
진짜 속은 것 같아
영 마음 편치 않네
지난 세월 헛되게 흘려보낸 것도
속 뒤집어지는데
다가오는 5월이면
망월동 추모 행사장에
여야 정치인 떼거지로 몰려들어
'임을 위한 행진곡'을
목청 터지도록 부를 테지만
오리발 불쑥 들이밀 것 같아
80년 광주 도청에서 금남로에서
울분에 찬 눈빛으로 생목숨 바친
영령 뵐 면목 정말 없습니다

– 〈오월문학제〉 걸개시(2023년)

홍림교에서

서승현

컴퓨터 앞에 편안히 앉아
이것저것 인터넷 서핑에
각국의 사정도 살펴보고
양동시장에서 찬거리 장 봐서
따뜻하고 포실하게 밥 해 먹고
기독교병원에서 건강검진도 하고
한동안 집안 청소에
내일 수업할 강의 준비하다가

무등산 골짜기
맑은 물 흘러가는 소리 듣고 싶어
산책길 나선다
배고픈다리 근처 숙실마을 가는 길섶
마삭꽃 향기 환한 숲그늘 서성일 때
깃대봉에서 총알처럼 날아오는
검은 새 한 마리
과녁이라도 발견한 듯 귓전을 스친다
그 순간 5·18민주항쟁 사적 13호 표지석이
우뚝 내 앞으로 다가서고 있었다

오늘 일상의 자유와 평화가

표지석 횃불 따라 일렁거린다

1995년 광주로 이사 온 봄
망월동 묘지에 늘어선 검은 만장의 행렬 앞에
분노와 슬픔과 미안함과 죄책감으로
가슴이 꽉 막힌 듯 어질거렸다

강원도에서, 경상도에서 어렴풋이 들은 5·18민주화운동은
혼돈과 왜곡 속에 묻혀 버린 진실이었다
계엄군이 광주시민들에게
사용한 51만 발의 실탄과 무기는
군인들에게 지급된 80만 발의 부분이었다는 수치는
광주시민들을 모두 죽음으로 몰아넣을 수 있었다는 추측

아직도 돌아오지 않는 사람들
어디에 묻혀 있는지
어느 보일러실에서 불태워졌는지
그들의 죽음과 저항 위에
오늘의 일상은 안위되고 있다.

― 〈오월문학제〉 걸개시(2021년)

망각

- 박승희 님께

김성호

강 건너
타오르는 들불
처음엔 불씨 하나였거니

스스로를 태우고 나면 무엇이 남는지
누군가의 화전火田 저물고 나면

봄 내내 들판 끝에서 번져오는
들불 아지랑이 매캐한 연기 맡으며
쿨룩쿨룩거렸습니다만 그대의 숨결
잊어버렸습니다

군데군데 아슴푸레한 얼굴, 떠올랐다가
사라지고 다시 떠오르기도 하지만, 그대
건네준 불씨 하나 지피지도 못하고
잃어버렸습니다

오늘은 또
길가, 코스모스 무더기 무더기
하얗게 흔들리고 있습니다만
강 건너

- 김성호 시집 『목포는 항구다』(동학사, 2004년)

* 박승희(1972~1991년) : 전주에서 태어나 목포 정명여고 졸업. 전남대 식품영양학과 2학년 생 박승희는 1991년 4월 26일, 명지대 강경대 학생이 백골단의 폭행으로 사망하자 29일, 전대 교정에서 열린 '강경대 살인만행 규탄 및 노태우정권 퇴진 2만학우 결의대회'에 참석한 후 전대 용봉관 뒤편에서 분신 항거했다. 그 후유증으로 5월 19일, 전대병원에서 19세의 나이로 절명했고, 광주시 북구 망월동의 제3묘역(민족민주열사 묘역)에 안장되었다.

악당

김옥종

주먹을 휘두르는 것은
몸통 안에서 일어나는 일이다

박자를 크게 이루어내는 것이 아니라
짧은 영혼으로 지르는 엇박자

내지르는 음율인 것이다

생이 거저 구할 때 암것도 아니다
타이슨이 홀리필드와의 경기에서 귀를 물어뜯은 것은
신사가 아니었다고 말하면서도

수구들은 공정과 상식으로 위장하고

오월을 훼손하지만
참고 견디는 것이어야말로
심장을 부끄럼으로 썩어가게 만드는 것

뛰지 않는 맥박을 가진 적폐들에게
침을 뱉자

입에 걸레를 물리고
뺨을 후려치고 목을 비틀고
가슴을 짓밟자
희망을 품지 못할 공포를 주고
두려움에 몸서리치게 하는

나는 악당 두목이 될래요

－〈오월문학제〉 걸개시(2022년)

지루하고 잔혹했는데

김응교

그저 비싼 연예인들 춤추는 밀폐된 쇼케이스,
광장은 최루탄과 화염병의 축제
유인물 한 장 때문에 형사 구둣발로 까인 조인트 상흔
왜 맞는지도 몰랐던 스무 살의 주민등록증

어제 한겨레신문에서 좌담회를 했다.
광주항쟁부터 촛불혁명까지
좌담회에서 한 청년이 불쑥 말했다.
"어른들은 그동안 뭐하셨어요. 어른들이 너무 미워요."

그러지 않아도 미안했는데
학생들에게 아들에게도 미안해서
매주 광장에 목감기 달고 미안 미안해서

구호만 외쳐도 끌려가기에
학생회관 밧줄에 매달려 전단 뿌리며 독재타도,
교실에서 쫓겨난 선생님
견딜 수 없어 목숨 끊은 해고노동자
데모하다가 연애도 취직도 못 해서
반지하 월세방에 서식하는 결핵환자 혁명가
석방되고 암에 걸려 죽은 흥겸이

잡풀길 한참 올라, 가끔 나비만 찾아드는 무덤

명동성당 농성 때 컵라면 수십 박스
배달부로 위장해서 나르던 순간,
시 쓰고 논문 써야 할 시간에
스티로폼 위에 엎드려 매직으로 쓰던 대자보,
공부하고 싶었는데 수배당하고 수갑에 채워져
감옥에서 쓰레빠 맞고 부서진 코뼈

사랑하는 여인과 낳은 아이를
자랑할 수 있는 나라에서 키우고 싶었는데
극장에 늘 십여 분 늦게 들어간 지각 인생
계약 기간 넘긴 악성 원고 체불자
이게 뭔지 이게 뭔 일인지
응축해야 할 시를 파괴하고

파도가 아이들을 삼킨 이후,
훌쩍훌쩍 감기 회사 권태훈 대표와
직장 대신 시민 성명 깃발을 지킨 김인
장미정 손채은 선생은 삼 년간 매주 피켓 들고,
당뇨 환자 윤호는 감자 구워 시위대를 독려하고

초딩 요엘과 엘리는 엄마 아빠랑
촛불 별빛 밝히며 조금씩 어둠을 밀어냈어.

괜찮아, 사랑했잖아
별빛이 빛으로 번지는 새벽
모든 풀이 꽃으로 피는 혁명
지루하고 잔혹한 모든 사랑은 혁명
       – 김응교 시집 『부러진 나무에 귀를 대면』(천년의시작, 2018)

조금은 희미한 기억의 실루엣

양곡

밤이면 지리산 세석평전에서는 철쭉이 목을 놓아 울던 봄날이었습니다. 오월인데도 지리산에는 가끔씩 눈발이 희끗희끗하던 시절이었습니다.

작년 이맘때는 이 나라 어디선가에서는 총과 칼이 사람을 겨누고 총과 칼이 사람을 죽이기도 했다는 소문이 꽃잎처럼 날아다니던 시절이었습니다.

산으로 들어오기 전, 사회사상사 강의실은 모두가 잠든 듯이 고요했습니다. 젊은 교수가 더 젊은 학생들을 앉혀 놓고 칼 마르크스와 막스 베버를 함께 읽기도 했습니다.

어느 날 벤치에서 점심시간의 한때를 희희낙락하고 있는데, 도서관 5층 옥상에서 누군가가 몸을 날렸습니다. 우리는 '퍽' 하는 소리와 함께 휘날리는 종잇장들을 볼 수가 있었습니다.

한동안 정적이 흐른 뒤

여기저기서 사람들이 달려오고 이내 앰뷸런스가 도착했습니다.

한 사람의 생과 사에 대한 관심보다는 우리는 흩날리는 종잇장에 대한 관심이 더 컸고 그 사람은 누구일까? 왜일까?에 대해서는 이내 잊어야 했던 날들이었습니다.

그때 우리는 듣지 못했지만 전설같이 들리는 소문에 의하면 '퍽' 소리가 나기 전, 몸을 허공에 날리며 그는 '민주주의! 만세!'라고 외쳤다 했습니다. 누가 듣건 듣지 못했건 그는 하고 싶은 말을 하면서 죽어갔다고 사람들은 캠퍼스를 가로질러 바람 소리로 나뭇잎을 흔들며 전했습니다.

　봄날이었습니다. 얼굴을 치켜들면 천왕봉이 이마처럼 바로보이는 지리산 세석평전에서는 철쭉이 빨갛게 마음속을 타들어 가던 오월의 늦은 봄날이었습니다.

　　　　－ 5·18 제40주년 시선집 『광주, 뜨거운 부활의 도시』(시와문화, 2020년)

외삼촌

– 환상통

오성인

달아날 수 없었다 눈을 감으면
지나갔다 믿었던 장면들이 되살아나서

밤마다 몸을 뒤척였다

벌려진 살 사이에서 악몽들이 쏟아졌고
몰려온 환청이 문을 두드리고
창문을 깨뜨렸다

파편을 바라보는 것만으로도
욱신거리고 속이 메스꺼웠다

이상한데
헬기가 상공을 배회하며 감시하고
골목에서 아직도 군홧발 소리가 난다
어딘가에서 총알이 날아들 것만 같다

커튼으로 가린 것만으로는
도무지 마음이 놓이지 않아

바닥에 드리운 어둠보다 더 낮게

몸을 엎드렸다

차디찬 방바닥으로부터
피로 범벅인 손과 싸늘하게 식은 몸이
짚어진다

깊은 통증으로부터 구천을 떠돌고 있는
망자의 목소리가 들렸다
　　　　　　　　－ 오성인 시집 『이 차는 어디로 갑니까』(걷는사람, 2023)

다시, 오월에는

홍성식

평생을 살아도
십육절 갱지 한 장을 채우지 못할
추억 부재의 시대
너와 나의 어깨동무는
과대 포장된 허위 공세가 아닐까
올해도 우리와는 등진 땅에서
황량한 먼지에 실려
팔십 년 피비린내
다시 남도 땅에 가득하고
그 거리 어디에서
나는 계피 향 그윽한 밀주를
싼값에 마시며
이유 모를 눈물 떨구는데
오월은 왜 이처럼 소리만 드높을 뿐인가
내 모아쥔 주먹은 약하디 약해서
무엇 하나 깰 수가 없고
그 자학과 비겁 속에서
세월은 거꾸로 도바리 치고 있다

그러나, 너
끝까지 도청을 지키던

열여섯 검은 교복 상철이의 착한 눈동자
그걸 기억한다면
한 방울의 눈물도 아껴
그들의 도시와
그들의 사랑과
그들의 싸움과
그들의 죽음
끝내는 누구도 빼앗지 못했던
5월의 순결을
목 놓아 울어주자
엉엉 목 놓아 울어주자

— 홍성식 시집 『아버지꽃』(화남, 2005년)

붉은, 검은, 흐릿해지지 않는

이진희

1987년, 열여섯 살 되던 해 봄
거리에 뿌려진 전단 속

처참하게 으깨어진
사람의 얼굴 같지 않은
사람의 얼굴들

1980년, 그곳의 대학생이었다는 그는
핏빛 봄날 내내 꼭꼭 숨어 있었다고

어떤 송년모임 중에
인사동에서 사당으로 이동하던 택시 안에서
고개를 푹 숙이고 앉았던 그가 돌연
울부짖었다

나 같은 놈이 살아남았어!
나같이 못난놈이!

산 사람이라고는 아무도 곁에 없는 듯

21세기의 겨울밤에서

1980년 봄날의 거리로 불려갔던 그는

하차 후 술기운이 싹 가신 표정으로 일행에게
뭔가를 설명하려다가 그만두었고

나는, 나는
일부러 그보다 조금 앞질러 걸었다
　　– 5·18 제40주년 시선집 『광주, 뜨거운 부활의 도시』(시와문화, 2020년)

505 사진전

장숙희

그녀의 사진은 이끼로 가득 찼다
제멋대로 뻗은 나뭇가지들과 무수한 낙엽들 사이
자물쇠는 녹슨 채 삭고 있었다

지도에도 없던 505
사진 속 젊은이는 잃어버린 다리를 내려다보고 있었다

중늙은이가 된 그 젊은이의 5월은 아직도 진행 중이지만
사람들은 그 시절을 더 이상 말하지 말자고 한다
그만 우려먹으라고도 한다

흔들리던 백열등처럼
몰매가, 고문이, 잔상처럼 남고
침침한 지하 공간에서 밀려오는 태풍 소리

505호로 끌려갔던 사람들은
그저 진심만,
바란다고 담담하게 말했다

누군가의 가슴이 현무암처럼 뚫린 채 버려져 있다
- 〈오월문학제〉 걸개시(2023년)

문희

- 5·18, 43주기를 추념하며

조삼현

오월이 오면
아버지 제사상에 술잔을 올리는 마음으로
너에게 잔을 올리고 싶다

문희는 경찰관의 딸
나 국민학교 5학년 때 전학 온 아이
뭔 가시나가 저렇게 곱다냐
키가 크고 얼굴이 밀가루처럼 하얀
백치미 소녀

그때 나는 옥수수밭에서 일하는
아프리카 소년 같았을라나
고 가시나, 얼굴도 쳐다보지 못하고
가슴만 뛰었지
이 느낌 무어지
아픈 데도 없이 괜스레
가슴이 뛰었지

오월이 오면
아버지 제사상에 술잔을 올리는 마음으로
너에게 잔을 올리고 싶다

문희는 경찰관의 딸
동생은 예비 목사 신학대학생
5월 광주에서 동생이 총 맞아 죽자
이내 아버지도 술독에 빠져 죽었다더군
문희는 미친 여자
동생이 죽고 아버지가 죽자
미친년이 되었지

고 가시나 오월이 오고
라일락이 피면
소쩍새처럼 울다가
작년에 죽은 각설이처럼 살아 돌아와
춤을 추다가, 울다가, 웃다가, 울다가,
쓰디쓴 라일락 이파리를 꼭꼭 씹어
퉤퉤 뱉으며
야 이 씨발놈 전두환아
이거나 먹어라 하던 여자

친구 딸 결혼식장에 불쑥 나타나
여자애들 머리 묶는 머리끈을

축의금 대신 낸 여자
문희에게는 그것이
전 재산이었을지도 몰라

오월이 오면
아버지 제사상에 술잔을 올리듯
잔을 올리고
아버지 산소에 절을 하는 심정으로
인사를 하고 싶다 너에게

오월이 오면
다시 또 오월이 와도
네 집안은 멸문하여
술 한 잔 올리는 이 없겠다 문희는, 문희는……

−〈오월문학제〉 걸개시(2023년)

춤

조성국

이보게,

오늘 우리 가끔 갔었던 운정에 다녀왔네 자네의 포돗빛 기타 소리
그리웠네 우물 속 메아리는 떠나가고 없었네

이보게 자네는 늘 춤을 추었네

그 시월 자네는 부산까지 내려갔다 구겨진 신발로 나를 찾아왔네 곯
아떨어진 자네 몸 여기저기 뭉개진 포도 껍질 다닥다닥 붙은 것을 보았
네 나는 못 본 척했네 하필 그때 나는 시험 기간이었네

그 오월 내가 있던 부대도 광주에 내려갈 거라는 소문이 돌았을 때
작전상황판을 내달렸던 붉은 점들이 자네의 질주 경로일 거라고 생각했
네 하필 그때 나는 지하벙커에서 슬리퍼를 신고 있었네

그 유월 자네는 이름 모르는 사람들과 포도송이처럼 빽빽하게 신촌
오거리를 채우고는 하늘 높이 흰 구름 날리고 있었네 자네 목소리는 인
화성이 강했네 하필 그때 나는 빌딩 옥상에서 취재수첩을 들고 있었네

이보게 나는 그림자조차 자네 곁에 없었네

같이 노래하는 동안 나는 오늘을 자네는 내일을 불렀네 내가 저녁을
먹는 동안 자네는 새벽을 바라봤네 등 굽고 무릎 아픈 이제야 자네 춤을
흉내내 보네 한 줄기 추억이 후회의 가지를 무성하게 치는 날엔 벼락처
럼 웃기도 하네

이제 나는 마중할 일보다 배웅할 일이 많아졌네 어느 날 내 부음 찾아가면 모르는 척해주게 마음이 쓸쓸하면 푸른 힘줄 툭 툭 불거진 자네 왼팔 한 번 내밀어주게

이보게 내 서랍에는 자네가 두고 간 악보가 아직 있네
음표들이 포도알로 영그는 이 깊은 밤 자네는 기타를 치게 나는 춤을 춰 보겠네 죽은 줄도 모르고 산 자가 추는 변명이네 이 벌거벗은 몸짓에다 침을 뱉어주게

이보게,

아프지 말게
자네 하늘에 먹구름 남아 있다면 그건,
내가 울고 가겠네
　　　　　　　　　　－ 5·18문학상 신인상 당선작(『문학들』, 2018년 여름호)

그 기차를 다시 탈 수 있을까

조재도

40년 전
수배 중*
누구와도 상의할 수 없어
혼자 결행한
그 기차를 다시 탈 수 있을까

백주 대낮
쏟아지던 햇빛에
눈부셔 비틀대며
천안역 광장 가로지르던

사상도 의식도 아니었지
오직 함께해야 한다는
두부처럼 짓이겨지는
맨살들과 함께해야 한다는
그 떨림
각오
스물넷의 절박한 청춘의 마음으로

철커덕
철커덕

기차 소리는
백 번도 천 번도 더
내 손목에 수갑을 채우고
숨 막혀
두려워
마른 침만 삼키던

유난히 푸르던 남도의 들
창문을 투과해
무릎까지 비쳐들던
투명한 햇살
조그만 목소리로 웃으며
이야기 나누다
잠이 든 옆자리 사람들

그 오후의 정적과
평화로움 속에
숨 막히게 짓누르던
불안

송정리역

기차는 씨근대며
대가리를 처박고 멈춰 섰다
번뜩이는 헬멧
호각 소리 군홧발 소리
기차는 더 이상 갈 수 없다고 했다

속절없이
역구내를 서성이다
되돌아오는 상행선 차 안에서
안도감이
선지국밥 속에 든 검은 선지덩이 같은
먹빛 슬픔이
울컥울컥 눈물을 밀어올렸다

광주
그 짧은 한마디 이름에서
자행될 피의 아수라를
창밖을 스치는 빠른 풍경으로
지우고

그 후 나는

채권자 없는 채무자가 되었다
나는 나에게 자진해서 시달렸고
오래도록 가위눌렸고
의식의 절름발이가 되어
절뚝거렸다

긴 인생의 언덕
오늘도 매캐한 바람에 눈이 쓰리고

다만 확실한 건
어느새 머리에는 흰 눈이 내려 덮이고
욱신대는 어금니의 통증
40년이 지난 오늘
나는 지금도 그 기차를
탈 수 있을까.

         − 5·18 제40주년 시선집 『광주, 뜨거운 부활의 도시』(시와문화, 2020년)

* 1980년 5월 당시 나는 수배가 떨어진 줄 알고 천안 모처로 도피하였다가, 광주 송정리역
  에 내려갔다 올라오는 길에 논산에서 도피 중이던 후배와 함께 검거되어 경찰서에 연행
  되었으나, 나는 수배자 명단에서 빠져 있음을 알게 된 일이 있었다.

오월 하늘이 아직도 푸른 이유

나종입

80년 5월은 핏빛으로 물들었네
형형한 눈빛으로 파랗게 쏘아보더니
43년이 지났어도
그 눈빛은 아직 푸르러 있네
누이 시집갈 장롱 맞추려 심어둔 오동나무
보랏빛 꽃이 지기도 전에
우리 형아 관이 되던 날
어매 아배 푸른 눈빛이 아직도 남아 있어
저 하늘이 푸르다네
전라도라 황톳길 절망의 길이라네
잊힐 만하면 염장 지르는 옆집 놈이
가슴속 상처로 푸르게 피멍이 되어
그 오월 마음이 하늘에 닿아
푸른색으로 물들었네
용서란 말을 만들어
대검에 개머리판으로 얼룩진 금남로에
점령군 똥폼으로 망월동 언덕에 고개를 숙일 때도
진정한 용서는
홀라당 벗고 와 잘못을 빌어야 한다고
수없이 악을 써도
못 본 척 못 들은 척

'부처님 오신 날' 펼침막이 무색하게
총질해대던 모습으로
점령군으로 으스대며 고개를 숙인 척하는 늑대들이여!

－〈오월문학제〉 걸개시(2023년)

탄흔

이상인

이제 중년의 사십 줄에 들어선 광주,

술자리에서 문득 그의 옆구리를 뜨겁게 안아 본다.

그때 도청 앞 전일빌딩에 쏟아지던 헬기 기총소사 자국 같은

움푹 팬 상처들이 선명하게 만져진다.

어이, 한 잔 드시게나!

그동안 서러움 삼키며 꿋꿋하게 살아온 광주에게

오늘 차고 따스한 술 한 잔 권한다.
     – 5·18 제40주년 시선집 『광주, 뜨거운 부활의 도시』(시와문화, 2020년)

제6부
산 자여! 따르라

부활

윤중목

죽은 자는 말이 없다고
그날 그 오월의 산하에
한 줌 재로 허허로이 뿌려져
이제는 얼굴조차 아득한
형제들, 친구들, 동지들아
죽어 영영 말이 없다고

하지만 높바람처럼 불끈 일어
누운 가슴 사납게 흔들어 깨우는 것이
뼛속을 저리고 시리게 파고드는 것이
누구냐, 누구냐
대체 누구냐, 누구의 말이더냐
그들이 과연 죽은 것이더냐

여기 산 자의 가슴속, 뼛속
가장 깊숙한 곳에 박히어
욱신대던 그들의 육성이
온몸 금이 가도록 울리는구나
사십 년을, 그대들 다시 또 오월이면
천둥 치듯 부활하는구나, 부활

― 5·18 제40주년 시선집 『광주, 뜨거운 부활의 도시』(시와문화, 2020년)

오월의 꽃 1

이민숙

꽃이 꽃인 것은
저 대지의 용암에 꽂혀 있는 탓이다
가장 뜨거운 곳에 뿌리내려 뜨거운 눈빛으로 건네주는
시간의 불

꽃이 꽃인 것은
그 불의 맞바람을 꽂고 있는 그대의 가슴 때문이다
온 허공을 불 지르며 날아오는 숨죽인 바람이
바다의 갈기에서 태어나고 있는
오월 흰 찔레 한 송이를 꺾어 훅!
날려 보내고 있다

금남로, 자유라는 용암의 새
팽목, 침묵이라는 노란 깃발의 새
체르노빌, 죽음의 강을 어둠의 바다를
끝없이 파도쳐도 소멸될 수 없는 아우성의 새

꽃이 꽂혀 있는 대지가 펑펑 터지고 있다
오월, 이팝의 흰 배고픔을 벗어던지고
또다시 오월, 쪽동백 향기로 날아가고 있다

꽃이 꽃인 것은 핏방울로나 그렁그렁 맺혀 있는
댓잎이나, 녹두꽃이나 죽창의 기억*
한 시인이 그곳에 꽂아둔 한 평 감옥의 족쇄 때문이다

그러나 꽃!
피어라 꽃! 오월의 놀라운 평화
그대 가슴에 꽂혀 있는 환생의 빛과 날개
명멸하는 시간에 결코 무릎 꿇지 않는 별꽃

오월의 오리온좌는
오열하면서 오열하면서 무위無爲의 배를 젓는 그대
빛 사라진 그날부터 씨앗 품은 쇠별꽃으로 반짝이는
우리 사랑 신새벽!

            – 이민숙 시집 『지금 이 순간』(고요아침, 2020년)

* 김남주의 시 「노래」에서

오월의 거리에서

– 꿈 52

이효복

오월은 누구의 것도 아니다
함부로 오월을 한정 짓지 마라
오월을 말할 때, 광주의 오월을 말할 때
한 번 더 더듬더듬 어루만져 살펴야 한다
그 핏덩이가 발아래 얼마나 걸리는지
짚풀 아래 잘 살펴야 한다

오월의 영웅은 없다
이름 없는 이들이 수없다
순결의 모성이
풀섶에 울고 있다 오월이 울고 있다
오월의 영웅을 만들지 마라 아직 해야 할
임무가 남은 그들의 이름을 쉽게 앞세우지 마라

많은 것들이 기다리고 있다
목숨 걸고 숨죽이는 것들이 있다
소소한 것들, 밝혀지지 않은 것들을
캐내야 한다 오월은 모두의 것이다
40여 년이 지났대도 오월은 누구의 것이 아니다

자꾸만 마음이 탄다

묻혀 버린 발굴되지 않은 그것
오월은 새까만 풀잎이다
거머쥐려 해선 안 된다
부글부글하다 오월의 모성

경험은 유일한 것이다
최루탄 가스를 마시며 오월의 거리에서 태아를 지켜 낸
끝내 잉태된 아이의 성찬으로 오월은 자란다
견딜 수 없다 천 번 만 번 어루만져 보고 더듬어 보고
돌아보고 살펴보고 그렇게 오월을 쓰라
말 못 할 것들이 남은 쓰린 오월을
　　　　　　　　 − 이효복 시집 『달밤, 국도 1번』(문학들, 2023년)

오월의 꽃

박영현

꽃이 되거덜랑
굳이 무등산 자락이 아니더라도
오월에 피는 꽃이거덜랑
금남로 한쪽 외진 골목길
시멘트 담장 아래 보도블럭 틈새가 아니더라도
누가 일러주지 않아도
자유를 먼저 알고
설령 챙기지 않아도
바람에 눕는 풀보다 먼저
평화,
그 뜻을 온몸으로 피워 올리고도
목말라 타는
오월의 꽃이라면
발아래 것들을 기꺼워하지 않는
다시 또 미친 바람들이 군홧발처럼 휘몰아쳐도
색상조차 바래지 않는
작고 여린 오월의 꽃이거덜랑
그 이파리가 피바람에 휘날려 산하에
다시 또 꽃이 되는
지금까지도 거짓말로 입을 닫아버린
광란의 역사를 잊지 못하는

오월의 꽃이거덜랑

고개를 숙여 아래를 내려다보는 것들에게

작고 형편없는 잡초이거덜랑

밟혀도 다시 살아나는 풀이거덜랑

굳이 금남로가 아니더라도

이 산하 어디에서라도

아직 끝내지 못하는 진혼굿판을

장맛비처럼 비가 내려도

그 비를 맞으면서

아직도 이파리마다 피멍울이 맺힌

오월의 꽃이거덜랑

춤을 추어야 한다

누가 가르쳐주지 않아도

자유를 먼저 알아버린 꽃이거덜랑

– 〈오월문학제〉 걸개시(2023년)

그 사람

박정모

아직도 잊히지 않아요
무등산 자락길에 핀 개나리빛
쑥 향기로 버물려 들려오던
낮은 가락 노랫소리
그해 선운사 동백은 피다 말았구요
전남대, 조선대, 교대, 남도의 산엔 들엔
하얀 목련도 핏빛으로 떨어졌어요
꽃 지난 그 자리 함께했는데
우리의 청춘은 없어요 잊혀졌어요
이제 세월 지나 푸르른 아미 그 사람
한번 꼭 한번 보고 싶어요
할머니 무덤가에 삐비꽃처럼
귀밑머리 새하얗게 세어 있겠죠
지금 홀로 산수유 개나리 피는 무등길 걸으며
진달래가 북녘에서 먼저 핀다며
소담한 꽃무더기 가슴에 안고
잔잔한 음색으로 봄노래 부르던 그 사람
내 청춘의 사람, 풀잎 그 사람

         – 5·18 제40주년 기념 〈5월시〉 판화전 초대시(2020년)

어머니의 노래

함진원

회화나무 아래서 기다리고 있을게요
어서 어서 돌아오세요
계절 바뀌어 봄, 봄꽃들 얼굴 내밀고
겨울 이기고 용기 냈는데
당신은 아직 소식이 없네요

회화나무 아래서 인내를 배웠어요
불의를 보면 그대로 있을 수 없었겠지요
혼자서 배부르게 살지 말라고
다 같이 다 같이 둥글게 살아야 새 세상은
찾아온다고, 통일도 되고, 평화가
넘실거린다고, 아직 할일이 남아 있는가요

회화나무 아래서 희망 붙들고 있어요
그대여 어서 어서 돌아오세요
도청에서, 상무관에서,
충장로에서, 금남로에서,
산골짜기 어디에서도
당신 숨소리 못 찾은 채
마지막 인사도 못 나누고

아스라이 어머니의 노래 들리나요
사십 년 피눈물 통곡 소리 들리나요
어머니의 노래 들린다면 회화나무 아래로 오세요
봄 노래가 상큼상큼 걸어오는데
소식 없는 그대여 어서 어서 돌아와줘요
봄빛이, 봄꽃이, 봄사람들 곁으로

　　　　　　　　　　　　　　　　　- 〈원탁시〉 동인지(2000년)

5월의 세한도

서애숙

사냥개가 지나간 들판은 적막했다
숙묵의 능선을 타고
사슴은 먼 산등성이로 달아나고
보릿잎을 문 채 산꿩은
자작나무 숲으로 날아갔다
땅바닥으로 떨어져
끝내 썩지 못한 망개열매는
봄하늘로 아직도 가을을 송신하고 있었고
바람 소리에 놀란 두견새 몇 마리
후다닥 실개천으로 날아갔다
아물지 않는 생채기를 삼베에 싸서
등허리에 짊어진 소리
무명 옷자락에 찰랑이는
하얀 눈물 떨어지는 소리
굽이굽이 황톳길 밟아 외진 곳에
서녘 하늘 접히는 소리

텅 빈 공화국
5월의 들녘으로
함박눈이 내리고 있었다

– 〈오월문학축전〉 낭송시(2019년)

미이라와 오월꽃

이지담

후레쉬 불빛에 놀라는 미이라의 동공
사백 년 전 담았던 풍경들로 움푹 패여 있다
흙이 되지 못한 사백 살 아이는
흙문 열고 세상에 나온다
닫힐 수 없는 입에서
말들이 미세먼지로 부서진다
거죽을 붙들고 기생충을 붙들고
앞만 보고 가는 뒤통수를 치며
아이는 수없이 암호를 보낸다
엉킨 머리 같기도 하고
가지런히 포개 모은 손과 발 같기도 한
암호를 해독하는 일은
구천을 몇 바퀴 돌아서 시작된다

겹겹의 마음 해독되지 않은 채
아직 흙이 되지 못한 오월의 사람들
누군가 발밑에서 흙문 두드린다
피할 수 없는 유전 인자를 받아들고
지금껏 밑그림만 그린 건 아닐까
증언하지 못한 기억을 붙들고
칼을 꽂고 달려드는 바람은

씻김굿하듯 무등산을 후비며 돌고 돈다
흙문 두드리는 소리 어느덧
철쭉꽃으로 피어올라
딱지 오른 5월이 되면 이명처럼 무슨 소리 들린다
　　　- 5월항쟁 26주년 시집『그대 오월의 눈동자 속에는』(심미안, 2006년)

느낌표

백애송

기나긴 절망의 봄이 지나간다

반복되는 계절의 방향은
서로 다르지 않은데

느낌표가 빠져 있는 마른 시간은
제자리만 맴돈다

두 손에 꼭 쥐어진
또 다른 두 손

그림자 아래 피어나는 눈물 한 모금

몽글몽글 뭉쳐 손에 쥐여주던
이팝나무, 하얀 꽃송이

어디선가 이팝꽃 향기가
바람결에 실려온다

속절없는 이 계절에

– 미발표 신작시(2023년)

빛고을 연등축제

석연경

저기 저 캄캄 언덕
묵묵한 빛의 축제

침묵의 손끝으로 돌돌 만
텅 텅 오월 꽃잎 목탁 소리가
경내 가득 적시네

봄바람 없이도
흰 이름표는 훈풍으로 불어라
연등은 빛 물꼬를 트고
땅에 엎드려 피어도
민들레 얼굴에는
흙이 묻지 않는다

경내 연등이
밝은 경 외며
산문을 나서더니
역사의 호숫가 참나무에 연등

팽팽한 대지의 중심은
우주의 중심이라

연등빛 첫 새벽 동녘은
투명하고도 환하네

                               - 〈오월문학제〉 걸개시(2020년)

산 자여! 따르라

송경동

우리는 역사의 얼굴마담이 아니다
자꾸 테두리가 좋아지는 영정 사진이 아니고
보상이나 바라는 천덕이 아니다
이제는 한가해진 지나간 책이 아니고
당신들의 죄를 대납하는 속죄양은 더더욱 아니다

우리는 구체적인 몸이다
오늘도 살아 있는 비정규직의 분노고
빈민의 밥이고 농민의 땀이다
그 생의 바닥에서 행동으로 실천으로 죽음을 넘어
지금도 저만치 앞서가는 미래다

4월에서 끝나지 않고
5월에서 끝나지 않고
6월에서 끝나지 않고
7·8·9에서 끝나지 않고
더 성숙한 10월로
아직 오지 않은 11월로 12월로
쉬지 않고 내달리는
우리는 투쟁의 전위
해방의 전위 역사의 전위다

그런 나를, 너를 가벼이 팔지 마라
타인을 핑계로 시대를 핑계로
너의 삶을 구걸하지 마라
우리가 가는 곳, 그곳은
저 기회주의자들의 비겁한 건넛방이 아니다
저 더러운 자본의 곁방이 아니다
저 제국주의자들의 불안한 안가가 아니다

우리가 오늘도 가는 곳
그것은 단 한 곳
분단의 철책을 넘어
저 평등한 대지 위에
사슬 묶인 노동들이 비로소 해방되는
자유로운 사회
해방된 사회다

그 길 위에
우리 꽃도 무덤도 없이
다시 서리니
산 자여! 따르라

– 〈5월문학축전〉 낭송시(2017년)

역사의 반복

윤기묵

고백하건대 온몸이 흉터투성이다
흉터는 피를 흘린 상처가 아문 흔적이다
학교에서도 군대에서도 거리에서도
폭력이 난무했던 한 시대를 살았다
폭력으로 모든 것을 해결하려는 야만의 시대였다

여름에도 반바지와 반소매 옷을 입지 못했다
흉터가 모두 내 잘못인 양 부끄러웠다
공중목욕탕도 사우나도 갈 수 없었다
드러내기보다는 겨우 발만 담근 삶을 살았다
몸의 흉터는 마음에 똑같은 생채기를 남겼다

망루에서 고공농성을 벌이던 노동자가
경찰의 진압봉에 맞고 쓰러지는 모습을 보았다
머리와 얼굴에 붉은 피가 낭자했다
피투성이 채로 끌려가는 그를 본 사람들은 경악했다
폭력이 판쳤던 야만의 시대가 다시 온 듯했다

흉터를 한 시대가 성장하는 대가라 믿었다
아니었다 아문 상처보다 곪은 상처가 더 많았다
그래도 집단지성의 힘을 더 믿었다

아니었다 진압봉의 쓸모는 예전 그대로였다
역사의 반복이란 흉터 위에 또 상처를 내는 것이었다

– 미발표 신작시(2023년)

오월의 소리

– 전남대에서

정철훈

플라타너스 밑에서
하늘을 올려다본다
연초록 나뭇잎새를 뚫고
투명하게 빛나는 햇살
수많은 초록 이파리들은 슬프다
풍물패 장단이 쉼 없이 들려오고
푸른 오월도 바람에 실려 깽매깽매둥둥
징소리도 북소리도 잎새마다 서러웠다
오일팔기념공원에 앉아 멀리 무등을 보면
어디 광주라는 도시가 있었을까
광주는 다만 징소리 북소리인 것을
오월은 한없이 쾌청하여
목이라도 매달고 싶은 날
풀밭이 끝나는 곳까지
나는 걷고 싶었다

– 정철훈 시집 『내 졸음에도 사랑은 떠도느냐』(민음사, 2002년)

맨발의 5월

권성은

그날 이후
캄캄한 새벽에도 5월은 늘 맨발이었다
한때 마음먹은 대로 움직여지지 않던 고장 난 발
밤마다 캄캄한 어둠을 뚫고 무심한 듯
금남로에 젖은 별빛이 도착하였을 때
5월의 크낙한 비명 소리도 함께 따라왔었다

역사가 민낯의 소문을 거부할 때마다
우리는 맨발이 되어 닫힌 대문을 두드렸다
육중한 대문은
그날의 시간을 촘촘히 새긴
맨발의 지문을 감추고 있었다

5월의 바람이 불 때마다
처마끝에 매달린 외마디 맨발 몇 개
바람에 마르고 있다

어떤 체온이 바람의 맨발을 느끼고 있는 것일까
가슴에 상흔을 남기는 것은
지난 체온을 맨발에 담아 놓는 일일까

역사를 생각할 때마다
5월은 우리를 영원히 떠날 수 없게 하는 맨발이다

– 〈오월문학제〉 걸개시(2020년)

소만

조정

I

어머니 저는 벌써 비파나무 그늘에 와 있는 걸요
귀 없는 새가 나뭇가지에 앉아 부르는 노래
하늘은 이파리 사이에 비파 열매 두세 개 놓은
상床

아침 먹고 백옥같이 삶아 널은 베갯잇이 날아가 나무 그늘에 앉았다

아가, 어느 골짝이냐

책상에 놓인 교복 단추 하나 쥐고 안 가 본 데 없이 가 봤다
사람 묻었다고 수군거려진 자리
다녀온 날이면
힘껏 당겨 묶어서 겨드랑이 해진 빨랫줄에
피 묻은 길을 빨아 널었다

많이 다쳤드냐?

선불에 끄슬려 초록 물방울같이 비빈 풋보리알을
열무지 담는 내 입에 톡 털어 넣어주던
너에게

이 열무로 지 담아
저 이쁜 비파들 편에 들려 보낼까?

아아, 길에는 혀 붉은 개가 나올 시간이다
달리는 차에 새끼를 잃은 개는 달리는 차를 붙들지 못하고
날마다 길을 핥아
제 신음을 적시러 온단다

II
아래*는 팽목 포구에 갔다
흰 텐트가 줄지어 서 있었다
문 열어라 물아
문 좀 열어다오 물아
어미들은 물가에 허리를 접고 웅얼거렸으나
바다는
천남성 꽃잎처럼 냉랭했다

섬의 허리 돌아 동거차 선착장 찾아온 딸 하나 건져
쾌속정에 태워 보낼 뿐이었다
헬리콥터는 프로펠러가 꺾인 채 날아가고
허공에 금이 가고

날카로운 비명이 폭우처럼 새어나갔다

등이 아프다
해초 냄새 나는 아이들이 밤새 몸안을 사무친다
돌절구 지고
입 다문 지 오래된 물속을 자맥질하는 내 곁에서
누가 자기 시작했다

어디로 가야 너를 찾으끄나

뜰안에 비파가 노랑노랑연두연두 익어간다
슬픔을 일습 흠 없이 갖추어 입은
배 한 척
집에 가득하다

— 계간 『시산맥』(2017년 봄호)

* 아래 : 그저께를 가리키는 전라, 경상도 말.

공황장애

강희정

숨 쉬고 있는데 공기가
마른 느낌을 아나요
나약함은 순간 커지는 잔불 같은 것
내가 원하는 것이라면 다 들어줄 것 같아, 그러니

누가 그를 좀 도와줄래요

처음엔 가슴 언저리가 먹먹할 겁니다
살아 보면 흔히 있는 일이지 않나요
엄마의 엄마 그리고 또 엄마의 엄마
어디까지 거슬러 올라야
그들은 서로 동등해질 수 있는 걸까요

사람이 많은 곳은 피하라 하는데
한 박자 빠른 그의 몸이 소리를 높입니다

"우리가 가진 것 내려놓고 되돌리고 싶은 것
있다고 말하면 의심치 않고 돌려주겠습니까"
총알이 귓바퀴를 뚫고 가느라
주룩주룩 아팠을 건데도
발등에 피가 넘치는 줄 모릅니다

허공이 그의 메아리를 삼킬 것이고

아무 때나 불쑥 찾아갈 겁니다
웃는 모습이 느슨함을 불러내도
단단히 붙잡고 있어야 할 겁니다
여린 싹이 올라오는 틈새를 나는

순식간에 알아차리거든요
기막힌 타이밍 같지 않나요
얍삽하게 그의 곁에 움직이고 있습니다
살았어도 죽은 것처럼 죽었어도 산 것처럼, 그러니

누가 그를 좀 도와줄래요
– 〈오월문학제〉 걸개시(2023년)

통증

박현우

누군가를 잊으면 괴로움이듯
지난 상처까지 찾아볼 일이지만
동명동 후미진 골목을 밝히던 넝쿨장미
그 집에 살던 아이 어디론가 끌려가
애비 숨을 조일 때
더 아프게 타오르던
그마저 우리 안에 받아들일 때
그렇게 살아온 아픔 보듬어 보는 일
그토록 함께 살아 보는 일
눈물 마른 어미의 피맺힌 사랑 같은
지산동 뻐꾸기까지 목 놓아 우는
저 붉은 오월의 하늘 바라볼 일이다

− 〈오월문학제〉 걸개시(2023년)

오월에 쓴 시

조현옥

나는 이 한 줄
시로도 오월을
쓰지 못한다.
나는 이 뜨거운
심장으로도 오월을
노래하지 못한다.
그 모든 불멸의 언어들
그 모든 쓰이지 못한 시들
그 절망과 탄식이
스쳐 지나간 뒤에도
우리들의 사랑으로도
채워지지 않을
그것이 오월이다.
영원히 써지지 않을
오월의 시를.

- 〈오월문학제〉 걸개시(2021년)

봄날의 안부

- 5월, 꽃숭어리 아래서

이미루

벚꽃 아래 봄밤은 길고 무거워 나는
죄지은 사람의 자세가 된다

세상을 환히 비춰주던 벚꽃 전등이
비바람 탄환에 깨어져 머릿속 여린 골수처럼
황홀하게 쏟아지는 밤은 길고도
무서워 흰자위 실핏줄은 펑펑 터지고, 나는
가는눈을 하고 자리에 눕는다

긴 잠에서 깨어 문득 바라본 화단이 온통 붉다
총 맞은 옆구리서 붉은 꽃잎 쏟아진
그날처럼, 맨땅에 유혈 낭자한
덩굴장미의 시신과 땅에 스민 핏자국들,
이팝나무 속울음 참으며 하얗게 향 피워 올린다

꽃 다 지도록 죄 깊어가는 봄날
어깨 위로 볕은 따뜻하게 내리쬐고
이제라도 안부를 전한다

'잘 계시지요? 그곳은 늘 봄이겠지요?'

- 〈오월문학제〉 걸개시(2022년)

중첩

문귀숙

거울 속에는
주름 사이로 접힌 내 시간을
오래 바라보는 네가 있다

금 간 거울 앞에서 단장하는 나

더는 늙지도 못하는 너는
뜨거웠던 가슴을 거울 속에 박제하고
냉소하며 사는 나의 오늘을 본다

불끈 쥔 주먹 안에 한 줌 허공은
용기였다가 분노였다가
꿈이었다가
꿈은 이루어졌는가, 지금 세상은

주먹밥에 목이 메일 때
우리가 시대를 돌보자고
등을 두드려주던 이웃들은
아직도 좁은 골목을 달려 나오고

거울 속의 네가

단장 마친 나의

정수리가 빈 머리를 쓰다듬는다

죽음 이후에도 죽음 이전인 너를

아직도 만나러 가고 있는 오월

흰 만장,
이팝 꽃 희게 희게 일렁인다

- 〈오월문학제〉 걸개시(2023년)

봄, 부고訃告

이상범

단단한 늑골 사이로
노오란 봄은 오는데
야윈 그대는 간다.

풍전의 촛불
어찌하라고
검은 것들의 농간으로
여린 손길들
길을 잃었다.

생의 마디가 굵어진다는 건
여물어 가는 가장자리가
중심으로 물들어 간다는 것
청보릿길 그대는 갔지만
보내지 못한 나는 잔설이 깊고
겨울을 녹이는 손길은
아득하고 설웁다.

못다 한 그날의 목울음
붉은 동백으로 다시 피리니
그대, 잘 가라

– 〈오월문학제〉 걸개시(2021년)

다시, 여수 동백

안준철

열흘 전에 왔을 때는
나무에만 달려 있던 꽃들이
거지반 땅으로 내려와 있다
한 남자가 실망한 듯
꽃이 다 저브렀네, 하는 것을
그게 아니라고
저것들이 저븐 것이 아니라
땅에서 피어 있는 것이라고
그렇지 않고서야
어찌 저리 붉을 수가 있겠냐고
울음이 남아 있는 한
생이 다한 것은 아니라고
말해주려다가 말았다
시야에서 멀어지던 남자가
내 쪽을 돌아보는 것도 같았다

– 〈오월문학제〉 걸개시(2023년)

비 가림

정세훈

오일육을 보내고 하루 만에
오일칠을 보내고
또 하루 만에
오늘은 십년맞이 오일팔.

이 살기등등한
구적구적한 날들.
설상가상으로
먹구름은 하늘을 가리운 채
연 삼 일째 비를 내리는구나.

라디오에서는
이 나라 어디에고 지금
비가 아니 오는 곳이 없다는
뉴스를 들려주고.

아직 때가 아닌 듯
비는 그칠 줄을 모르는데
찢겨진 비닐 조각으로
비 가림을 한 잡역부 김 씨.
구석구석 공장의 쓰레기를 치워가는구나.

언젠가 단둘이서
공장 처마 밑에 철푸덕이 앉아
이제는 이 땅 위에 구겨 박혀진
우리의 고향 이야기들을

전설 아닌 그 이야기들을
전설처럼 이야기하고
전설처럼 들어줄 적
고향이 전라도땅 광주라던 그.

쓰레기 치워가다가
고개 들어
비 오는 남쪽 하늘을
자꾸만 치어다보는구나.

전설처럼 아득하여서 슬픈
그날 그 총탄들이, 쏟아지듯
퍼부어오는 수많은 검은 비를
아,
찢겨진 비닐 조각으로 비 가림을 한 채.

– 정세훈 시집 『맑은 하늘을 보면』(창작과비평사, 1990년)

오월 광장을 생각하며

김형효

철 따라 꽃이 피네.
사랑이 가버린 자리에
오월이라는 이름의 꽃이 피네.

한때는 추억의 곳간이었을
당신이 머물렀던 그 자리에
오월 꽃이 피네.

오월의 산에 언덕에
꽃을 보며 서글피 우는 사람들
오월이 오면 꽃 피네.

햇살이 무서워지고
그리움이 무서워지는 사람들
과거가 추억이 아니라, 가혹이었던 사람들
지난날 때문에 무릎 꿇어야 하는 사람들
그 사람들의 가슴에 오월 꽃이 피네.

살아 있어 죄인인 사람들
오월의 광장에 장미꽃 피고
붉은 피로 물들었던 빛고을

가슴에 멍든 사람들 가슴을 붉혔던 사람들

이제 광장에서 집으로 들어가
평온한 일상을 살아가기를……

꽃 피는 오월을 아름답게 노래할 수 있기를
그리운 사랑을 그리워하며……

- 〈오월문학제〉 걸개시(2022년)

다시 찾아온 오월

김지란

한 시절을 돌아
잊을 수 없는 사람들이 꽃으로 피어난다
오월의 숲에선 때죽나무 꽃이 피고
어느 도시에서는 죽음이 떼지어 붉었다
몰래몰래 우리끼리
돌려 보았던 오월의 상흔 속
무참히 살해된 임산부의 사진으로부터
시작된 공습경보
휘청거렸다
그러나 아프고 두려워 가까이 가지 못했다
어두운 동굴에
상처를 전부 몰아넣고
외면으로 세월을 파 들어갔다
해빙의 시절
화석처럼 굳은 심장이 발굴되고
내가 맞닥뜨린 오월의 봄
검은 먼지 뒤집어쓴 사진으로
햇빛이 쏟아진다

– 〈오월문학축전〉 걸개시(2019년)

돌멩이 하나

박설희

발길 닿은 곳에서 주워온 돌멩이
수십 년이 지나자 일가를 이루었다
지리산, 거제와 제주, 한탄강……
그중에 빛고을에서 주워 온 돌멩이가 있다

용암이 흘러내리고 물살에 쓸리고
돌멩이라는 이름을 얻기까지 상처 자국들
고작 발부리나 아프게 하던 돌멩이가
총탄이 난무하는 소용돌이 한복판에서
겪었을 일들

죄 없는 피를 먹고
피보다 진한 땀과 눈물을 흠뻑 뒤집어쓰고
헬리콥터에서 쏜 총탄을 받아내야 했지만
그러고도 돌멩이라서 침묵했지만

사람과 함께한 돌멩이는
사람을, 사람의 표정을 닮아간다
손에 쥔 체온만큼 온기를 돌려줄 줄 안다
저를 아프게 한 만큼 아프게 할 줄 안다

돌멩이라서
먼지 켜켜이 쓰고 기다린다
이 땅의 기억들과 아우성을 몸속에 가둔 채
아직 한 번도 오지 않은 시간을
   - 5·18 제40주년 시선집 『광주, 뜨거운 부활의 도시』(시와문화, 2020년)

민주의 나무

김종숙

제주 아끈다랑쉬 오름에 나 홀로 나무 한 그루 있지

사철 홀로 푸른 나무, 그러나 너는 외롭지 않다 바람에 맞서 세 손가락으로 너를 수호하는 억새들의 부드러운 손과 단단한 뿌리가 너를 지킨다

민주주의 민주주의 데모크라시 데모크라시를 외치며 촛불을 치켜든 미얀마 미얀마가 너를 지킨다

햇살은 투명했으나 계엄군의 곤봉과 총탄은 시민에게로 향했다. 태아도 청년도 어른 아이들도 모두 핏빛으로 낙하해 갔다. 오월이었다

친구여, 우리 그대 위해 안민가를 합창하리니 피 흘려 지킨 민주의 나무 광주에서 양곤까지 밀고 나아가리니 울지 마오 미얀마, 그대 위해 노래하리니

저기 떠도는 구름을 보오 민주의 딸 민주의 아들들이 앞서 걸으며 새긴 말, 다 잘될 거야 Everything Will be OK

민주의 나무 향해 돌진하는 톱날을 막아서며 우리는 안 하는 편을 택하겠습니다. 바틀비처럼 신념의 나무를 심는 그대여 흰 장미의 은유를 촛불 하나의 힘을 믿어요

피로 역사를 세우려는 마성을 단호히 거부하는 그대여 피의 냄새를
흠향하는 자의 침묵을 기억해요

악마는 심장을 꽃 뒤에 숨겨 놓죠

끝내 정치꾼들의 도구는 되지 말아요
환한 아픔 위에 봄을 써가요

- 〈오월문학제〉 걸개시(2021년)

미얀마를 위한 기도

김인호

"광주 시민 여러분, 지금 우리 형제자매들이 죽어가고 있습니다.
여러분들이 도청으로 나오셔서 우리 형제자매들을 살려주십시오"*

한밤중 광주를 울리던 그 피맺힌 절규가
지금 미얀마의 밤하늘을 울리고 있습니다.

개머리판으로 시민의 머리를 내리치는 군인들 모습이
영락없는 1980년 5월 광주의 금남로입니다

피 흘리며 기어서 도망가던 청년을 질질 끌고 가는 장면은
성당의 문 걸어 잠그고 눈물을 훔치며 보던
그 징허디 징헌 5·18 광주 비디오 그대로입니다

하느님 하늘님 부처님,
세상 모든 님이시여!

군부폭압 어둠을 물리치고 빛의 도시로 살아난 광주의 이름으로
당장 빛을 내려 어둠을 걷어내고 신음하는
저 세 손가락* 미얀마를 살려주소서
                                    ─ 〈오월문학제〉 걸개시(2021년)

* 5·18 가두방송문 중에서. * 미얀마 민주화의 상징 '세 손가락 경례'.

5·18을 기억하고 기념하고 기록하는 이유

김정원

5·18은 지나간 한때의 사건이 아니라 늘 새로운 물음이다
광주전남이란 무엇인가
나는 누구인가
우리는 무엇을 어떻게 할 것인가

1980년 5월, 광주에서, 담양에서, 그 뜨거운 함성과 연대가 물결치던 거리에서 사람들을 다시 만날 수 있을까

40여 년이 지나도록 아직도 5·18을 왜곡하고 폄훼하는 자들이 있는 것은 진상을 철저하게 규명하지 않은 까닭이고,
발포 책임자와 여러 비밀공작을 명백히 밝히지 않은 까닭이며,
행방불명된 형제, 마지막 한 사람까지 찾아서 가족 품으로 돌려보내지 못한 까닭이다

시민군과 지금껏 살아온 남도 사람들이 열망한 꿈, '세상을 바꾸고 싶고, 바꿀 수 있는 것'을 실현할 때인 오늘에도

5·18은 일어날 수 있는, 그러나 결코 일어나서는 안 되는 비극이기에, 동학농민혁명, 4·3제주항쟁, 10·19여순항쟁, 4·19민주혁명과 그 영령들과 함께 우리는 슬퍼하고 공감하며 현재로 되돌아온다

너와 나의 5·18을 포월한 우리 모두의 5·18은 시대마다 공간마다 새로운 의미로 재해석할 기호, 생명, 평화, 인권, 통일, 공동체……

우리가 5·18을 반복하여 기억하고 기념하고 기록하는 이유는, 이처럼 참혹한 역사를 반복하지 않도록 하기 위해서다

진실과 화해를 위한 정당한 수단과 방법으로, 음습한 국가폭력을 햇빛에 드러내 진상을 규명하고, 희생자 명예를 회복하고, 정부가 그 생존한 유족에게 사죄하고 배상할 책임을 분명히 하고, 5·18 정신을 헌법 전문에 수록하는

반듯한 역사 정립이 우리에게 맡겨진 사명이고, 자손에게 물려주어야 할 정의다

— 담양사람 인터뷰집 『80년 5월, 담양의 기억』(궁리기획, 2023년)

다시 오월에 2

– 비둘기호를 타고

김요아킴

연대 신문에 한 편의 시가 당선되어
짧은 첫 휴가를 받고는
결국 광주행을 택했다
더뎌 오는 평화 같은 기차를 타고
이름 없는 간이역들 하나하나 부르다 보면
차창 밖 오월의 햇살은
죽창처럼 푸른 제복을 찌르며 달아난다

벌교 지나 화순으로
낯선 곳에 낯익은 얼굴들
말씨 다른 아지매의 수다들은
들고 탄 보따리만큼 그득하고
진주에서 급하게 오른 한 학보사 기자
품은 고민만큼 동행을 하게 되었다

또래 같은 한 무리들은 기타를 들고
어둔 터널 지나가듯 노래를 흥얼거리며
가끔씩 통로를 오가는 매점 가판대로
벌써 광주의 소식이 들려오고
한나절이 지나서야
역 광장에 걸려 있는 노을을 볼 수 있었다

오월에 전시된 주검들의
붉디붉은 그 살점과도 같은-

- 〈오월문학제〉 걸개시(2018년)

5월, 원죄처럼 아리고 애인처럼 절실한

문계봉

가장 슬프고 가장 빛나는, 원죄처럼 아리고 애인처럼 절실한 5월은, 왔다. 내 부끄러운 생활, '나타와 안정'* 위에도, 당신과 내가 시나브로 잊어가는 그 기억, 그러나 결코 잊어서는 안 될 붉은 그 시간 위에도, 부지런히 꽃을 피우는 베란다 화초 위에도, 어머니의 심장병 알약 봉지 위에도, 친구들의 문자메시지와 전자메일 위에도, 대학 입시를 준비하는 아들의 눅진 가방 위에도, 오가다 만나는 이웃의 옷차림 위에도, 애완견들의 잘 관리된 털과 도도한 발걸음 위에도, 애인들의 깍지 낀 손등 위에도, 파업 중인 노동자들의 질끈 동여맨 머리띠 위에도, 공장 벽면을 가로지르며 펼쳐진 현수막의 붉고 푸른 단호한 글자 위에도, 거리의 나무 위에도, 나뭇가지 위에 새들의 발등에도, 꽃들의 오만한 가시위에도, TV에도 신문에도, 산에도 바다에도, 세상의 모든 철조망 위에도, 최전방 초병들의 차가운 총신 위에도, 행복한 당신의 미소 위에도, 불행한 당신의 눈물 위에도, 5월은, 왔다. 진혼과 다짐을 당당하게 요구하며, 약속과 실천을 꼼꼼하게 확인하며, 무뎌진 내 기억의 능선을 타고 넘어 5월, 그날은 다시 왔다.

— 문계봉 시집, 『너무 늦은 연서』(실천문학사, 2017년)

* 김수영의 시 「폭포」의 한 구절.

오월, 남광주시장 서희자네 가게

김태수

남광주시장 민속손칼국수집 서희자네 가게는
도청 광장 오월항쟁 전야제에서 어깨마다 매달고 온
가늠할 수 없는 무엇들
슬픔과 분노가 반반씩인 그 무엇들의 부피로 하여
가뜩이나 작은 가게가 더 비좁다
엉덩이를 사선斜線으로 비집고 앉았다

1980년 음력 4월 14일*
기망幾望*의 새벽, 두레반 같던 달님이
도청에 들이부은 수상한 달빛들
이내 시멘트 건물 몸통을 후벼팠을 것이다
따따따따따 따따따따따
그건 달빛이 아니었다 중기관총 캘리버50*
유탄들이 튕겨져 나오면서 길게 그린
불꽃 선線 아래 쓰러진 어린 시민군들 가슴에서
왈칵왈칵 쏟아졌을
어머니 어머니 피를 틀어막으며
토해낸 이승의 마지막 신음 소리들 오늘 광장
풀잎에 스치는 바람 따라
수없이 일어서는 것을 보았다

왜 전야제인가 진혼제鎭魂祭이지
알루미늄 탁배기에 넘치는 막걸리를 연신 기울이며
우리들의 주모, 한때 수학 선생님이었던
서희자 님이 비례식 그래프 용지 위에다
가지런히 차린 저 음식들, 어디서 본 듯하다
그래, 이게 바로 오월 제사상祭祀床!
가슴이 축축해진다

지금 바람 따라 일렁이는 신음 소리는
환청인가, 중음신中陰身으로 구천을 떠도는
원혼들 소리일지도
소름끼치는 오월 광주의 살육
1980년 5월 27일 04시 55분 전남도청 점령 끝!이라니
광주시민들의 슬픈 서사敍事
헝클어진 명주실이다 도저히 풀 수 없다
지금도 '점령 끝'인가
잔혹한 몇 마디 기록으로 광주를 묻으려는
당신들은 도대체 누구인가

그래서 오월광주는 진행형일 수밖에
술잔을 쥔 손등에 푸르딩딩 돋는 핏줄하며
다른 손마디에서 뚝뚝 부러지는 관절 소리 따라
일어서는 분노를 만든 몹쓸 이들은
꼭꼭 숨어라 숨바꼭질 중인가 수십 년을 그러고도
아무 일 없음?
보수保守라는 이름으로 위장한 추한 무리들의
몰염치한 가면극

언제 발가벗은 오월 광주의 민낯을 보게 될 것인가

1980년 5월 27일 그날 진압군들은
도청에서 한 마장 거리인 전남대학병원 길 건너
남광주시장 긴 통로
서희자네 가게 앞에도 진을 쳤을 것이다
둥글디둥근 달의 환한 달빛이
부끄러워, 숨죽이고 자동소총에 착검하면서
도청에서 파르르 떨고 있을
선량한 시민군들을 떠올리는 이 혹여 있었다면
도청점령 명령을 기다리면서
긴장으로 흥건한 땀들이 지워버렸을 손바닥의
암호처럼, 이내 동족의 가슴을 앗아간
야수의 작전명령을 지워버렸다면
차라리 남광주시장 긴 시장통에 퍼더버리고 앉아
우리 젊은 병사들 푸르디푸른 입에서
하늘에 계신 우리 아버지
주기도문이 줄줄 흘러나왔다면

아아, 이 부질없는 망상, 남광주시장
서희자네 가게에서
벌써 몇 순배 돌았을까
거푸 비워지는 술잔에다 쓰잘데기 없는
넋두리 한두 낱 섞어 손가락으로 휘휘 저으면
술 취한 것!
점호 명단에다 식단을 더하고
형체 아리송한 물고기 한 마리 그려 넣고는

'무등에서 백두로'로 명제한
좌장 김준태 시인은
가게 벽에 풀칠한 후 저만치서 택시를 부르고
술이 약한 김창규 목사는
김경일, 이우송 신부 따라나선다 거창 사는
이명행 작가는 시내 처가로
채희윤 교수는 처소로 갔다 대구 사는 변대근은?
시장 곁에 숙소를 정한 나와
시인 나종영, 김완, 이렇게 셋은
저기 어디 맛나다는 생맥주 집, 취한 술 위에다
입가심 한 잔 덧씌우고
빌어먹을
어차피 미친 세상 정신줄 놓자 결의했으니

설움인 듯 부슬부슬 비는 내리고 어느덧
5월 18일 희미한 새벽
　　　－ 5·18 제40주년 시선집 『광주, 뜨거운 부활의 도시』(시와문화, 2020년)

* 1980년 5월 27일은 전남도청에 진압군이 들어온 날. 음력 4월 14일
* 기망(幾望) : 열나흘 밤의 달로 가장 둥글고 밝다. 보름달은 망월(望月)
* Caliber－50 : MG－50, 미제 기관총으로 한국군 보병의 중화기

공공고고학저널, 2716년 여름호

– 2716학년도 여름학기 도시발굴고고학 연례세미나

서나루

700년 전 조상들은
보고 싶은 사람이 멀리 있을 때
'기프티콘'이라고 부르는 물건 교환증을 주면서
보고 싶은 마음을 달랬다고 한다

오늘날의 기준으로도
조상들은 서로 그다지 먼 거리에 살지 않았다
2500년대까지 이어진 중기 고전신자유주의 시대에 대한 선입견과
달리
그들은 보잘것없는 가처분 소득에도 불구하고
적다고는 단정하기 힘든 여가시간을 누렸지만

다른 도시에 사랑하는 친구를 만나러 가는 행동은 드물었다

이런 행동을 한 까닭은
현재의 행복을 당장 '써버리지 말고'
미래를 위해 투자해야만 한다는 생각 때문이었다고 한다
조상들은 사랑하는 사람을 보는 시간을 아껴서 시험 공부를 하면
훗날 사랑하는 사람을 볼 시간이
더 늘어날 것이라고 믿었다(Watson&Hwang, 2710)

그래서 사랑하는 마음을 간직하면 간직할수록
나중에 금으로 된 옷을 입고 환영을 받으면서 만나러 갈 수 있다고
믿었다
그들도 우리처럼 흘러넘치는 사랑에 어쩔 줄 몰라했다
그래서 그들도 일기에 보고픈 사람의 이름을 적었다
하지만 그 사람에게 정말 연락한 빈도는
16분의 1도 채 되지 않았다

그들도 종종 사랑을 고백했지만
실제로 사랑을 느꼈던 빈도에 비하면 32분의 1도 채 되지 않았다
(Yang et al., 2698)

조상들이 살던 시절에는
걱정없이 편안하고 사랑 가득한 삶을 살기 위해서는
엄청난 운이나 돈이 따라야 한다고 여겨졌다
자신이 가진 작은 운과 돈을 지금 바로 써버리면
이제 다시는 사랑하는 사람과 행복한 일상을 얻을 수 없을까 봐 두
려워했다

사랑은 희귀재였다
사람들도 그것을 알았다

따듯함을 너무 소중하고 희귀하게 여긴 나머지
그것을 음미하고 만끽하면 사라져버릴까 봐
가장 귀한 사랑일수록
어금니와 윗니로 꽉 눌러서 혀의 서랍에 숨겨 두었다

터진 입술처럼 흘러나오는
사랑을 숨긴 사람들은
주로 정제된 두려움과 외로움을 소염용제에 말아 먹었다

그들은 우리보다 훨씬 초조한 인생을 살았다
무상 공급되는 것은 모멸밖에 없는
증오는 공공재였다
우리가 적응할 수밖에 없었던 주요 전 지구적 변화가 시작된 시대였
고
헐뜯는 것이 스포츠 경기처럼 생각되었다
남을 잘 비난하는 사람은 쉽게 권력을 얻었다
(Bryan, 2703 ; Mbappé, 2712)

선행이 아니라 돈을 자랑하는 시대였고
누가 남을 더 많이 부릴 수 있는지 자랑하는 것이 유행했고
남을 부려서 번 돈으로
사실상 구분하기 힘든 유기발화엔진형 운송 수단이나
석영측량식 시계 표식 장치와 같은 재래식 장비들을
누가 더 3시그마, 4시그마가 넘는 가격을 주고 구매할 수 있는지를
자랑하는 것이 유행했다

이는 고고발굴객관해석주의 관점에서조차 바람직한 것이라고 하기
어렵고
당대에도 많은 사람들이 그것에 저항했으나
디지털포렌식복원고고학의 연구 결과를 종합하면
그 손가락질에서 마음 깊숙이 자유로웠던 조상은
단 한 명도 발견되지 않았다(Mbappé, 2709)

그들은 쉬거나 놀거나 친구에게 사랑을 고백할 때에도
죄책감에 시달렸다고 한다
그것은 여러 사람을 동시에 사랑한다는 죄책감 같은 것이 아니라
내가 지금 돈과 상관없는 행동을 하고 있다는 죄책감
지금 이 순간도 뒤처지고 있고 미래가 불안정해지고 있다는 죄책감
이었다

삶을 음미하는 공공명상참여 연결망이 자리 잡은 오늘날의 우리가
보기에
너무나 안타까운 생각들이지만

도시고고사회학자들의 발굴 연구에 따르면
조상들은 죄책감을 갖는다는 그 사실에조차 슬퍼했고
효율적 인생 같은 것에서 벗어나려고 몸부림쳤던 흔적이 남아 있다
고 한다

조상들은 그것을 '몸과 마음의 여유'라고 불렀다
그들은 '몸과 마음의 여유'라는 것을 평생 찾아다녔다
(Drolma&Tsering, 2695)

조상의 알루미늄 자기 기록 장치에는
충분히 사랑하지 못하고
있는 그대로의 삶을 음미하며 살지 않았던 자신의 과거에 대해서
오랜 시간이 지나 후회하는 일기들도 발굴되었다
그러나 발견윤리검토연결망 권고합의(제2716Y-090237-075호) 결
과

해당 내용은 너무 많은 슬픔에 관련 있고
중대한 공감 피로를 야기한다는 지적에 따라
확신을 가진 신청자에 한한 열람으로 제한되었다

이번 도시고고학 프로젝트를 총괄한 정보발굴사는 이렇게 말했다

"조상들은 행복을 배터리 같은 것이라고 생각했습니다
오늘 써버리면 방전되어서 내일 쓸 몫이 없다고 생각한 거예요
하지만 오늘날 우리는 행복이 태양 발전에 가깝다는 것을 알고 있습
니다
태양 패널을 활짝 열고 있으면
내일은 내일의 해가 뜨지만
태양 패널을 움츠리고 있다가 흘려보낸 어제의 햇볕은 다시 잡을 수
없어요"
(계간 공공고고학저널, 2716년 여름호)
        ─ 5·18문학상 신인상 당선작, 『문학들』(2023년 여름호)

1부

▪ **강세환** 1956년 강원도 주문진 출생. 1988년 계간 『창작과비평』 겨울호로 등단. 시집으로 『이 단순하고 뜨거운 것』, 『김종삼을 생각하다』, 『면벽』, 『시인은 무엇으로 사는가』 등.

▪ **고정희**(1948~ 1991년) 전남 해남 출생. 1975년 『현대시학』으로 등단. 〈목요시〉, 〈또 하나의 문화〉 동인. 시집으로 『초혼제』, 『눈물의 주먹밥』, 『모든 사라지는 것들은 뒤에 여백을 남긴다』, 『고정희 시전집』 등. 대한민국문학상 수상. 광주 YWCA 간사, 가정법률상담소 출판부장 역임.

▪ **김경윤** 1957년 전남 해남 출생. 1989년 무크 『민족현실과 문학운동』로 등단. 시집으로 『아름다운 사람의 마을에서 살고 싶다』, 『바람의 사원』, 『슬픔의 바다』, 『무덤가에 술패랭이만 붉었네』 등. 현 김남주기념사업회 회장, 한국작가회의 이사장 권한대행.

▪ **김남주**(1945~1994년) 전남 해남 출생. 1974년 계간 『창작과비평』 여름호로 등단. 시집으로 『진혼가』, 『나의 칼 나의 피』, 『조국은 하나다』, 『사상의 거처』, 『김남주 시전집』 등과 『김남주 산문전집』 등. 신동엽문학상, 단재상, 민족예술상, 파주북어워드특별상 등 수상.

▪ **김사인** 1956년 충북 보은 출생. 1981년 『시와경제』 동인지로 등단. 시집으로 『밤에 쓰는 편지』, 『가만히 좋아하는』, 『어린 당나귀 곁에서』 등. 산문집으로 『시를 어루만지다』 등. 신동엽문학상, 현대문학상, 대산문학상 등 수상. 한국문학번역원장 역임.

▪ **김완** 1957년 광주 출생. 2009년 『시와시학』으로 등단. 시집으로 『지상의 말들』, 『바닷속에는 별들이 산다』, 『너덜겅 편지』 등. 송수권시문학상 남도시인상 수상. 광주전남작가회의 회장 역임. 현 광주평화포럼 이사장.

▪ **김정란** 1953년 서울 출생. 1979년 『현대문학』으로 등단. 시집으로 『다시 시작하는 나비』, 『스타카토 내 영혼』, 『매혹 혹은 겹침』, 『'그' 언덕, 개마고원의 꿈』 등. 평론집으로 『비어있는 중심』 등. 소월시문학상 대상, 한국백상출판번역문학상 수상. 상지대 교수 역임.

▪ **김정환** 1954년 서울 출생. 1980년 계간 『창작과비평』 여름호로 등단. 시집으로 『지울 수 없는 노래』, 『황색예수전』, 『텅 빈 극장』, 『드러남과 드러냄』, 『거푸집 연주』, 『내 몸에 내려앉은 지명』 등. 백석문학상, 만해문학상 등 수상.

▪ **김희수** 1949년 담양 출생. 1984년 창작과비평 17인 신작시집 『마침내 시인이여』로 등단. 시집으로 『뱀딸기의 노래』, 『오늘은 꽃잎으로 누울지라도』, 『사랑의 화학반응』 등. 광주전남작가회의 회장 역임.

▪ **류명선** 1951년 부산 출생. 1983년 무크 『문학의 시대』 제1권으로 등단. 시집 『고무신』, 『환희를 피우며』, 『반골』, 『수첩을 바꾸면서』 등. 경남매일신문 문화부장 역임. 김민부문학상, 부산시인협회상 수상.

▪ **리명한** 1931년 전남 나주 출생. 1975년 『월간문학』으로 등단. 시집으로 『새벽, 백두 정상에서』, 소설집으로 『이명한 중단편 전집』 등. 민족문학작가회의 자문위원, 광주민예총 회장, 한국문학평화포럼 회장 역임. 현 나주학생독립운동기념사업회 이사장, 광주전남작가회의 고문.

- **문병란**(1934~2015년) 전남 화순 출생. 1959년 『현대문학』으로 등단. 시집으로 『문병란 시집』, 『정당성』, 『땅의 연가』, 『아직은 슬퍼할 때가 아니다』, 『법성포 여자』 등. 요산문학상, 광주광역시문화예술상, 박인환 시문학상 등 수상.

- **문익환**(1918~1994년) 만주 북간도 출생. 1972년 『월간문학』으로 등단. 시집으로 『새삼스런 하루』, 『꿈을 비는 마음』, 『난 뒤로 물러설 자리가 없어요』, 『두 하늘 한 하늘』 등. 『늦봄 문익환 전집』 등. 민주화운동으로 12년간 옥고. 민통련 의장, 전민련 상임고문 역임.

- **박남준** 1957년 전남 영광 출생. 1984년 무크 『시인』으로 등단. 시집으로 『어린 왕자로부터 새드 무비』, 『적막』, 『그 숲에 새를 묻지 못한 사람이 있다』 등. 천상병시문학상, 조태일문학상, 임화문학예술상 수상.

- **박상률** 1958년 전남 진도 출생. 1990년 『한길문학』(시), 『동양문학』(희곡)으로 등단. 시집으로 『진도아리랑』, 『꽃동냥치』, 『배고픈 웃음』, 『국가 공인 미남』, 『길에서 개손자를 만나다』 등. 청소년 소설로 『봄바람』, 『나는 아름답다』, 『너는 스무 살, 아니 만 열아홉 살』 등.

- **박철** 1960년 서울 출생. 『창비1987』로 등단. 시집으로 『김포행 막차』, 『새의 전부』, 『영진설비 돈 갖다 주기』, 『험준한 사랑』, 『없는 영원에도 끝은 있으니』 등. 백석문학상, 노작문학상, 이육사시문학상 수상.

- **신경림** 1936년 충북 충주 출생. 1956년 『문학예술』로 등단. 시집으로 『농무』, 『씻김굿』, 『가난한 사랑 노래』, 『쓰러진 자의 꿈』, 『신경림 시전집』 등. 만해문학상, 이산문학상, 호암상 등 수상. 민족문학작가회의 회장, 한국민예총 공동의장 역임. 현 한국작가회의 고문, 대한민국예술원 회원.

- **양기창** 1968년 광주 출생. 2014년 『광주전남 작가』로 등단. 시집으로 『불사조 사랑』, 『쏠 테면 쏘아봐라』 등. 광주전남작가회의 자유실천위원장 역임. 백신애문학상 수상.

- **양성우** 1943년 전남 함평 출생. 1970년 『시인』으로 등단. 시집으로 『발상법』, 『겨울공화국』, 『북치는 앉은뱅이』, 『그대의 하늘길』, 『압록강 생각』 등. 자유실천문인협의회 대표, 한국작가회의 자문위원, 한국간행물윤리위원장 역임. 현 민주화운동기념사업회 부이사장.

- **오봉옥** 1961년 광주 출생. 1985년 창작과비평사 16인 신작시집 『그대가 밟고 가는 모든 길 위에』로 등단. 시집으로 『지리산 갈대꽃』, 『붉은산 검은피』, 『노랑』, 『셋』 등. 영랑시문학상, 한송문학상 등 수상. 문예지 『문학의오늘』 편집인.

- **윤재걸** 1947년 전남 해남 출생. 1966년 『시문학』으로 등단, 1975년 『월간문학』 신인상 수상. 시집으로 『후여후여 목청 갈아』, 『금지곡을 위하여』, 『유배공화국, 해남 유토피아!』 등, 르뽀집으로 『작전명령─ 화려한 휴가』 등.

- **이강산** 1959년 충남 금산 출생. 1989년 계간 『실천문학』으로 등단. 시집으로 『세상의 아름다운 풍경』, 『하모니카를 찾아서』 등. 소설집으로 『아버지의 초상』 등. 휴먼다큐 흑백사진집 『여인숙』 등. 2온빛사진상, 부다페스트 국제사진상(BIFA) 수상.

▪ **이미숙** 1967년 충남 논산 출생. 2007년 『문학마당』으로 등단. 시집으로 『피아니스트와 게와 나』, 『나비 포옹』 등. 현 대전작가회의 회장.

▪ **이영진** 1956년 전남 장성 출생. 1976년 『한국문학』으로 등단. 〈5월시〉 동인. 시집으로 『6·25와 참외씨』, 『숲은 어린 짐승들을 기른다』, 『아파트 사이로 수평선을 본다』 등. 자유실천문인협의회 사무국장. 『내일을 여는 작가』 편집주간 역임.

▪ **이은봉** 1953년 충남 공주 출생. 1983년 『삶의문학』 동인지 제5집(평론), 1984년 창작과비평 17인 신작시집 『마침내 시인이여』(시)로 등단. 시집으로 『좋은 세상』, 『무엇이 너를 키우니』, 『길은 당나귀를 타고』, 『생활』 등. 가톨릭문학상, 송수권시문학상 등 수상.

▪ **이하석** 1948년 경북 고령 출생. 1971년 『현대시학』으로 등단. 시집으로 『투명한 속』, 『김씨의 옆얼굴』, 『천둥의 뿌리』, 『기억의 미래』 서사시집 『해월, 길노래』 등. 김수영문학상, 이육사시문학상, 현대불교문학상 수상.

▪ **정용국** 1958년 경기도 양주 출생. 2001년 『시조세계』로 등단. 시집으로 『내 마음속 게릴라』, 『명왕성은 있다』, 『난 네가 참 좋다』 등. 기행문으로 『평양에서 길을 찾다』. 이호우시조문학상, 가람시조문학상 신인상 수상.

▪ **정우영** 1960년 전북 임실 출생. 1989년 무크 『민중시』로 등단. 시집으로 『마른 것들은 제 속으로 젖는다』, 『집이 떠나갔다』, 『살구꽃 그림자』, 『순한 먼지들의 책방』 등. 시평 에세이로 『시는 벅차다』 등. 한국작가회의 부이사장 역임.

▪ **정호승** 1950년 경남 하동 출생. 1973년 〈대한일보〉 신춘문예로 등단. 〈반시〉 동인. 시집으로 『슬픔이 기쁨에게』, 『사랑하다가 죽어버려라』, 『밥값』, 『여행』, 『나는 희망을 거절한다』 등. 동시집으로 『참새』 등. 소월시문학상, 정지용문학상 등 수상.

▪ **조성국** 1963년 광주 출생. 1990년 『창작과비평』으로 등단. 시집으로 『슬그머니』, 『둥근 진동』, 『나만 멀쩡해서 미안해』, 『해낙낙』 등. 동시집으로 『구멍 집』 등. 평전으로 『돌아오지 않는 열사, 청년 이철규』 등.

2부

▪ **강경아** 전남 여수 출생. 2013년 계간 『시에』 등단. 시집으로 『푸른 독방』, 『맨발의 꽃잎들』. 제1회 여순10·19문학상 수상. 현 민족문학연구회, 한국작가회의 회원.

▪ **강기희**(1964~2023년) 강원도 정선 출생. 1998년 『문학21』로 등단. 시집으로 『우린 더 뜨거워질 수 있었다』, 장편소설로 『도둑고양이』, 『개같은 인생들』, 『연산』, 『이번 청춘은 망했다』 등. 제1회 디지털문학대상 수상.

■ **고광헌** 1955년 전북 정읍 출생. 1983년 〈광주일보〉 신춘문예. 무크 『시인』으로 등단. 〈5월시〉 동인. 시집으로 『신중산층 교실에서』 『시간은 무겁다』 『깨끗한 새벽』(5월시 동인시집) 등. 한겨레신문 대표이사, 서울신문 사장 역임.

■ **고규태** 1959년 전남 화순 출생. 1984년 무크 『민중시』 제1집으로 등단. 시집으로 『겨울 111호 법정』 등. 노래 『전진하는 오월』 『혁명광주』 『삼경에 피는 꽃』 등 작사.

■ **고성만** 1963년 전북 부안 출생. 1998년 『동서문학』으로 등단. 시집으로 『올해 처음 본 나비』 『슬픔을 사육하다』 『케이블카 타고 달이 지나간다』 시조집 『파란, 만장』 등.

■ **김삼환** 1958년 전남 강진 출생. 1991년 『한국시조』 1994년 『현대시학』으로 등단. 시집으로 『풍경인의 무늬 여행』 『아직도 뿌리는 흙에 닿지 못하여』 『따뜻한 손』 등. 한국시조작품상, 중앙시조대상 등 수상. 현 캄보디아의 국립민쩨이대학교 한국어 강사.

■ **김애숙** 1961년 장성 출생. 2016년 계간 『문학들』 신인상으로 등단. 시집으로 『벽 타는 남자』, 그림 동화 『형의 바다』 등.

■ **김윤환** 1963년 경북 안동 출생. 1989년 계간 『실천문학』으로 등단. 시집으로 『그릇에 대한 기억』 『이름의 풍장』 『내가 누군가를 지우는 동안』 등. 논저로 『한국현대시의 종교적 상상력』 등. 현 서울사이버대 문예창작과 교수, 사랑의 은강교회 목사.

■ **김진경** 1953년 충남 당진 출생. 1974년 『한국문학』으로 등단. 〈5월시〉 동인. 시집으로 『갈문리의 아이들』 『광화문을 지나며』 『우리시대의 예수』 『별빛 속에서 잠자다』 『슬픔의 힘』 『깨끗한 새벽』(5월시 공동시집) 등. 동화로 『고양이 학교』 등. 프랑스 문학상 '앵코리티블상' 수상.

■ **김창규** 1954년 청주 출생. 1984년 『분단시대』 동인지, 1985년 창작과비평사 '16인신작시집' 『그대가 밟고 가는 모든 길 위에』로 등단. 시집으로 『푸른 벌판』 『슬픔을 감추고』 『촛불을 든 아들들에게』 『별 하나를 사랑하여』 등. 한국작가회의 통일위원회 위원장 역임.

■ **김형로** 1958년 경남 창원 출생. 2018년 〈국제신문〉 신춘문예로 등단. 시집으로 『미륵을 묻다』 『숨비기 그늘』 등. 제주4·3 평화문학상 수상. 한국작가회의 대변인 역임.

■ **김형수** 1959년 전남 함평 출생. 1985년 무크 『민중시』 제2집으로 등단. 시집으로 『애국의 계절』 『가끔 이렇게 허깨비가 된다』 등. 장편소설로 『조드─ 가난한 성자들』 평전으로 『문익환평전』 『김남주평전』 등. 만해문학상 특별상, 5·18문학상 본상 수상. 현 신동엽문학관 관장.

■ **김희정** 1967년 전남 무안 출생. 2002년 〈충청일보〉 신춘문예로 등단. 시집으로 『백년이 지나도 소리는 여전하다』 『유목의 피』 『서사시 골령골』 『이야기 시─ 전라도 사람 전봉준』 등. 산문집으로 『십 원짜리 분노』 등. 충남작가회의 회장 역임.

■ **나해철** 1956년 전남 나주 영산포 출생. 1982년 〈동아일보〉 신춘문예로 등단. 〈5월시〉 동인. 시집으로 『무등에 올라』 『긴 사랑』 『꽃길 삼만 리』 『영원한 죄 영원한 슬픔』 『물방울에서 신시까지』 등.

▪ **문창길** 1958년 전북 김제 출생. 1984년 〈두레시〉 동인으로 등단. 시집으로 『철길이 희망하는 것은』, 『북국독립서신』 등. 현 계간 『창작21』 편집인 겸 주간, 한국·몽골문학예술인협회 한국대표. 한·버마작가모임 한국대표.

▪ **박복영** 1962년 군산 출생. 1997년 『월간문학』으로 등단. 시집으로 『구겨진 편지』, 『눈물의 멀미』, 『아무도 없는 바깥』 등, 시조집으로 『바깥의 마중』 송순문학상, 오늘의시조시인상 등 수상. 오늘의 시조시인회의 회원.

▪ **박석준** 1958년 광주 출생. 2008년 『문학마당』 신인상으로 등단. 시집으로 『카페, 가난한 비』, 『거짓시, 쇼윈도 세상에서』, 『시간의 색깔은 자신이 지향하는 빛깔로 간다』, 『의지와 표상으로서의 세계이니』 등.

▪ **박소원** 전남 화순 출생. 2004년 계간 『문학선』으로 등단. 시집 『슬픔만큼 따뜻한 기억이 있을까』, 『취호공원에서 쓴 엽서』, 『즐거운 장례』 등.

▪ **박인하** 1969년 광주 출생. 2018년 『서정시학』으로 등단. 시집으로 『내가 버린 애인은 울고 있을까』 등.

▪ **박학봉** 1957년 경기 가평 출생. 1983년 〈광주젊은벗들〉 시낭송운동 참여. 시집으로 『우리의 심장에 총이 있다』. 3인 시집으로 『통일이란 신성한 그 부름 앞에』. 저서로 『남과 북, 해외에서 보는 홍용암의 통일시문학』 등. 한국작가회의 회원.

▪ **박훈** 1966년 충남 보령에서 태어나 청소년 시절 화순에서 성장. 2015년 1월과 2016년 8월, 페이스북에 〈페북 시집〉을 발표하면서 작품활동 시작. 시집으로 『기억을, 섬돌에 새기는 눈물들』 등. 영화 〈부러진 화살〉의 실제 모델. 현재 경남 창원에서 변호사로 활동.

▪ **백수인** 1954년 전남 장흥 출생. 2003년 『시와시학』으로 등단. 시집으로 『바람을 전송하다』, 『더글러스 퍼 널빤지에게』 등. 저서로 『현대시와 지역문학』, 『소통과 상황의 시학』 등. 한국언어문학회 회장, 지역문화교류호남재단 이사장 역임. 현 조선대 명예교수.

▪ **서화성** 1968년 경남 고성 출생. 2001년 『시와사상』으로 등단. 시집으로 『아버지를 닮았다』, 『언제나 타인처럼』, 『내 슬픔을 어디에 두고 내렸을까』 등. 부산작가회의 회원.

▪ **송태웅** 1961년 전남 담양 출생. 2000년 계간 『함께가는문학』으로 등단. 시집으로 『바람이 그린 벽화』, 『파랑 또는 파란』, 『새로운 인생』, 『배고픔이 고양이를 울고 갔다』 등. 현 순천작가회의 회장.

▪ **양원** 1956년 광주광역시 출생. 2013년 『시와문화』로 등단. 시집으로 『의문과 질문』, 『물과 풀에게 돌려주다』 등. 목포대 교수 역임.

▪ **오미옥** 1966년 광주 출생. 2006년 『사람의깊이』로 등단. 시집으로 『12월의 버스 정류장』 공저로 『10·19의 진실과 상처』 등. 현 10·19연구소 연구원, 순천작가회의 회원.

▪ **유진수** 1972년 광주광역시 출생. 2021년 『세종문학』으로 등단. 시집으로 『바로 가는 이야기는 없다네』 등. 현 한국작가회의 회원. 독서저널 『책읽는광주』 발행인.

- **이도윤** 1957년 광주광역시 출생. 1985년 무크 『시인』지로 등단. 시집으로 『너는 꽃이다』, 『산을 옮기다』 등. 한국작가회의 부이사장 역임.

- **이승철** 1958년 전남 함평 출생. 1982년 〈광주젊은벗들〉 시낭송운동 참여. 1983년 무크 『민의』로 등단. 시집으로 『총알택시 안에서의 명상』, 『오월』, 『그 남자는 무엇으로 사는가』 등. 산문집으로 『광주의 문학정신과 그 뿌리를 찾아서』 등. 한국작가회의 문인복지위원장 역임.

- **이윤정**(1955~2023년) 전남 함평 출신. 〈송백회〉 회원이자, 광주YWCA 간사로 5월항쟁에 참여. 5·18광주민중항쟁동지회 회장, 초대 광주시의원, 조선대 연구교수 역임. 2023년 2월 27일, 5·18민주광장에서 '고 이윤정 선생 시민사회장'이 엄수됨.

- **이재연** 1963년 전남 장흥 출생. 2005년 〈전남일보〉 신춘문예, 2012년 오장환 신인문학상으로 등단. 시집으로 『쓸쓸함이 아직도 신비로웠다』 등. 시산맥작품상 수상.

- **이학영** 1952년 전북 순창 출생. 1984년 실천문학사 '14인 신작시집' 『시여, 무기여』로 등단. 시집으로 『눈물도 아름다운 나이』, 『꿈꾸지 않는 날들의 슬픔』 등. 농민문학상 수상. 한국YMCA전국연맹 사무총장 역임. 현 국회의원.

- **장우원** 1961년 전남 목포 출생. 2015년 『시와문화』로 등단. 시집으로 『나는 왜 천연기념물이 아닌가』, 『바람 불다 지친 봄날』, 『수궁가 한 대목처럼』 등. 시 사진집 『안나푸르나 가는 길』

- **전기철** 1954년 전남 장흥 출생. 1998년 『심상』으로 등단. 시집으로 『풍경의 위독』, 『로캉땡 일기』, 『풍경, 아카이브』, 『박쥐』 등. 산문집으로 『거미의 집』 등. 현대불교문학상, 이상시문학상, 포에트리슬램문학상 수상.

- **정대호** 1958년 경북 청송 출생. 1984년 〈분단시대〉 동인지로 등단. 시집으로 『다시 봄을 위하여』, 『겨울산을 오르며』, 『지상의 아름다운 사랑』, 『마네킹도 옷을 갈아 입는다』 등. 평론집 『작가의식과 현실』 등. 현 계간 『사람의문학』 발행인.

- **정민경** 1989년 광주 출생. 2007년 경기여고 3학년 재학 중 〈5·18민주화운동 기념 제3회 청소년백일장〉 대상 수상. 대학 졸업 후 광고회사 카피라이터로 근무.

- **정양주** 1960년 전남 화순 출생. 1989년 〈무등일보〉 신춘문예로 등단. 시집으로 『별을 보러 강으로 갔다』 현 광주전남작가회의 회장.

- **정종연** 1963년 전남 함평 출생. 2009년 『한국평화문학』으로 등단. 시집으로 『지갑 속의 달』, 『이렇게 마주 보고 있는데도』, 『내 가슴 꺼내 빨간 사과 하나 깎으며』 등. 동시집 『이발하는 나무들』 한국작가회의 회원.

- **주명숙** 1966년 전남 여수 출생. 2005년 『문학춘추』, 2013년 〈창조문학신문〉 신춘문예로 등단. 시집으로 『참, 붉다』 디카시집 『아직, 조금 간절합니다』 등. 여수화요문학회 회원.

- **최광임** 1967년 전북 부안 출생. 2002년 『시문학』으로 등단. 시집으로 『내 몸에 바다를 들이고』, 『도요새 요리』 등. 디카시 『세상에 하나뿐인 디카시』 등. 한국작가회의 이사 역임. 현 시전문지 『시와 경계』 편집인.

■ **최미정** 1960년 전남 순천 출생. 2009년 계간 『문학들』로 등단. 시집으로 『검은 발목의 시간』, 『인공눈물』 등.

■ **한경훈** 1960년 전남 나주 출생. 2020년 『광주전남 작가』로 등단. 시집으로 『귀린』 등. 현 신경외과 의사. 한국의사시인회, 광주전남작가회의 회원.

■ **허형만** 1946년 전남 순천 출생. 1973년 『월간문학』으로 등단. 시집으로 『불타는 얼음』, 『진달래 산천』, 『황홀』, 『바람칼』, 『만났다』 등. 한국시인협회상, 영랑시문학상, 공초문학상 등 수상. 현 목포대 명예교수.

■ **황형철** 1975년 전북 진안 출생. 1999년 〈전북일보〉 신춘문예, 2006년 계간 『시평』으로 등단. 시집으로 『바람의 겨를』, 『사이도 좋게 딱』 등. 현 죽형조태일시인기념사업회 이사.

3부

■ **고은** 1933년 군산 출생. 1958년 『현대문학』으로 등단. 시집으로 『피안감성』, 『문의마을에 가서』, 『고은 시 선집』, 『고은 전집』, 『청』 등. 만해문학상, 대산문학상, 스웨덴시카다상 등 수상. 자유실천문인협의회 대표, 민족문학작가회의 회장 역임.

■ **김수** 1959년 광주 송정리 출생. 1983년 〈광주젊은벗들〉 시낭송운동 참여. 2019년 『광주전남 작가』로 등단. 대표작으로 「금남로 연서」, 「그대 살아 있다면」 등. 현 광주평화포럼 상임대표.

■ **김이하** 1959년 전북 진안 출생. 1989년 『동양문학』으로 등단. 시집으로 『내 가슴에서 날아간 UFO』, 『타박타박』, 『춘정, 화』, 『그냥, 그래』, 『목을 꺾어 슬픔을 죽이다』 등. 사진 개인전으로 〈시인이 만난 사람들〉, 〈홍제천〉. 한국작가회의 문인복지위원회 부위원장 역임.

■ **김호균** 1963년 광주 출생. 1994년 〈세계일보〉 신춘문예(시), 〈광주매일〉 신춘문예(동화)로 등단. 시집으로 『물 밖에서 물을 가지고 놀았다』 등. 제4회 아시아문학페스티벌집행위원장 역임. 현 5·18민주화운동기록관 관장.

■ **맹문재** 1963년 충북 단양 출생. 1999년 『문학정신』으로 등단. 시집 『먼 길을 움직인다』, 『물고기에게 배우다』, 『기룬 어린 양들』, 『사북 골목에서』 등. 윤상원문학상, 고산문학상, 김만중문학상 등 수상. 한국작가회의 이사 역임.

■ **박관서** 1962년 전북 정읍 출생. 1996년 『삶 사회 그리고 문학』으로 등단. 시집으로 『철도원 일기』, 『기차 아래 사랑법』, 『광주의 푸가』 등. 윤상원문학상 수상. 광주전남작가회의 회장, 한국작가회의 사무총장 역임.

■ **박두규** 1956년 전북 임실 출생. 1985년 『남민시』 동인지, 1992년 『창작과비평』으로 등단. 시집으로 『당몰샘』, 『사과꽃 편지』, 『은목서 피고 지는 조울의 시간 속에서』, 『가여운 나를 위로하다』 등. 산문집으로 『생을 버티게 하는 문장들』 등.

■ **박몽구** 1956년 광주 송정리 출생. 1977년 『월간 대화』로 등단. 〈5월시〉 동인. 시집으로 『거기 너 있었는가』, 『칼국수 이어폰』, 『5월, 눌린 기억을 펴다』, 『라이더가 그은 직선』 등. 현 계간 『시와문화』 주간. 한국작가회의 시분과위원장 역임.

■ **박홍점** 1961년 전남 보성 출생. 2001년 『문학사상』으로 등단. 시집으로 『차가운 식사』, 『피스타치오의 표정』, 『언제나 언니』 등.

■ **백정희** 전남 무안 출생. 1998년 〈농민신문〉 신춘문예로 등단. 토지문학제 평사리 문학대상, 전태일문학상 수상. 소설집으로 『탁란』, 『가라앉는 마을』 등.

■ **송용탁** 2021년 5·18문학상 신인상 당선. 2022년 〈강원일보〉 신춘문예로 등단. 시집으로 『섹스를하다 딴 생각을 했어』 등. 심훈문학상 수상.

■ **신남영** 1962년 전남 해남 출생. 2013년 계간 『문학들』로 등단. 시집으로 『명왕성 소녀』, 『물 위의 현』 등. 시노래 〈신남영 4집〉 등.

■ **안오일** 1967년 목포 출생. 2007년 〈전남일보〉 신춘문예로 등단. 시집으로 『화려한 반란』, 청소년시집 『그래도 괜찮아』, 『나는 나다』, 동시집 『사랑하니까』 등. 한국안데르센상 우수상 수상.

■ **유국환** 1961년 부산 출생. 2020년 5·18문학상 신인상, 계간 『푸른사상』 신인문학상으로 등단. 시집으로 『고요한 세계』 등.

■ **윤석홍** 1956년 충남 공주 출생. 1987년 〈분단시대〉 동인지로 등단. 시집으로 『저무는 산은 아름답다』, 『경주 남산에 가면 신라가 보인다』, 『북위 36도, 포항』, 산문집으로 『지구별이 아프다』, 『길, 경북을 걷다』 등.

■ **이시영** 1949년 전남 구례 출생. 1969년 〈중앙일보〉 신춘문예(시조), 『월간문학』(시)으로 등단. 시집으로 『만월』, 『길은 멀다 친구여』, 『무늬』, 『경찰은 그들을 사람으로 보지 않았다』, 『하동』 등. 만해문학상, 백석문학상, 정지용문학상 등 수상. 한국작가회의 이사장 역임.

■ **이인범** 1948년 광주광역시 출생. 2002년 『시와사람』으로 등단. 시집으로 『달빛자국』, 『숲의 어둠은다 푸른 나뭇잎들이다』 등. 한국작가회의 회원.

■ **이철경** 1966년 전북 순창 출생. 2011년 시 전문지 『발견』(시), 2012년 『포엠포엠』(평론)으로 등단. 시집으로 『단 한 명뿐인 세상의 모든 그녀』, 『죽은 사회의 시인들』, 『한정판 인생』 등. 평론집으로 『심해를 유영하는 시어』 목포문학상 수상.

■ **이형권** 1962년 전남 해남 출생. 1990년 『녹두꽃』, 『사상문예운동』으로 등단. 시집으로 『칠산바다』, 『해남 가는 길』 등. 답사여행기로 『문화유산을 찾아서』, 『국토는 향기롭다』, 『그리운 곳에 옛집이 있다』, 『풍속기행』 등.

■ **임동확** 1959년 광주 광산 출생. 1987년 시집 『매장시편』으로 등단. 시집으로 『살아 있는 날들의 비망록』, 『처음 사랑을 느꼈다』, 『태초에 사랑이 있었다』, 『누군가 간절히 나를 부를 때』, 『부분은 전체보다 크다』 등. 현 한신대 문창과 교수.

- **장진기** 1957년 전남 영광 출생. 2000년 『함께가는문학』으로 등단. 시집으로 『사금파리 빛 눈 입자』, 『슬픈 지구』, 『꽃무릇, 지는 꽃도 피는 꽃처럼 사랑하는가』, 『눈길 상사화』 등. 한국작가회의 영광지부장. 민예총 영광지부장 역임. '문학들' 작품상 수상.

- **최자웅** 1950년 전북 전주 출생. 1983년 시집 『그대여, 이 슬프고 어두운 예토에서』로 등단. 시집으로 『겨울늑대- 어네스토 체 게바라의 추상』 등. 현 계간 『코리안아쉬람』 편집인.

- **한수재** 1966년생. 2003년 『우리시』로 등단. 시집으로 『싶다가도』, 『내 속의 세상』, 『그대에게 가는 길』 등. 경기작가회의 회원.

- **한영희** 1966년 전남 영암 금정산골 출생. 2014년 농촌문학상, 2018년 〈투데이신문〉 직장인 신춘문예로 등단. 시집으로 『풀이라서 다행이다』 등. 광주전남작가회의 회원.

- **홍관희** 1959년 광주 송정리 출생. 1982년 『한국시학』으로 등단. 시집으로 『그대 가슴 부르고 싶다』, 『홀로 무엇을 하리』, 『사랑 1그램』 등. 현 카페 '강물 위에 쓴 시' 대표.

- **홍일선** 1950년 경기도 화성 동탄 출생. 1980년 『창작과비평』 여름호로 등단. 시집으로 『농토의 역사』, 『한 알의 종자가 조국을 바꾸리라』, 『흙의 경전』 등. 〈시와경제〉 동인. 〈민족문학작가회의의〉 사무국장 역임. 현 경기작가회의 회장.

- **황지우** 1952년 전남 해남 출생. 1980년 〈중앙일보〉 신춘문예, 『문학과지성』으로 등단. 시집으로 『새들도 세상을 뜨는구나』, 『나는 너다』, 『게 눈 속의 연꽃』, 『어느 날 나는 흐린 주점에 앉아 있을 거다』 등. 김수영문학상, 현대문학상, 대산문학상 등 수상. 한국예술종합학교 총장 역임.

4부

- **강대선** 1971년 나주 출생. 2019년 〈동아일보〉 신춘문예(시조), 〈광주일보〉 신춘문예(시)로 등단. 시집으로 『메타자본세콰이어 신전』, 『가슴에서 핏빛 꽃이』 등. 김우종문학상, 송순문학상 등 수상.

- **강영환** 1951년 경남 산청 출생. 1977년 〈동아일보〉 신춘문예로 등단. 시집으로 『달 가는 길』, 『붉은 색들』, 『내 안에 파도, 내 밖의 자다』 등. 산문집으로 『술을 만나고 싶다』 등. 부산민예총 회장 역임. 부산작가상, 부산시인상 수상.

- **강회진** 1974년 충남 홍성 출생. 1996년 〈무등일보〉 신춘문예로 등단. 2004년 『문학사상』 신인상 수상. 시집으로 『상냥한 인생은 사라지고』, 『일요일의 우편배달부』 등. 현 한국연구재단 학술연구교수.

- **고명자** 1958년 서울 출생. 2005년 『시와정신』으로 등단. 시집으로 『술병들의 묘지』, 『그 밖은 참 심심한 봄날이라』. 백신애 창작기금 수혜. 『시와정신』 편집차장. 부산작가회의 회원.

▪ **권위상** 1958년 부산 출생. 1986년 『시문학』 주최 전국대학문예 공모전, 2012년 계간 『시에』로 등단. 시집으로 『마스카라 지운 초승달』 등. 한국작가회의 연대활동위원회 위원장 역임. 현 민족문학연구회 사무국장.

▪ **김수열** 1957년 제주 출생. 1982년 무크 『실천문학』으로 등단. 시집으로 『신호등 쓰러진 길 위에서』, 『바람의 목례』, 『물에서 온 편지』, 『호모 마스쿠스』 등. 산문집으로 『달보다 먼 곳』. 오장환문학상, 신석정문학상 수상. 현 제주문화예술재단 이사장.

▪ **김수우** 1959년 부산 출생. 1995년 『시와시학』으로 등단. 시집으로 『붉은 사하라』, 『몰락경전』, 『뿌리주의자』 등. 산문집 『호세 마르티 평전』 등. 부산작가상, 최계락문학상, 송수권시문학상 등 수상. 부산작가회의 회장 역임.

▪ **김용락** 1959년 경북 의성 출생. 1984년 창작과비평사 17인 신작시집 『마침내 시인이여』로 등단. 시집으로 『푸른별』, 『기차소리를 듣고 싶다』, 『조탑동에서 주워들은 시 같지 않은 시』, 『산수유나무』, 『하염없이 낮은 지붕』 등. 대구시협상, 시작문학상 등 수상.

▪ **김윤현** 1955년 경북 의성 출생. 1984년 동인지 『분단시대』로 등단. 시집으로 『들꽃을 엿듣다』, 『발에 차이는 돌도 경전이다』, 『반대편으로 걷고 싶을 때가 있다』 등. 계간 『사람의문학』 공동 창간 및 편집위원.

▪ **김하늬**(1957~1999년) 광주 광산구 출생. 1982년 '광주민중항쟁 제2주기 문학의 밤' 관련으로 2년간 투옥. 1985년 무크 『민의』로 등단. 〈해방시〉 동인. 시집으로 『우리는 만나야 한다』, 『안개주의보』, 『희망론』, 『도시빈민의 노래』 등.

▪ **나종영** 1954년 광주 출생. 1981년 창작과비평사 13인 신작시집 『우리들의 그리움은』으로 등단. 시집으로 『끝끝내 너는』, 『나는 상처를 사랑했네』 등. 〈5월시〉 동인. 한국작가회의 부이사장, 한국문화예술위원회 문학위원 역임. 현 죽형 조태일 기념사업회 부이사장.

▪ **문정희** 1947년 전남 보성 출생. 1969년 『월간문학』으로 등단. 시집 『나는 문이다』, 『카르마의 바다』, 『작가의 사랑』, 『오늘은 좀 추운 사랑도 좋아』 등. 현대문학상, 소월시문학상, 이육사시문학상, 스웨덴 시카다상 등 수상. 동국대 석좌교수 역임. 현 국립한국문학관장.

▪ **박노식** 1962년 광주 출생. 2015년 『유심』으로 등단. 시집으로 『고개 숙인 모든 것』, 『마음 밖의 풍경』, 『길에서 만난 눈송이처럼』 등.

▪ **박선욱** 1959년 전남 나주 출생. 1982년 무크 『실천문학』으로 등단. 1982년 〈광주젊은벗들〉 시낭송 운동 참여. 시집으로 『그때 이후』, 『세상의 출구』, 『회색빛 베어지다』, 『풍찬노숙』 등. 평전으로 『거장의 귀환– 윤이상 평전』 등. 롯데출판문화대상 본상 수상.

▪ **박세영** 1967년 강원도 횡성 출생. 2019년 『시와문화』로 등단. 시집으로 『바람이 흐른다』, 『날개 달린 청진기』 등. 한국작가회의 회원.

▪ **박종권**(1954~1995년) 전남 고흥 출생. 1986년 무크 『민중시』로 등단. 1993년 7월, '동학혁명 100주년 기념대회'(고흥문화원)에서 창작판소리 〈전봉준〉 완창. 민족문학작가회의 자유실천위원회 부위원장 역임. 유고시집으로 『찬 물 한 사발로 깨어나』.

■ **성미영** 1962년 전남 완도 출생. 2017년 『광주전남 작가』로 등단. 시집으로 『북에 새기다』. 한국작가회의 회원.

■ **신언관** 1955년 충북 청주 출생. 2015년 『시와문화』로 등단. 시집으로 『나는 나의 모든 것을 사랑한다』, 『그곳 아우내강의 노을』, 『뭐 별것도 아니네』 등. 전농 초대 정책실장 역임. 한국작가회의 회원.

■ **신현수** 1959년 충북 청원 출생. 1985년 『시와의식』으로 등단. 시집으로 『서산 가는 길』, 『처음처럼』, 『인천에 살기 위하여』, 『천국의 하루』 등. 산문집으로 『스티커를 붙이며』 등. 현 '인천사람과문화' 이사장.

■ **유은희** 1964년 완도 청산도 출생. 2010년 '국제해운문학상' 수상으로 등단. 시집으로 『도시는 지금 세일중』, 『떠난 것들의 등에서 저녁은 온다』. 디카시집 『수신되지 않은 말이 있네』 등. 한국작가회의 회원.

■ **이경** 1965년 충북 영동 출생. 1997년 〈농민신문〉 신문문예(소설)로 등단. 장편소설로 『는개』, 『탈의 꽃』. 단편소설로 『도깨비 바늘』, 『아름다운 독』, 『달루에 걸린 직지』 등. 동서문학상 수상.

■ **이규배** 1964년 전북 여산 출생. 1988년 동인지 『80년대』 제2집으로 등단. 시집으로 『투명한 슬픔』, 『비가를 위하여』, 『아픈 곳마다 꽃이 피고』, 『사랑, 그 뒤에』 등. 『문학과행동』 발행인 역임. 한국작가회의 이사 역임.

■ **이복현** 1953년 전남 순천 출생. 1995년 『시조시학』(시조), 1999년 『문학과의식』(시) 등단. 시집으로 『사라진 것들의 주소』 등. 시조집 『눈물이 타오르는 기도』 등. 아산문학상, 시조시학상 수상. 한국작가회의 이사 역임. 한국시협 회원.

■ **이종형** 1956년 제주 출생. 2004년 『제주작가』로 등단. 시집으로 『꽃보다 먼저 다녀간 이름들』. '5·18문학상' 본상 수상. 제주작가회의 회장 역임.

■ **전비담** 1963년 경북 점촌 출생. 2013년 『시산맥』 최치원신인문학상으로 등단. 공동 시집으로 『철탑에 집을 지은 새』 등. 공저(소설집)로 『하늘과 땅을 움직인 사람들』 등. 한국작가회의 회원.

■ **전선용** 1959년 대구 출생. 2015년 『우리시』로 등단. 시집으로 『그리움은 선인장이라서』, 『지금, 환승 중입니다』, 『뭔 말인지 알제』 등. 현 '우리시 진흥회' 부이사장.

■ **정완희** 1958년 충남 서천 출생. 2005년 『작가마당』으로 등단. 시집으로 『어둠을 불사르는 사랑』, 『장항선 열차를 타고』, 『붉은 수숫대』 등. 충남작가회의 회장 역임. 현 서천시인협회 회장.

■ **정원도** 1959년 대구 출생. 1985년 무크 『시인』으로 등단. 〈분단시대〉 동인. 시집으로 『그리운 흙』, 『귀뚜라미 생포 작전』, 『마부』, 『말들도 할 말이 많았다』 등. 한국작가회의 감사 및 연대활동위원장 역임.

■ **조진태** 1959년 광주 송정리 출생. 1982년 〈광주젊은벗들〉 시낭송운동 참여. 1984년 무크 『민중시』 제1집으로 등단. 시집으로 『다시 새벽길』, 『희망은 왔다』 등. 광주전남작가회의 회장, 5·18기념재단 상임이사. 한국작가회의 이사 역임.

■ **주선미** 1966년 충남 안면도 출생. 2004년 『홍주문학』, 〈물앙금 동인〉 활동. 2017년 『시와문화』로 등단. 시집으로 『안면도 가는 길』, 『지도에 없는 방』, 『일몰, 와온바다에서』 등. 시와문화 젊은시인상 수상. 한국작가회의 감사 역임.

■ **최기종** 1956년 전북 부안 출생. 1992년 시집 『대통령의 얼굴이 또 바뀌면』으로 등단. 시집으로 『나무 위의 여자』, 『만다라화』, 『어머니 나라』, 『나쁜 사과』, 『슬픔아 놀자』, 『목포, 에말이오』 등. 전남민예총 이사장, 목포작가회의 회장 역임.

■ **최두석** 1956년 전남 담양 출생. 1980년 『심상』으로 등단. 〈5월시〉 동인. 시집으로 『대꽃』, 『사람들 사이에 꽃이 필 때』, 『투구꽃』, 『숨살이꽃』, 『두루미의 잠』 등. 시론집으로 『리얼리즘의 시정신』 등. 노작문학상, 조태일문학상 수상.

■ **하종오** 1954년 경북 의성 출생. 1975년 『현대문학』으로 등단. 시집으로 『벼는 벼끼리 피는 피끼리』, 『사월에서 오월로』, 『국경 없는 공장』, 『남북주민보고서』, 『어떤 문장으로부터의 명상』 등.

■ **한종근** 1966년 전남 강진 출생. 1980년대 중반 놀이패 '신명'에서 활동. 〈명금문학〉 동인. 2020년 『시와문화』로 등단. 시집으로 『달과 지구 아내와 나』 등. 한국작가회의 회원.

5부

■ **강형철** 1955년 군산 출생. 1985년 무크 『민중시』로 등단. 〈5월시〉 동인. 시집으로 『해망동 일기』, 『야트막한 사랑』, 『도선장 불빛 아래 서 있다』, 『환생』 등. 평론집으로 『시인의 길 사람의 길』, 『발효의 시학』 등. 한국작가회의 부이사장, 숭의여대 문창과 교수 역임.

■ **고선주** 1967년 전남 함평 출생. 1996년 〈전북일보〉 신춘문예(시), 『열린시학』(평론)으로 등단. 시집으로 『꽃과 악수하는 법』, 『밥알의 힘』, 『오후가 가지런한 이유』 등. 광주전남작가회의 감사. 현 〈광남일보〉 문화체육부장.

■ **고영서** 1969년 전남 장성 출생. 2004년 〈광주매일〉 신춘문예로 등단. 시집으로 『기린 울음』, 『우는 화살』, 『연어가 돌아오는 계절』 등. 5·18문학상 본상 수상.

■ **고재종** 1957년 전남 담양 출생. 1984년 실천문학사 14인 신작시집 『시여 무기여』로 등단. 시집으로 『새벽 들』, 『쪽빛 문장』, 『꽃의 권력』, 『고요를 시청하다』 등. 시론집으로 『주옥시편』 등. 신동엽문학상, 소월시문학상, 영랑시문학상, 조태일문학상 수상. 한국작가회의 부이사장 역임.

■ **권혁소** 1962년 평창 진부 출생. 1984년 시 전문지 『시인』, 1985년 〈강원일보〉 신춘문예로 등단. 시집으로 『논개가 살아온다면』, 『수업시대』, 『반성문』, 『아내의 수사법』, 『우리가 너무 가엾다』 등. 강원문화예술상, 박영근작품상 수상. 한국작가회의 부이사장 역임.

■ **김명은** 1963년 전남 해남 출생. 2008년 『시와시학』으로 등단. 시집으로 『사이프러스의 긴 팔』 등.

■ **김명지** 1965년 전남 여수 출생. 2010년 『시선』으로 등단. 시집으로 『세상 모든 사랑은 붉어라』, 산 문집으로 『음식을 만들면 시가 온다』 등. 한국작가회의 이사 역임.

■ **김성호** 1961년 전남 목포 출생. 2000년 〈호남신문〉 신춘문예로 등단. 시집으로 『목포는 항구다』 등. 목포작가회의 회장 역임.

■ **김여옥** 1963년 전남 해남 출생. 1991년 월간 『문예사조』로 등단. 시집으로 『제자리 되찾기』, 『너에 게 사로잡히다』, 『잘못 든 길도 길이다』 등. 『자유문학』 발행인. 『월간문학』 편집국장 역임.

■ **김옥종** 1969년 전남 신안 지도 출생. 2015년 『시와경계』 여름호로 등단. 시집 『민어의 노래』, 『잡 채』 등. 한국인 최초 K-1 이종격투기 선수 역임. 현 광주 신안동 지도로 식당 셰프.

■ **김응교** 1962년 서울 출생. 1987년 〈분단시대〉 동인. 1990년 『한길문학』으로 등단. 시집으로 『부러 진 나무에 귀를 대면』, 『씨앗/통조림』 등. 산문집 『서른세 번의 만남- 백석과 동주』 등. 평론집 『김 수영, 시로 쓴 자서전』 등. 간토대지진 증언록 『백년 동안의 증언』 등. 현 숙명여대 교수.

■ **김해화** 1957년 전남 승주 출생. 1984년 실천문학사 '14인 신작시집 『시여 무기여』로 등단. 시집으 로 『인부수첩』, 『우리들의 사랑가』, 『누워서 부르는 사랑 노래』, 『나는 내 잔에 술을 따른다』 등. 산 문집으로 『김해화와의 꽃편지』 등.

■ **김황흠** 1965년 전남 장흥 출생. 2008년 『광주전남 작가』, 2010년 농촌문학상 수상으로 등단. 시집 으로 『숫눈』, 『건너가는 시간』, 『책장 사이에 귀뚜라미가 산다』, 산문집으로 『풀씨는 힘이 세다』 등.

■ **나종입** 1960년 나주 출생. 1993년 월간 『한국시』(시), 1996년 『세계의문학』(소설)으로 등단. 시집으 로 『어머니의 언어』 등. 현 봉황고 교사.

■ **박철영** 1961년 전북 남원 출생. 2002년 『현대시문학』(시), 2016년 『인간과문학』(평론)으로 등단. 시 집으로 『월선리의 달』, 『꽃을 전정하다』, 평론집으로 『해체와 순응의 시학』, 『층위의 시학』 등. 순천 작가회의 회장 역임. 현 『시와사람』 편집위원. 『현대시문학』 부주간.

■ **서승현** 1962년 강원도 태백 출생. 2001년 『시와사람』(시) 신인상, 2019년 『시와사람』(평론)으로 등단. 시집으로 『푸른 현호색꽃 성채에 들다』, 『분홍, 서러운 빨강』 등. 전국계간문예지 작품상 수상.

■ **송진호** 1961년 전남 고흥 출생. 2000년 『시와시학』으로 등단. 시집으로 『등대는 뭍을 비추지 않는 다』 등.

■ **양곡** 1959년 경남 산청 출생. 2002년 『문예운동』으로 등단. 시집으로 『덕천강』 등. 산문집으로 『인 연을 살며』 경남작가회의 회장 역임.

■ **양문규** 1961년 충북 영동 출생. 1989년 『한국문학』으로 등단. 시집으로 『영국사에는 범종이 없다』, 『집으로 가는 길』, 『여여하였다』 등. 평론집으로 『풍요로운 언어의 내력』 등. 현 계간 『시에』 발행 인. 〈천태산 은행나무를 사랑하는 사람들〉 대표.

■ **오성인** 1987년 광주 출생. 2013년 『시인수첩』으로 등단. 시집으로 『푸른 눈의 목격자』, 『이 차는 어디로 갑니까』 등.

■ **유종** 1963년 전남 해남 출생. 2005년 『광주전남 작가』, 시 전문지 『시평』 여름호로 등단. 시집으로 『푸른 독을 품는 시간』 등. 현 광주전남작가회의 부회장.

■ **이산하** 1960년 경북 포항 출생. 1982년 필명 '이륭'으로 동인지 『시운동』으로 등단. 시집으로 『악의 평범성』, 『한라산』, 『존재의 놀이』, 『천둥 같은 그리움으로』 등. 산문집으로 『피었으므로, 진다』, 『적멸보궁 가는 길』 등. 김달진문학상, 이육사시문학상 수상.

■ **이상국** 1946년 강원도 양양 출생. 1976년 『심상』으로 등단. 시집으로 『동해별곡』, 『집은 아직 따뜻하다』, 『어느 농사꾼의 별에서』, 『뿔을 적시며』, 『달은 아직 그 달이다』 등. 백석문학상, 정지용문학상, 현대불교문학상 등 수상. 한국작가회의 이사장 역임.

■ **이상인** 1961년 전남 담양 출생. 1992년 『한국문학』(시), 2020년 『푸른사상』(동시)으로 등단. 시집으로 『불쑥 물앵두꽃이 피었다』, 『그 눈물이 달을 키운다』, 『연두빛 치어들』 등. 동시집으로 『민들레 편지』 등. 송순문학상, 우송문학상 수상. 순천작가회의 회장 역임.

■ **이송희** 1976년 광주 출생. 2003년 〈조선일보〉 신춘문예로 등단. 시집으로 『환절기의 판화』, 『아포리아 숲』, 『수많은 당신들 앞에 또 다른 당신이 되어』 등. 평론집으로 『유목의 서사』 등. 가람시조문학상 신인상, 고산문학대상 등 수상.

■ **이진희** 1972년 제주 중문 출생. 2006년 『문학수첩』으로 등단. 시집으로 『실비아 수수께끼』, 『페이크』. 오장환문학상 수상.

■ **이창윤** 1962년 서울 출생. 2002년 『문예사조』로 등단. 시집으로 『놓치다가 돌아서다가』, 산문집으로 『풍경의 에피소드』 등. 대구경북작가회의, 민족문학연구회 회원.

■ **이철산** 1966년 대구 출생. 1994년 전태일문학상으로 등단. 백신애창작기금 수혜. 시집으로 『강철의 기억』. 대구 〈10월문학회〉 회원.

■ **임종철** 1953년 경기도 김포 출생. 1984년 무크 『실천문학』으로 등단. 시집으로 『장마철에』, 『굼벵이들은 무얼 하고 있을까』(약사 공동시집) 등. 산문집으로 『평화의 길 통일의 길』, 건강사회를 위한 약사회 초대회장, 어린이의약품지원본부 이사장 역임.

■ **장숙희** 1962년생. 2002년 『시인정신』으로 등단. 시집으로 『풀리지 않는 숙제』 등. 2019년 PEN광주 올해의 작품상 수상.

■ **정윤천** 1960년 전남 화순 출생. 1991년 『실천문학』으로 등단. 시집으로 『흰 길이 떠올랐다』, 『구석』, 『발해로 가는 저녁』, 시화집으로 『십만 년의 사랑』 등. 지리산문학상 등 수상. 현 계간 『시와사람』 편집주간.

■ **조삼현** 1957년 전남 영암 출생. 2008년 월간 『우리시』로 등단. 시집으로 『어느 수인에게 보내는 편지』 등. 시와문화 작품상 수상.

■ **조서정** 1971년 충남 부여 출생. 2006년 『시로여는세상』으로 등단. 시집으로 『모서리를 접다』 『어디서 어디까지를 나라고 할까』 등. 산문집으로 『엄마를 팝니다』. 현 한국작가회의 회원. 〈충남일보〉 온라인팀장.

■ **조성국** 1958년생. 2018년 5·18문학상 신인상(시), 〈조선일보〉 신춘문예(시조)로 등단. 시집으로 『적절한 웃음이 떠오르지 않았다』 등.

■ **조재도** 1957년 충남 부여 출생. 1985년 『민중교육』으로 등단. 시집으로 『어머니 사시던 고향은』 『산』 『소금 울음』, 청소년소설로 『불량 아이들』 등.

■ **채상근** 1962년 강원 춘천 출생. 1985년 무크 『시인』으로 등단. 시집으로 『다음 열차를 기다리는 사람들』 『거기 서 있는 사람 누구요』 『사람이나 꽃이나』 등.

■ **홍성식** 1971년 부산 출생. 2005년 시 전문지 『시경』으로 등단. 시집으로 『아버지꽃』 『출생의 비밀』 등. 산문집으로 『처음, 흔들렸다』 『한국문학을 인터뷰하다』 등. 현 경북매일신문 기자.

6부

■ **강희정** 1974년 화순 백아면 출생. 2022년 〈광주일보〉 신춘문예로 등단. 대표작으로 「조용한 시간」 「슈퍼 블러드 MOON」 「흰꼬리별의 노래」 등. 한국작가회의, 광주전남작가회의 회원.

■ **권성은** 1961년 경북 안동 출생. 2017년 〈무등일보〉 신춘문예로 등단. 대표작으로 「버튼홀 스티지」 「수세미의 방」 등. 현 권오설·권오상 기념사업회 추진위원.

■ **김요아킴** 1969년 경남 마산 출생. 2003년 『시의나라』 2010년 『문학청춘』으로 등단. 시집으로 『왼손잡이 투수』 『행복한 목욕탕』 『공중부양사』 등. 백신애 창작기금 수혜. 한국작가회의, 부산작가회의 회원. 부산 경원고 교사. 현 부산작가회의 회장.

■ **김인호** 1959년 광주 출생. 1991년 『인천문단』(시), 2017년 『시에』(수필)로 등단. 시집으로 『땅끝에서 온 편지』 『섬진강 편지』 『꽃 앞에 무릎을 꿇다』, 시사진집, 『지리산에서 섬진강을 보다』 등. 현 지리산문화예술학교 운영위원장.

■ **김정원** 1962년 전남 담양 출생. 2006년 『애지』로 등단. 시집으로 『꽃은 바람에 흔들리며 핀다』 『줄탁』 『거룩한 바보』 『국수는 내가 살게』 『아득한 집』 『아심찬하게』 등.

■ **김종숙** 1961년 전남 화순 출생. 2007년 『사람의깊이』로 등단. 시집으로 『동백꽃 편지』 등. 현 민족문학연구회 회원. 한국작가회의 연대위 부위원장 역임.

■ **김지란** 1976년 전남 여수 출생. 2016년 『시와문화』로 등단. 시집으로 『가막만 여자』 등. 한국작가회의 회원.

▪**김태수** 1949년 경북 성주 출생. 1978년 시집 『북소리』로 등단. 시집으로 『베트남 내가 두고 온 나라』, 『겨울 목포행』, 『외가 가는 길, 홀아비바람꽃』 등, 시인론 『기억의 노래, 경험의 시』 등. 울산작가회의 회장 역임.

▪**김형효** 1965년 전남 무안 출생. 1997년 시집 『사막의 사막에서』로 등단. 시집으로 『꽃새벽에 눈내리고』, 『사막에서 사랑을』, 『불태워진 흔적을 물고 누웠다』 등. 산문집으로 『히말라야, 안나푸르나를 걷다』 등.

▪**문계봉** 1964년 충남 예산 출생. 1995년 계간 『실천문학』으로 등단. 시집으로 『너무 늦은 연서』 등.

▪**문귀숙** 1964년 전남 진도 출생. 2016년 〈광남일보〉 신춘문예로 등단. 시집으로 『둥근 길』 등.

▪**박설희** 1964년 강원도 속초 출생. 2003년 계간 『실천문학』으로 등단. 시집으로 『가슴을 재다』, 『꽃은 바퀴다』, 『쪽문으로 드나드는 구름』, 산문집으로 『틈이 있기에 숨결이 나부낀다』 등. 한국작가회의 이사 역임.

▪**박영현** 1952년 경남 삼천포 출생. 1993년 월간 『자유문학』으로 등단. 시집으로 『나비가 되기엔 장딴지가 굵은 여자야』, 『도공일기』 등. 영남미술대전 공예부문 수상.

▪**박정모** 1959년 전남 목포 출생. 1983년 〈광주젊은벗들〉 시낭송운동 참여. 2009년 『한국평화문학』 제5집으로 등단. 대표작으로 「호통소리」, 「선운사 동백꽃」, 「그대에게」 등. '시인사' 편집장 역임. 현 도서출판 혜지원 대표.

▪**박현우** 1957년 전남 진도 출생. 1989년 부부시집 『풀빛도 물빛도 하나로 만나』로 등단. 시집으로 『달이 따라오더니 내 등을 두드리곤 했다』 등. 한국작가회의 이사 역임.

▪**백애송** 1982년 광주 출생. 2016년 『시와문화』(시), 『시와시학』(평론)으로 등단. 시집으로 『우리는 어쩌다 어딘가에서 마주치더라도』, 비평집으로 『트렌드 포에트리, 틈의 계보학』 등. 현 광주대 초빙교수. 광주전남작가회의 사무처장.

▪**서나루** 1995년생. 2023년 '5·18문학상' 시 부문 신인상 당선으로 등단. 현 임상 및 상담심리학도·청소년지도자.

▪**서애숙** 1958년 전남 목포 출생. 2001년 『문학과경계』로 등단. 시집으로 『세상 뜨는 일이 저렇게 기쁠 수 있구나』, 『죽림 풍장』 등. 광주전남작가회의 시분과위원장 역임.

▪**석연경** 1968년 경남 밀양 출생. 2013년 『시와문화』(시), 2015년 『시와세계』(평론)로 등단. 시집으로 『독수리의 날들』, 『섬광, 쇄빙선』, 『푸른 벽을 세우다』, 『숲길』 등. 평론집으로 『생태시학의 변주』 등. 송수권시문학상 젊은시인상 수상. 현 연경인문문화예술연구소 소장.

▪**송경동** 1967년 전남 벌교 출생. 2002년 계간 『실천문학』으로 등단. 시집으로 『꿀잠』, 『사소한 물음들에 답함』, 『나는 한국인이 아니다』, 『꿈꾸는 소리하고 자빠졌네』 등. 천상병시문학상. 신동엽문학상. 조태일문학상 수상.

■ **안준철** 1954년 전주 출생. 1992년 시집 『너의 이름을 부르는 것만으로』로 등단. 시집으로 『세상 조촐한 것들이』 『생리대 사회학』 『나무에 기대다』 등. 산문집으로 『오늘 처음 교단을 밟을 당신에게』 등.

■ **윤기묵** 1961년 전북 남원 출생. 2004년 계간 『시평』으로 등단. 시집으로 『역사를 외다』 『외로운 사람은 착하다』 『촛불 하나가 등대처럼』 등. 역사에세이로 『만주벌판을 잊은 그대에게』 등.

■ **윤중목** 1962년 경기도 전곡 출생. 1989년 전태일문학상으로 등단. 시집으로 『밥격』 에세이집으로 『수세식 똥, 재래식 똥』 영화평론집으로 『지슬에서 청야까지』 등. 현재 문화법인 목선재 대표.

■ **이미루** 1963년 서울 출생. 2020년 『광주전남 작가』로 등단. 대표시로 「가시오가피」 「다전에서」 등. 저서로 『꽃詩로 피어난 엄마』 『마을 담장에 담긴 벽화풍경』 등.

■ **이민숙** 1956년 전남 순천 출생. 1998년 『사람의깊이』로 등단. 시집으로 『나비 그리는 여자』 『동그라미, 기어이 동그랗다』 『지금 이 순간』 등. 샘뿔인문학연구소 대표. 한국작가회의 회원.

■ **이상범** 1966년 전남 신안 증도 출생. 2004년 『문학과비평』, 2020년 『시와사람』으로 등단. 한국작가회의 회원.

■ **이지담** 1958년 전남 나주 출생. 2003년 『시와사람』, 2010년 『서정시학』 신인상으로 등단. 시집으로 『고전적인 저녁』 『자물통 속의 눈』 『너에게 잠을 부어주다』 등. 미래서정문학상 수상. 광주전남작가회의 회장 역임.

■ **이효복** 1958년 전남 장성 출생. 1976년 『시문학』으로 등단. 시집으로 『달밤, 국도 1번』 『나를 다 가져오지 못했다』 『풀빛도 물빛도 하나로 만나』(부부 시집) 등. 한국작가회의 회원.

■ **정세훈** 1955년 충남 홍성 출생. 1989년 월간 『노동해방문학』으로 등단. 시집으로 『손 하나로 아름다운 당신』 『맑은 하늘을 보면』 『부평4공단 여공』 『몸의 중심』 등. 인천작가회의 회장 역임. 현 노동문학관 관장.

■ **정철훈** 1959년 광주 출생. 1997년 계간 『창작과비평』으로 등단. 시집으로 『살고 싶은 아침』 『내 졸음에도 사랑은 떠도느냐』 『만주만리』 『가만히 깨어나 혼자』 『릴리와 들장미』 등. 장편으로 『인간의 악보』 등. 전기로 『백석을 찾아서』 등.

■ **조정** 1956년 전남 영암 출생. 2000년 〈한국일보〉 신춘문예로 등단. 시집으로 『이발소 그림처럼』 『그라시재라』 『마법사의 제자들아 껍질을 깨고 나오라』 등. 장편동화로 『너랑 나랑 평화랑』 등. 거창평화인권문학상. 노작문학상 수상.

■ **조현옥** 1967년 충북 옥천 출생. 1992년 『문학공간』으로 등단. 시집으로 『무등산 가는 길』 『4월의 비가』 『5월 어머니의 눈물』 『통일 열차』 등. 6·15남북공동선언 광주전남실천연대 공동대표 역임.

■ **함진원** 1959년 전남 함평 출생. 1995년 〈무등일보〉 신춘문예로 등단. 시집으로 『인적 드문 숲길은 시작되었네』 『푸성귀 한 잎 집으로 가고 있다』 등. 한국작가회의 회원.

편집자의 말

    1980년으로부터 물경 44년의 세월이 흐르고 말았다. 그해 우리가 겪은 5·18광주민중항쟁은 동학농민혁명의 '민중'과 3·1운동의 '민족'과 4·19의 '민주주의' 정신을 한 곳에 응결한 역사적 사건이었다. 한국의 '근대'가 다다르지 못한 미지의 가치가 모두 이곳에서 질문되고, 다시 나아갈 출구를 이곳에서 찾았음은 물론이다. 그 무거운 경험을 안고 사는 동안 우리 눈앞의 전망은 맑은 적도 있고, 흐린 적도 있었다. 또 정권에 따라서 그날의 진실과 가치를 왜곡하는, 가위 인륜과 천륜을 벗어난 범죄적 방해와 폄훼가 계속되기도 했다.

    그러나 어떤 경우에도 광주에서 그날의 참모습을 밝히려는 규명의 빛은 꺼진 적이 없고, 소위 '불멸의 공동체'라 명명되는 '오월정신'의 알맹이를 되찾으려는 노력 또한 멈춘 적이 없다. 그러는 과정에서 우리는 특히 2011년 5월 24일을 기해 '5·18민주화운동기록물'이 〈유네스코 세계기록유산〉으로 등재되면서 광주와 대한민국을 넘어서 전 인류의 소중한 문화유산이 된 사실을 잊지 못한다.

    이 책은 1980년 5월의 광주가 여전히 던지고 있는 질문과 응답의 여정을 밝히기 위해 준비된 두 번째 『오월문학총서』의 시 모음이다. 2012년에 출간된 첫 번째 『오월문학총서』 시편에는 총 169명의 시인이 쓴 시 208편을 수록했고, 이번에는 총 205명의 시인이 쓴 시 205편을 수록하게 되었다. 그동안 '오월문학'에 대한 진지한 성찰과 행동을 보여준 시인들을 중심으로 지면 관계상 시인 1인당 1편을, 총 6부로 나누어 수록했다. 우리가 이 같은 작업을 계속하는 이유는 이 책의 해설(『오월문학총서 4』 평론 참고)을 쓴 정민구 교수가 말한 대로 "제대로 된 오월광주의 시를 읽는 동안, 우리는(시인은) 다시 오월광주로 돌아갈 수 있게" 되기 때문이다.

그래서 한 가지 밝혀두자면, 수많은 오월 시편들에서 이번에 찾아낸 작품들은 대부분 미학적 심사숙고와 선택을 거쳐서 책상 위에서 작성된, 가공되고 탐미적인 감정을 중심에 두고 있지 않다. 하나같이 5·18 현장을 직접 혹은 간접 체험하면서 그야말로 분출된 언어요, 격정의 산물이다. 그리고 그날로부터 44년이 지난 '지금 이곳'에서도 끝나지 않는 이 지난한 몸짓이 증명하는 사실은 오월광주에 관한 진실과 감각이 오늘날에도 여전히 해방되지 못한 채로 남아 있다는 점이다. 또 그것은 어쩌면 이 같은 감정들이 아직도 시효를 끝내지 않은 역사의 연료임을 반증하는지 모른다. 어쨌든 우리는 여기 이 작품들이 자칫하면 역사적 서술 몇 줄로 요약되는 사료 속에 암장暗葬될 수 있는 기억들 위에 그날의 피와 살을 채워줄 것을 믿어 의심치 않는다.

돌이켜 보면 5·18 현장에서 인간적 가치와 제도적 폭력이 충돌하면서 겪은 감정들은 가깝게는 1980년대를 '시의 시대'로 이끌었고, 뒤이어 닥쳐오는 역사를 더욱 점층적으로 선도하면서 한국사회가 나아갈 미래의 방향을 밝혀왔다. 그 이전까지 한국의 민중은 인간 세상의 총체가 조망되지 않는 변방 문명의 골짜기에서 앞으로 다가올 역사를 보는 넓고 큰 시야를 확보하지 못하고 있었다. 가령, 1979년 10월 26일 박정희 대통령이 죽었을 때 미국은 긴밀히 국무부와 국방부, 백악관과 CIA,

NSC가 참여하는 한국 관련 정책검토위원회(비밀대책반)를 구성하여 전두환 신군부와 5·18 관련 정보들(3,500쪽 분량의 비밀통신기록)을 주고받았는데, 그 이름이 '체로키 파일'이었다. '체로키'는 미국의 백인들에게 대지를 빼앗긴 인디언 공화국의 이름이다. 피와 눈물을 남긴 채 강제로 이주당한 아메리카 원주민의 역사를 기억하면서 우리는 지금 안개 같은 눈앞의 현상들 너머에서, 마치 들판 끝에서 열리는 하루처럼 시작되는 대지의 움직임을 다시 마주할 수 있기를 꿈꾼다.

그리하여 광주의 오월 체험이 충분히 객관화된다면 저 음험한 체제의 갈피들 사이에 그날의 우리가 서 있었고, 광주의 감수성이, 노래가, 시가 그에 합당한 분노와 사랑으로 마침내 인류사의 지평선과 마주할 수 있게 되었음을 확인할 것이다. 더불어서 어쩌면 우리는 그때가 되어서야 이 뼈아픈 기억을 온전히 극복할 것이고, 또 광주의 하늘에도 마침내 단테가 『신곡』에서 바라본 별이 뜰 수 있을 것이다.

2024년 5월

오월문학총서간행위원회 시 부문

책임편집위원 김형수, 이승철